## DU MÊME AUTEUR

- ***Un produit de substitution***, roman, France Europe Éditions Livres, 2002, épuisé
- ***Plus nul que Soyotte…***, roman, France Europe Éditions Livres, 2003, épuisé
- ***U-ne sou-ris ver-te***, polar, Éditions du Bastberg, 2008, 5e édition 2018, *Prix du roman policier « Agatha Christie » du Centre Européen de Promotion des Arts et Lettres (CEPAL), 1er prix du roman des Arts et Lettres de France, Prix de la Ville de Lunéville*
- ***Arcanes***, polar, Éditions du Bastberg, 2010, 2e édition 2017
- ***La dixième plaie***, polar, Éditions du Bastberg, 2013
- ***Tweet à toute heure***, polar, Éditions du Bastberg, 2014
- ***Sale temps pour les peluches***, polar, Éditions du Bastberg, 2015, 3e édition 2020
- ***La pièce manquante***, polar, Éditions du Bastberg, 2016
- ***Jusqu'à ce qu'il n'en reste rien*, polar**, Éditions du Bastberg, 2017, *Prix du roman policier « Arthur Conan Doyle » du Centre Européen de Promotion des Arts et Lettres (CEPAL)*
- ***La parole confisquée***, polar, Éditions du Bastberg, 2018, 2e édition 2021, *Prix de la Société des Écrivains d'Alsace, de Lorraine et du Territoire de Belfort (SEALB)*
- ***Sundgau Alsace - Les Routes de la Carpe frite***, en collaboration avec Jean-Paul Girard, photographe, 2019
- ***La peau de la bête***, polar, Éditions du Bastberg, 2019
- ***Vieux interdits***, roman, Éditions du Signe, 2020
- ***La ligne droite***, polar, Éditions du Bastberg, 2021, *Prix du Polar Alsace 2021*
- ***Pleure pas, Louise !*** roman, Éditions du Signe, 2022
- ***Le journal d'un nul***, roman, Éditions du Bastberg, 2023

quelques vingt années qui se sont écoulées depuis la parution du roman originel, le comportement et les réflexions du jeune homme sont incroyablement actuels.

Pour toutes ces raisons, les Éditions du Bastberg ont décidé de publier de nouveau l'ouvrage sous le titre *Le journal d'un nul*.

Le roman initial n'a quasiment pas été modifié sur la forme ou le fond.

La trame et le scénario n'ont pas été retouchés. L'auteure a juste corrigé ou précisé ce qui devait l'être. Par ailleurs, elle a ajouté un épilogue pour répondre à certaines des questions posées par des lectrices et lecteurs du roman originel.

Dans le précédent ouvrage, Renée Hallez avait adopté le langage plutôt familier de Paul Soyotte. Celui-ci donnait dans la narration et dictait une sorte de « journal parlé ». Dans *Le journal d'un nul*, l'auteure respecte globalement le style du jeune homme, dont son vocabulaire. Il est de ce fait possible que ce roman étonne des lectrices et des lecteurs habitués aux autres écrits de Renée Hallez. Mais n'est-ce pas le privilège des écrivains de talent de pouvoir se glisser dans la peau de n'importe quel personnage ?

L'auteure et l'équipe des Éditions du Bastberg vous souhaitent de passer de très agréables moments avec ce roman drôle et dynamique.

Même s'il est basé sur des éléments réels, *Le journal d'un nul* est une pure **fiction**.

Toute ressemblance avec des personnes réelles existantes ou ayant existé est purement fortuite.

Il en est de même s'agissant des lieux, l'auteure ayant eu la possibilité, au cours de sa longue carrière, d'exercer plusieurs métiers dans diverses régions.

Enfin, pour enlever toute ambiguïté, l'auteure ne raconte pas sa vie mais s'est inspirée de celle de personnes qu'elle a eu l'occasion de croiser.

# 1

Seul dans un bureau de merde de la trésorerie générale – la TG pour les initiés – situé au fond d'un couloir interminable comme une circulaire ministérielle, je tape à longueur de journée, enfin presque, sur un clavier crasseux. Pas crasseux, dégueulasse, le mot n'est pas trop fort. Quelques touches sont à peine lisibles tant des couches noires de poussière grasse s'empilent. Il y a sur ces touches toute la sueur, toute la misère de ceux qui m'ont précédé dans ce boulot débile. Certains matins, la vue de ces touches me donne envie de vomir. Pour le moment, je devine encore les lettres. Mais, dans quelques mois, il sera nécessaire de connaître par cœur les touches. J'ai demandé un produit pour nettoyer le clavier. Je ne sais pas quand il viendra.

Je saisis, comme ils disent. Je saisis, sans saisir, tout en m'efforçant de saisir plus qu'ils ne m'en donnent à saisir. Je saisis des écritures comptables : code, compte, débit, crédit, somme.

Sur ordre d'une petite conne qui m'amène de temps à autre des piles de fiches comptables. Qui se croit autorisée à rentrer dans mon bureau sans frapper. Normal ! Elle est contrôleur, un cadre B. Et moi, je ne suis qu'un agent de recouvrement, un AR, un cadre C. À peine sorti du stage, de surcroît. Alors, elle se comporte comme un cerbère. Et profite du prétexte des fiches pour contrôler si je suis là et si je bosse.

Tout à l'heure, elle est encore entrée sans frapper. Aujourd'hui, vendredi 15 septembre 2000, elle est habillée en cool. Jupe vert olive au ras de la foufounette, chemisier fleuri ouvert sur… Sur rien. Elle n'a même pas de seins. Juste un décollage de mamelons qu'on ne voit pas quand la crinière d'un faux blond est libre de toute attache.

Je l'ai regardée s'avancer. De la porte à ma table informatique, il y a trois mètres. Elle a mis exactement cinq secondes pour franchir la distance. J'ai compté. Et pendant ce temps, ses yeux de serpent ont tout balayé. Même moi. Je me suis senti devenir tout petit, une merde.

— Vous en êtes où ?

Comme d'habitude, elle ne s'intéresse qu'au boulot, à l'état d'avancement de mes tâches, comme elle dit. Le reste, ma santé, ma vie dans ce bureau horrible, elle s'en tape.

— J'ai presque terminé, Mademoiselle Verlin.

Je me déteste quand je lui réponds ainsi. Je me sens comme lorsque j'avais sept ans et que l'institutrice me demandait où j'en étais avec mes calculs.

Mais je m'aime aussi lorsque le serpent me dit :

— Je vous ai déjà dit de m'appeler « Madame » !

À trente-deux ans, elle n'est pas mariée et les collègues prétendent qu'elle le vit mal. Je les crois, puisque je l'agace avec mes « Mademoiselle ».

Zieutant mon écran, la contrôleuse cherche je ne sais quoi. Une erreur, sans doute. Ou l'icône d'un jeu. Toujours à soupçonner le pire !

— Il faudra accélérer pour terminer avant midi. On est vendredi !

Comme si je ne le savais pas !

— Oui, Mademoiselle Verlin.

Le serpent sur pattes s'éloigne, agacé de nouveau par le « Mademoiselle ». Je regarde ses jambes. Même pas belles. L'affreuse s'obstine à mettre des jupes trop courtes pour ses pattes trop maigres. On dirait une cigogne. Même enfermé pendant des lustres dans les archives de la trésorerie générale, je n'en voudrais pas.

La porte se referme sur la crinière blondasse. Encore une qui s'imagine qu'il suffit de grimper dans la hiérarchie pour exister ! De toute évidence, elle ne connaît que cette grimpette. Quel mec normal peut s'intéresser à une femelle à crinière de lion avec des yeux de serpent et des pattes de cigogne ?

Il me faut reprendre la saisie. La saisie ! Il me fait marrer ce mot. Saisir quoi ?

En dehors des fiches comptables que je saisis entre deux doigts une fois que leur contenu a été introduit dans la bécane, il n'y a rien d'autre à saisir. Sauf que, parfois, je me rends compte que la cheftaine me fait passer de curieuses écritures. Même la bécane n'en veut pas. Il faut alors la forcer.

Ministère… Titre… Compte à débiter... Montant... Code… Encore une heure à tirer avant le repas. Combien de fiches à passer ? Ça va, j'aurai fini avant midi. Mais, comme d'hab, je vais traîner un max. Surtout, ne jamais aller trop vite. S'il y a une chose que j'ai apprise ici, c'est de faire les choses en temps utile, l'utilité étant appréciée à un quadruple niveau.

Au niveau un, par la contrôleuse Verlin qui balise devant le chef du service. Et qui tient à avoir le résultat de mes débits-crédits pour une certaine heure. Comme elle n'a jamais pratiqué de saisie, elle ne connaît pas par expérience le temps nécessaire à cette tâche. Alors, elle se base sur le travail de mon prédécesseur qu'elle chronométrait à son insu. Heureusement, le collègue était particulièrement lent.

Au niveau deux, par le chef du service de la comptabilité, Gilles Bastian, un cadre A. Un vieux, en âge et en esprit qui attend le jour de sa retraite. Et, en attendant, qui balise devant tout et rien. En ce moment, il a raison de baliser. La hiérarchie lui cherche des poux dans la tête. Même dans l'administration républicaine, il arrive que l'on cesse d'être bien vu à la cour.

Au niveau trois, par les grands chefs locaux. D'abord, le fondé, bras droit du trésorier-payeur général dit le TPG. Puis, le directeur des vérifications. Enfin, les vérificateurs, inspecteurs principaux, les IP ou les vérifs selon l'humeur, des super-cadres A, eux. Pour la plupart, imbus de leur personne et de leurs pouvoirs. Et qui balisent tout autant que Bastian. L'ambition peut être une drogue qui rend malade. De trouille devant l'ombre d'un simple retard, d'une erreur, d'une malversation, d'un collègue ambitieux…

Au niveau quatre, par moi qui ne tiens pas à faire autre chose que ce travail. Ce qui implique une certaine organisation de ma part pour ne jamais laisser paraître la moindre disponibilité pour une autre activité. C'est peut-être dégueulasse vis-à-vis de mes collègues. Mais quand je suis noyé, aucun ne vient me donner un coup de main.

J'ai presque terminé. Il reste une demi-heure pour les cinq dernières fiches. Pas de panique !

Voilà cinq mois et demi que je suis ici. Plus de cinq mois, seul dans un bureau de quatre mètres sur même pas deux mètres. Un boyau que personne n'aime. Et moi, je suis dans ce boyau. Les murs sont recouverts d'une peinture qui a dû être saumon et vire au merlan frit. M'est avis que des fumeurs ont dû défiler. Le plafond recouvert de fausses dalles est au moins à quatre mètres. Je me demande quelle est sa véritable hauteur. Coincés dans les dalles, des porte-néons. Une horreur, cet éclairage ! J'en ai mal aux yeux.

Au sol, des dalles noires et blanches en plastique. Certaines commencent à s'effriter. Mais, bien sûr ! C'est pour ça que la contrôleuse met autant de temps à traverser mon bureau. Elle a peur de glisser sur les dalles. Si elle ne mettait pas des chaussures avec des talons aussi hauts, cette bécasse !

— Monsieur Soyotte, vous rêvez ?

Zut ! Je me suis fait surprendre par la cheftaine. D'habitude, je l'entends venir, mais là…

— Vous devez avoir terminé pour midi.

La porte s'est refermée sur le monstre.

Un monstre qui exige que les AR la vouvoient. Plutôt rarissime dans l'administration, vu que les agents de catégories B et C ont l'habitude de se tutoyer. Mais, c'est ainsi. Et le pire, c'est que je m'exécute.

Un jour, j'aurai sa peau.

# 2

Ce midi, je suis allé manger à la cantine de la préfecture, à deux pas de la TG, avec trois collègues agents de recouvrement eux aussi. Le premier, Pierre Friseur, travaille comme moi au service de la compta. Les autres, Gaston Sainte-Luce et Jean-Pierre Léau, sont affectés au service de la dépense. Les deux services sont proches. Pratique pour se rencontrer.

On a peu ou prou – j'aime bien cette expression – tous les quatre le même âge, vingt-sept à trente ans. Je suis le plus vieux. On s'entend assez bien. La seule différence réside dans la volonté de mes trois collègues de passer le concours de contrôleur. Encore que Friseur me semble moins ardent ces derniers temps. Les trois suivent une préparation gracieusement offerte par l'administration. Pas tout à fait, ils ont dû payer les fascicules. Mais, tout de même, l'administration fait un geste appréciable.

Pendant les repas, d'ordinaire, nous ne parlons pas du boulot ni des chefs. Une règle tacite. Mais, aujourd'hui, un événement justifie une transgression de la règle. Sainte-Luce a vu la môme Verlin dans le bureau du directeur des vérifications. Et à sa façon de prononcer le mot « vu », on se doute bien qu'il a vu autre chose que deux potiches face à face.

— Je vous jure, les gars, il se passe quelque chose entre les deux.

Gaston insiste. Moi, je n'ai rien remarqué ce matin. La môme Verlin était comme d'habitude. Devant mon air dubitatif, le collègue rajoute :

— Je te dis que je les ai vus. Je ne sais pas ce qu'il lui disait mais en tout cas, il lui faisait de l'effet. Elle était tout émue et se tortillait des fesses.

J'ai émis un grognement en entendant le dernier mot. Mes collègues ne partagent pas mon mépris pour la planche à pain. Surtout Pierre Friseur :

— Soyotte, tu es de mauvaise foi. Elle n'est pas si mal foutue la Corinne ! Ils sont quelques-uns à se retourner sur elle. Tiens, même le chef !

Le chef ! Sûr que le Bastian ne peut résister aux décolletés mensongers et aux mini-jupes de la môme ! Quand on connaît la mère Bastian, on comprend d'ailleurs et on pardonne bien des écarts d'appréciation à son chef de service de mari. Y compris de prendre des mandarines pour des oranges.

Cela dit, en admettant que Gaston ait raison, j'imagine mal le chef des vérifs étaler au grand jour quoi que ce soit. Il est bien trop prudent. Prudent ? Non. Pas courageux. Il n'est surtout pas du genre à assumer une aventure dans la boutique. Avec un simple cadre B en plus ! Il méprise trop la valetaille.

De retour dans mon boyau ce vendredi en début d'après-midi, je ne parviens pas à entamer tout de suite la saisie du nouveau paquet de fiches que la miss Verlin a déposé en mon absence. Elle en a certainement profité pour contrôler si j'ai joué récemment à l'un des jeux installés sur mon ordinateur.

C'est d'ailleurs un point obscur pour moi la présence de ces jeux sur les ordinateurs de la TG.

Comment les hautes autorités, les vérifs en particulier si « suspicionneux », comme dirait l'ami Friseur, les tolèrent-ils ? Mystère !

Pour en revenir à la contrôleuse et au chef des vérifs, elle me paraît impossible cette histoire. Même pendant les heures des repas, la môme Verlin bouffe des fiches comptables. Elle n'a pas la tête à des galipettes. Et le chef des vérifs, gros bosseur, a plutôt l'air coincé de ce côté-là. Pourtant, Sainte-Luce n'a pas l'habitude de raconter des blagues de cette sorte. Il serait même plutôt du genre à voir arriver les évènements avant les autres.

Treize heures quinze. La cheftaine ne sera pas de retour avant quatorze heures. Je vais en profiter pour faire un tour. Le couloir paraît monstrueusement vaste en l'absence de toute circulation. Avec ses vingt mètres de long, ses quatre mètres de large et ses arcs en ogive à cinq-six mètres du sol, on se croirait dans un monastère. Quelle place perdue dans ces vieux bâtiments !

Et ce n'est rien en comparaison du couloir suivant, perpendiculaire au premier et qui fait au moins trente mètres de long. Quel fric gaspillé en chauffage dans ces vieux immeubles qui datent de je ne sais quelle époque ! Quand je pense que le ministère donne des leçons à tout le monde. Qu'il refuse de baisser l'essence, le gas-oil et le fuel. Le contribuable est vraiment pris pour une vache à lait ignorante.

On pourrait profiter des prochaines journées du patrimoine pour faire visiter la TG aux gogos « cultureux ». Les couloirs de la Direction des Services fiscaux aussi, d'ailleurs. Les contribuables réaliseraient qu'une partie de leurs impôts part en fumée dans des couloirs aussi vastes que ceux du métro parisien.

D'un pas de fondé en pleine digestion, je me rends chez ma copine Joëlle, la secrétaire du chef des vérifs. Rien de tel que d'aller à la source. La vue de Joëlle me remplit d'aise. Elle, au moins, est une belle plante. Avec son mètre soixante-dix-sept, son allure de déesse, ses magnifiques cheveux bruns tout frisés…

Comment le chef des vérifs peut-il s'intéresser à une limande plate et desséchée quand il a sous la main une si jolie fille pleine de vie avec des courbes là où il faut ? Il est vrai que Joëlle est guadeloupéenne ; tous les mecs ne fantasment pas sur une peau colorée. Moi, j'aime bien cette femme. Elle est si délicate.

Mais, Joëlle à qui je relate la conversation de ce midi, n'a rien remarqué chez son chef, le sieur Gérard Rodinot. Ce qui m'étonne de la part d'une futée comme elle. Et me trouble. Mon pote Gaston se serait-il trompé ! ?

— Encore que… en réfléchissant, je dois reconnaître qu'il est plus nerveux en ce moment.

Tout de même ! Elle m'aurait déçu si elle n'avait pas décelé le moindre indice.

Donc, Gaston et Joëlle ont détecté quelque chose. La conjonction de leurs radars me comble de joie. Ce week-end, quand j'y repenserai, je pourrai de temps à autre meubler agréablement mon existence à défaut d'autre chose. Car, il faut bien dire que ma vie d'homme en ce moment, c'est le Grand Nord.

Sur le chemin qui me ramène à mon bureau, j'en oublierais les dimensions des couloirs et la môme

Verlin. Sans crier gare, le souvenir de Peggy me saute à la mémoire, m'agresse le cœur et le ventre.

Pire, je suis submergé par un raz-de-marée de spleen. Rien qu'en pensant aux soirées et aux week-ends solitaires et à la galère ! Et ça fait cinq mois que ça dure. Cinq mois que Peggy m'a viré comme un malpropre.

Peggy ! Peggy la cochonne ! Peggy la salope !

Celle-là, aussi, un jour, j'aurai sa peau.

# 3

Samedi 16 septembre. Il fait gris en ce milieu d'après-midi. Pour meubler un silence que je n'aime pas et créer l'illusion d'une présence, j'ai mis en route la télé dans le séjour et la radio dans la chambre.

Je navigue entre les deux pièces. Les deux seules de mon logement. Depuis que la Peggy m'a jeté à la rue, mes moyens ne me permettent pas plus que ce deux-pièces dans un quartier pourri de la ville.

Pourquoi, la ville ? Parce que je n'ai plus de voiture et pas les moyens de m'en payer une nouvelle. Refusant de passer trop de temps dans les transports en commun, je suis condamné à vivre en ville et à marcher. Condamné… n'exagérons pas. J'aime la ville. On a tout sous la main, tout de suite.

À la télé, sur *Eurosport*, il y a les Jeux olympiques. La France a déjà des médailles d'or et d'argent. J'ai d'ailleurs vu la finale d'épée. Le Français Obry a obtenu une médaille d'argent. C'est bien. Mais, insuffisant pour l'intéressé. La gueule qu'il tirait lors de la remise de la médaille ! Je me demande si on la lui a facturée. J'aurais été content à sa place. Être le second olympique, c'est pas mal. Surtout que le Russe qui l'a battu était fort. Ce n'est pas si humiliant d'être battu par un mec fort.

De plus, il y a une sorte de justice. Le Russe courait depuis 1992 après la médaille d'or. Il s'est accroché.

Normal que la vie soit un jour sympa avec lui. Ça existe les prix de persévérance. Il pourrait comprendre ça, Obry. D'autant plus qu'il a de la chance, il a une gentille copine, qui l'a consolé devant les télés du monde entier.

Putain ! Décidément, je parle de plus en plus mal depuis le décès de ma mère ! Il va falloir que je me mette au ménage. Pourquoi la poussière s'obstine-t-elle à tomber ? Qu'elle reste en l'air ! Pourquoi a-t-elle besoin de se précipiter sur la télé ? Heureusement, j'ai très peu de meubles !

La miss Peggy a presque tout gardé. Elle avait fait mettre un max de factures à son nom. Comme un con – il n'y a pas d'autre mot – je n'y ai vu que du feu, à l'époque. La prochaine fois, s'il y a une autre fois, factures aux deux noms ! Et elle ne m'a filé et de quelle façon ! que ce qui me venait de mon père, dit « *Father* » (fazeur, souvenir de mes cours d'anglais). Plus quelques rares bricoles qui ne l'intéressaient pas, dont les cadeaux de deux copains et de ma sœur.

Pour passer le temps, je vais me mettre sur mon ordi dans la chambre. Il y a des jeux. Ça occupe bien.

*Radio-Nostalgie* passe de vieilles chansons. Elles me rappellent ma mère. Qu'est-ce qu'elle a pu me pomper l'air avec ces rengaines quand j'étais plus jeune. Maintenant, je sais que c'était le bon temps. Elle vivait alors. Et moi, je n'avais pas de souci.

Je vais jouer pour oublier le spleen. Un solitaire ? Trop ringard. Dire que je venais d'acheter un jeu super que la salope a gardé. Tout de même, un jour, il faudra que je fasse une virée chez elle. Elle a fait changer les serrures mais je trouverai le moyen.

J'aimerais téléphoner à ma sœur qui est en Suisse. Mais *France Télécom* m'a coupé la ligne. La dernière facture n'est pas payée. Le *Father* m'a prévenu que ce n'était plus la peine de le solliciter.

— Tu as trente ans, il est temps que tu t'assumes ! Et puis, c'est dur pour tout le monde !

OK, *Father*. Mais avec quoi m'assumer ? Mon salaire me permet juste de payer le strict nécessaire, loyer et charges, bouffe, électricité. Plus, les dettes que m'a laissées Peggy. Toi, tu as plein de fric. Dont tu ne sais trop que faire depuis ton récent remariage avec une femme plus fortunée que toi. Mais, bon ! À chacun son point de vue !

J'allais oublier, j'ai aussi les impôts à payer. Même un petit cadre C doit en payer. Quand j'entends le ministre, je râle. Il parle de réduction d'impôts. Pour qui ? Les riches ! Mais nous, les petits employés célibataires, on est proportionnellement surtaxés.

Quand je pense que certains, mal renseignés ou médisants, disent qu'aux Finances on gagne le pactole ! Les grosses légumes, sûrement. Mais pas les petits comme moi ! Même avec les primes je gagne moins de quatre-vingt-dix mille francs[2] par an, soit sept mille cinq[3] par mois. Qu'est-ce qu'on peut faire avec ça quand on vit seul et qu'on a des dettes ? J'entends déjà les bonnes âmes clamer qu'il y a pire. D'accord ! Mais, ça ne règle pas mes problèmes. Le malheur des uns n'atténue pas celui des autres. Où elles ont vu ça, les bonnes âmes ?

---

2. Environ 13 000 euros par an

3. 1140 euros par mois

En attendant, je profite des derniers témoignages de l'affection (hum !) ou de la faiblesse paternelle. *Canal+*, le câble, les abonnements à certains journaux, ce sera fini dans un mois ou deux. Déjà, le téléphone est mort. Quelle déchéance ! Quand je pense à la vie confortable d'autrefois…

Tiens, *Le Monde* (abonnement offert par le *Father* (pour m'aider « à avoir des idées sur tout et me remplir correctement la tête en prévision des concours de contrôleur puis d'inspecteur ») parle du nouveau look de Fabius ! Plus de cravate, le vendredi… *Casual Friday*, disent-ils. Notre ministre veut moderniser la maison Finances. Vous allez avoir du boulot, Monsieur le ministre avec tous les emplumés qui vous entourent. Regardez-les ces énarques, ces polytechniciens et autres cerveaux bien nourris. Vous les voyez sans leur cravate ?

Pour un haut fonctionnaire, la cravate est plus qu'un accessoire d'habillement. C'est un signe extérieur d'appartenance catégorielle. C'est l'arbre qui cache la forêt. Pendant qu'on s'intéresse à sa cravate, le haut fonctionnaire fait tourner son cerveau à trois cents à l'heure. On en est toujours à phosphorer sur elle qu'il a déjà pondu une circulaire ou un décret.

Le jour où les hauts fonctionnaires ne pourront plus s'abriter derrière leur cravate, on les verra venir. Stratégiquement, ce n'est pas bon.

Alors, laissez-leur le choix, Monsieur le ministre ! Ils vous imiteront pendant quelque temps. Même en pleine République, les courtisans doivent faire leur métier. Puis, ils reviendront à leurs habitudes vestimentaires.

Mais, nous, vos petits agents, il y a belle lurette qu'on a tombé la cravate. Et tous les jours de la semaine, en plus. D'abord, il faut avoir les moyens de s'en payer deux ou trois. Ensuite, il faut les entretenir. Et je ne parle pas des chemises et des costumes.

Je me demande, Monsieur le ministre, ce que vous connaissez des conditions de travail et de vie de certains de vos petits agents. Des jeunes qui démarrent. Des vieux qui n'ont jamais réussi à monter en grade. Quand je vous vois dans votre grand bateau sur la Seine, quand je vous lis ou vous entends, je ne sais trop que penser.

C'est bien les bonnes intentions. C'est bien. Il ne faut jamais cracher sur une bonne intention ministérielle. Surtout, lorsqu'il s'agit de baisser les impôts ou d'augmenter les salaires. Mais, tout de même, Monsieur le ministre, vous trouvez normal qu'un célibataire comme moi gagne aussi peu et soit obligé de payer l'impôt sur le revenu ? Et je ne vous parle pas de la taxe d'habitation et des autres taxes qui frappent tout et n'importe quoi.

Depuis cinq mois, en fait depuis que je vis seul, je n'ai pas connu une seule fin de mois décente. À partir du 20-21, le soir, je mange du pain perdu, des pâtes, des œufs ou je saute sur les super-promotions. Pas question d'aller au restaurant, sauf quand on m'invite. Mais, ça me gêne d'accepter les invitations ; je n'ai pas les moyens de les rendre. Le dernier restau remonte à trois mois. Le cinéma à six.

Quelle vie ! Tout ça, à cause d'un salaire pas terrible et d'une salope qui m'a viré avec des dettes communes.

# 4

Ce lundi 18 septembre, je me dirige vers mon boyau au bout du couloir. En fait, le bout du couloir n'en est pas un. Côté trésorerie générale, il s'arrête net sur une grille. De l'autre côté, le couloir continue pour desservir les bureaux des Services fiscaux.

Les gens du Trésor public et ceux des Impôts sont tous de la même maison, celle du MINEFI, le ministère de l'Économie, des Finances et de l'Industrie. Sur le papier. Ou dans la tête de hauts fonctionnaires qui travaillent sur la réforme. Ou dans celle de gens pour qui autour et alentour, c'est du pareil au même.

Mais, dans la réalité, sur le terrain, on est séparés. Par des grilles, des portes, des rues. Pire, on est séparés par des compétences différentes, des systèmes de primes différents. Surtout, on est séparés par la connerie, des siècles de connerie. La certitude que de chaque côté de la grille, de la porte ou de la rue, on est les meilleurs et qu'en face, ils sont nuls.

Ce scénario-là se retrouve à tous les échelons. Le dernier acte, le plus beau, est celui que jouent les grands pontes au ministère, les directeurs nommés à la tête des administrations du Trésor public et des Impôts. C'est à celui qui bouffera l'autre.

Dans le marigot de la réforme du ministère, il n'y a pas de place pour deux crocodiles. Il y en a un qui doit dégager. Et je suis prêt à parier, si j'ai bien compris certains tracts syndicaux, que le Trésor public va y laisser des larmes. Et des grosses.

Dans un sens, je m'en fous. Je n'ai pas l'esprit « maison ». La grande famille du Trésor dont me parlait le *Father* qui en fait partie (et qui en parle moins, au fait !), je ne lui dois rien. C'est plutôt elle qui aurait des dettes à mon égard.

D'abord, pour m'avoir volé mon père. Pour avoir bousillé ma jeunesse. Avoir un père inspecteur principal, puis directeur, puis fondé, puis receveur des Finances (un grand chef mais moins grand qu'un TPG), ça fait bien au collège et au lycée quand il faut décliner son pedigree. Mais, le soir et le week-end, un père ambitieux et exploité par sa hiérarchie est souvent aux abonnés absents pour sa progéniture.

Ensuite, pour avoir tué ma mère. Pour l'avoir abandonnée pieds et poings liés entre les pattes de fauves, les magistrats de la Chambre régionale des comptes qui lui ont collé sur le dos un énorme débet, une somme à payer à je ne sais qui. Sans parler de la presse ravie de se faire un comptable public. Ma mère, si professionnelle, si dure et si fragile…

Si j'ai pu à la limite admettre un père fantôme, je ne peux accepter une mère morte. Tuée par une hiérarchie qui ne l'a pas soutenue. Par des collègues qui l'ont lâchée. Jour après jour, pendant des mois, j'ai vu ma mère dépérir. De honte, d'impuissance et de déception. Elle aussi croyait à l'esprit de famille. Un jour, un crabe est passé ; elle est partie ailleurs voir si la fraternité de là-bas vaut mieux que celle d'ici.

Alors, ce lundi, je pose mes deux mains sur la grille comme le ferait un prisonnier et j'attends.

Le froid de la grille pénètre mes mains. Le froid de l'air qui circule dans les couloirs immenses envahit mon corps. J'ai froid. Il y a longtemps que j'ai froid.

— Soyotte, à quelle heure commencez-vous ?

Le bruit émis par la môme Verlin met un certain temps à prendre sens. Lentement, je me retourne. La cigogne est en pantalon noir et veste jaune. Un canari ! Aujourd'hui, j'aurai affaire à un canari.

Pas plus que la cigogne, le canari ne parvient à calmer ma haine. Bien au contraire !

— Monsieur (j'insiste sur le mot) Soyotte, s'il vous plaît ! Bonjour, Madame Verlin !

Le canari a blêmi ; il est javellisé.

— Qu'est-ce qui vous prend ?

Ce qui me prend ? Je vais t'expliquer !

— À partir d'aujourd'hui, Madame Verlin, je dirai « Madame » et non plus « Mademoiselle ». Vous, vous direz « Monsieur Soyotte » et non plus seulement « Soyotte » !

Qu'y a-t-il dans mon regard ? Pourquoi le canari bat-il de l'aile, affolé ?

— Je vous le garantis, vous paierez votre insolence, Monsieur Soyotte !

*Quid* ? Pourquoi paierais-je pour avoir revendiqué le droit au respect, pour ne plus accepter d'être traité comme une merde ?

— Je ne crois pas, Madame Verlin. Je pense même que désormais nous aurons des rapports fort courtois.

Le canari est à la limite de l'asphyxie. Si seulement ce tas de plumes pouvait disparaître de ma vue !

— Désormais ? Et quel est ce ton ?

Je vais l'étrangler ! Non, l'assommer.

— Au fait, Madame Verlin, avez-vous vu monsieur Rodinot aujourd'hui ?

Le canari vire au vert. Une perruche, à présent !

— Mais... pourquoi ?

Devine, ma grande !

— Je ne sais pas. Comme ça !

La perruche se ressaisit mais j'ai eu le temps de constater son trouble. Ainsi, mes potes avaient raison.

— Vous dites n'importe quoi, Soyotte !

Elle recommence ! Elle n'a pas compris ? Je vais lui filer un de ces coups !

— Mais non, Madame Verlin. Vendredi, on vous a vue avec monsieur Rodinot.

Ça y est ! Pan sur la tronche ! Plus de perruche, plus de canari, plus de cigogne ! Juste un tas de plumes en décomposition ! Une contrôleuse qui ne se contrôle plus ! Une machine à distribuer les fiches d'écritures et les vacheries qui s'enraye. Un bonheur ! Mesquin, de courte durée. Mais qui me venge de bien des moments désagréables.

Elle fait demi-tour et s'apprête à m'abandonner à la grille. Elle marque un temps d'arrêt. En pantalon et veste, elle est tout de même mieux qu'en mini-jupe. Raide comme un barreau de chaise, la crinière rejetée en arrière, le vilain oiseau s'éloigne enfin. Quelle belle image que celle-là !

Il est temps de rentrer dans mon boyau. Il ne faudrait pas que le monstre qui s'est enfui en profite pour m'épingler sous toutes sortes de prétextes vicelards. J'entreprends le circuit habituel : allumage des néons, accrochage de ma veste au porte-manteau, mise en route de l'ordinateur, ouverture du volet roulant, fermeture des néons en ce rare moment de clarté naturelle, mot de passe à l'ordinateur, ouverture du logiciel de compta. Routine journalière.

La première fiche comptable est à peine saisie que Pierre Friseur arrive.

— Qu'as-tu fait à la môme Verlin ?

— Pourquoi ?

D'un air catastrophé, le collègue m'annonce :

— Elle est entrée en larmes dans le bureau de Bastian en prétendant que tu avais été particulièrement odieux avec elle.

— Soyotte, qu'est-ce que ça veut dire ? Vous, Friseur, retournez dans votre bureau !

Cette fois, c'est le chef de service qui débarque.

— Que se passe-t-il, Monsieur Bastian ?

Comme si je ne le savais pas !

— Pourquoi avoir été méchant avec Corinne ?

Pourquoi ? Tu me demandes pourquoi ? Je vais te le dire mais tu vas le regretter.

— Je me suis permis de lui suggérer d'être un peu plus discrète lorsqu'elle est avec monsieur Rodinot. Vendredi, plusieurs agents les ont vus ensemble dans le bureau du chef des vérifications et je pensais qu'ils avaient été imprudents. C'est dans son intérêt, Monsieur Bastian, vous le comprenez n'est-ce pas ?

S'il comprend, le papy ? Il perçoit d'un seul coup l'étendue de son infortune, l'imprudence des deux intéressés, les rumeurs qui vont se mettre à circuler.

— C'est bon, Soyotte, continuez votre travail ! dit-il en quittant distraitement mon bureau.

Je continue, Monsieur, faites-moi confiance ! Je continue.

# 5

Ce mardi soir, j'ai décidé de regarder sur *Canal+* le match opposant le PSG à Helsingborgs, une équipe suédoise. Je profite pendant qu'il est encore temps. Bientôt l'abonnement cessera sur décision paternelle.

La journée a été rude. Trop de boulot le matin et une visite imprévue l'après-midi. Mais, pas de volatile contrôlant aujourd'hui. La demoiselle Verlin a déclaré forfait pour cause de maladie. Selon le chef de service, elle aurait un arrêt de travail de quatre jours. Son foie la ferait souffrir. Comme si le foie pouvait faire mal !

Le collègue Sainte-Luce, que j'ai vu à la cantine ce midi, prétend qu'elle souffre plutôt de la foi. Celle qu'elle a perdue en l'amour naissant. Celle qu'elle a été folle de mettre en le sieur Rodinot qui est incapable d'assumer une aventure et encore moins un scandale. Celle que… Oh purée ! Alors que le PSG menait, les Suédois viennent d'égaliser à quelques secondes de la mi-temps.

Donc, la cigogne est absente. C'est très bien. Pendant quelques jours, je ne verrai plus sa tronche, je n'entendrai plus ses sempiternelles réflexions basiques sur mon travail. Le ciel se dégage. Mais Rodinot s'est pointé dans le service au cours de l'après-midi. Il a rappelé au chef Bastian qu'il attend des réponses à d'anciennes observations.

Puis, il a estimé nécessaire de « passer » par mon bureau. Passer ! Il se fout du monde. Il est impossible de passer par mon bureau. Ni par hasard ni autrement. Le boyau est un cul-de-sac. Il ne communique même pas avec un autre bureau. Il faut le faire exprès ou se paumer pour « passer » dans ce burlingue.

Donc, le chef des espions patronaux est entré. Après avoir frappé, tout de même. Il a une certaine éducation. Je l'ai regardé s'avancer la main tendue. Il a mis à peine trois secondes pour arriver jusqu'à moi. Le temps que je prenne conscience qu'il ressemble à un pitbull suivi d'un Bastian, genre toutou.

Comme mon père me l'a appris « avec vigueur », je me suis levé pour serrer la pince du monseigneur. Et puis, avec mon mètre quatre-vingt-dix, je domine l'adversaire qui ne fait qu'un mètre soixante-quinze environ. Stratégiquement, c'est mieux.

— Comment allez-vous ? Votre père va bien ?

Qu'en as-tu à cirer de ma pomme et du *Father* ?

— Bonjour, Monsieur Rodinot. Mon père va très bien, je vous remercie.

Les bonnes manières inculquées par ma mère sont revenues. Un silence s'installe. Ça n'a pas de réalité, un silence. Ça ne se voit pas. Mais, comme c'est lourd, parfois ! Ce silence-là s'est mis soudain à peser une tonne.

— Monsieur Bastian, merci de m'avoir accompagné jusqu'ici. J'aimerais juste dire quelques mots à Monsieur Soyotte.

Congédié le Bastian, comme un domestique désormais inutile. ! Asphyxié par l'humiliation que lui a infligée Rodinot. Dans ce milieu, jamais un grand chef ne parle à un agent de base en dehors de la présence de son chef direct. C'est dire le peu de cas que fait la hiérarchie de ce pauvre Bastian. Il va avoir du mal à s'en remettre !

Quant au petit Paul Soyotte, je présume que ça va être sa fête. Voyons un peu :

— Monsieur Soyotte, vous vous doutez de ce dont je vais vous parler ?

— Non, pas du tout, Monsieur Rodinot.

Il a le regard d'un vérificateur qui ne croit pas un mot de ce que vient de lui dire un percepteur pris en flagrant délit d'irrespect d'une instruction de la Direction générale de la Comptabilité publique.

— Vous avez, hier, tenu des propos inadmissibles me concernant. Ces propos relèvent de la calomnie. Si vous n'étiez pas le fils de votre père, je vous ferais passer en conseil de discipline. En attendant, je vous invite à cesser de colporter tout ragot.

Pour qui se prend-il le pitbull ? Il est prêt à mordre en plus ! Comment ose-t-il jouer les prudes, les offensés ? Pour un peu, il me provoquerait en duel. Il a commis une erreur et les autres devraient payer ?

— Permettez, Monsieur Rodinot ! Je ne sais pas ce qu'on vous a rapporté. Je n'ai rien colporté. J'ai voulu rendre service à Mademoiselle Verlin et à vous-même en tant que collègue de mon père.

Le minus d'en face est troublé. Il a perdu son regard de vérif. Il est presque devenu humain. Les mots, le ton un peu larmoyant que j'ai employés ont fait leur office.

— N'en parlons plus. Mais, à l'avenir, je serai sans pitié. Un seul ragot et la sanction tombera !

Sans pitié ! Je m'en doute. J'ai rarement vu un vérif et encore moins un chef des vérifs avoir de la pitié. Parmi tous ceux qui ont défilé à la maison du temps où ma mère cuisinait pour les invités de mon père, j'en ai peu rencontré des inspecteurs principaux-vérificateurs et des chefs des vérifs qui savaient ce qu'était la pitié.

Qu'est-ce qu'ils en avaient à foutre des jeunes inexpérimentés, des vieux près de la retraite, des pères de famille malades, des mères divorcées ? Seules comptaient, outre la satisfaction du grand chef local, le trésorier-payeur général, la traque de l'irrégularité et la punition du coupable.

J'en ai vu des vérifs se prendre pour des cow-boys, des justiciers, des pourfendeurs de comptables publics ! J'en ai vu des mecs et des nanas aussi devenir des chiens enragés dès qu'ils accédaient au grade d'inspecteur principal. Comme si la réussite à ce concours, en leur donnant l'accès à une catégorie sociale supérieure, faisait d'eux des extraterrestres.

Et l'autre, le Rodinot, avec ses yeux de taupe, ses dents de pitbull et son costume trois-pièces, il reste là, planté près de ma table, espérant qu'il suffit d'un ton ferme et d'un regard méchant pour mettre fin à une rumeur. Il confond rumeur et comptable public craignant pour son matricule.

— Monsieur Rodinot, pensez-vous que je puisse faire taire ce que vous appelez des ragots et qui circulent depuis un certain temps ?

Content, je suis content de moi ! J'ai employé un ton très doux. Celui des malheureux impuissants. Et ça marche ! Il est par terre, le Rodinot.

Lorsqu'il se décide à quitter mon bureau, il a le dos légèrement voûté des victimes expiatoires. Le message est bien passé. Il a compris qu'une machine était en marche, indépendamment de moi, indépendamment de lui.

Pour un peu, il me ferait pitié. Comme certains chefs de poste ou de service « fautifs », qui défilaient dans le bureau de mon père du temps où je m'y rendais et les y croisais. Sauf que, n'étant pas le supérieur hiérarchique de Rodinot, je n'ai aucun pouvoir pour calmer son angoisse naissante. Ni le pouvoir d'arrêter la rumeur qui lui fait peur.

Et le voudrais-je ?

# 6

Le PSG a gagné hier soir. Je n'ai pas vu la fin du match, m'étant endormi sur le vieux canapé dès le début de la seconde mi-temps.

Sale temps aujourd'hui. Il a plu quasiment toute la journée, et dans mon boyau, je n'avais pas très chaud.

Bastian est venu aux nouvelles.

— Que voulait Monsieur Rodinot ?

Pauvre Bastian ! À quelques encablures de la retraite et avec ce que la vie a déjà dû lui balancer comme vacheries, il n'a toujours rien compris ! Encore un qui va laisser sa peau dans un combat perdu d'avance !

— Monsieur Rodinot a besoin de renseignements qu'il pense obtenir de mon père.

Il se sent déjà mieux, le papy. On ne lui cache rien ! On ne complote pas derrière son dos ! La hiérarchie ne cherche pas à le doubler ! Il a dû se faire un sacré cinéma depuis son congédiement d'hier.

Il se redresse, son sourire en disant long sur son calvaire passé et son soulagement actuel.

— C'est bien ! Continuez, Monsieur Soyotte !

Il sort de mon bureau sans même se rendre compte qu'il a mis un « Monsieur » avec un M devant mon nom. Tout à coup, je suis devenu quelqu'un. Je ne suis plus Soyotte, l'obscur agent de base qui saisit bêtement des écritures au fond du couloir. Je suis

Monsieur Soyotte, le fils de Jean Soyotte, receveur des Finances, un RF, presque un trésorier-payeur général. Au surplus, un trait d'union entre ce dernier et le chef des vérifs. J'existe enfin pour Bastian. Pauvre pomme, va !

J'y ai repensé en rentrant chez moi quand j'ai trouvé dans ma boîte aux lettres déglinguée la revue *Échanges contact* que le ministère envoie à tous ses agents. Le *Father* dit que c'est une belle réussite ce canard. Il permet de donner une vision de toutes les directions qui composent le ministère et de leurs activités. Mais, le *Father* en tant que RF fait partie des grosses légumes. De plus, ce n'est pas tout à fait la voix de son maître mais c'est bien imité.

D'accord, c'est vrai que la revue permet de se rendre compte que derrière l'étiquette Finances, il y a un énorme regroupement de pingouin : Douanes, Impôts, Trésor public, Concurrence-Consommation-Répression des fraudes, INSEE, Industrie. Gros ministère ! À mon avis, il doit y avoir bien des jaloux qui aimeraient rogner les ailes au locataire de Bercy.

Surtout qu'il a le pouvoir de dire non. Non à ses collègues qui ne rêvent que de crédits supplémentaires. Or, le « grand argentier », comme on l'appelle parfois, lui, il court après les grands équilibres.

Si les ministres de la Culture, de l'Éducation ou d'autres obtiennent trois sous de plus, le ministre des Finances est automatiquement obligé soit de retirer trois sous à un autre ministre soit d'obtenir trois sous de recettes en plus. Pas de miracle ! Ou on réduit les dépenses ou on augmente les recettes. Encore que les recettes, on ne les augmente pas aussi facilement.

Pour en revenir à la revue *Échanges contact*, son titre déjà m'interpelle, comme dit l'un des copains énarques du *Father*. Échanges, ça veut dire un va-et-vient. Tu m'écris, je te réponds, tu répliques, bref ! on discute. Or, la revue ressemble plus à une pub ministérielle qu'à une zone de libre-échange.

Certes, elle invite n'importe quel quidam à adresser un texte au comité de rédaction. Mais d'abord, quel quidam ose envoyer un baratin ? Qu'en fait-on ? Publie-t-on tout ce qui vient des agents, de tous les agents ? Je trouve que tout est lisse là-dedans, aussi lisse que le papier glacé de la revue.

Et puis, toutes ces têtes de conseillers, de directeurs, d'agents… Cette manie de tout un chacun de vouloir exposer sa bobine… Autrefois, les fonctionnaires étaient des gens discrets plus soucieux d'efficacité que de publicité. À présent, ils sont atteints par le *virus communicatus*. Comme le reste de la société.

Est-on plus efficace lorsqu'on a sa trombine qui sort dans un canard ou qui passe à la télé ? Les grands communicants prétendent qu'il faut permettre aux employés de sortir de l'anonymat et de s'exprimer. Que c'est nécessaire à leur épanouissement, à la qualité de leur travail. Discours intéressé. Les fonctionnaires constituent un filon comme un autre pour ces grands filous de la communication. Épanouissement personnel, modernisation du service public, il n'y a plus que ça qui compte. Il paraît que c'est pour rendre un meilleur service à l'usager du service public.

Usager du service public, que de fric l'État, les villes, les départements, les régions et les autres dépensent pour chercher à te plaire ! Des millions de francs (des euros, bientôt) partent chaque année dans la poche des grands communicants. Et tout ça pour quoi ? Pour que tu cesses de râler.

Ils ont tout faux les *big* chefs. Parce que tu ne cesseras jamais de râler. Tu es comme un gosse trop gâté, capricieux. Mal élevé en plus car tu ne sais même pas dire merci. Tu es le peuple, tu es le roi. Normal ! Quoique !

Mais pauvre cloche, tu oublies que ces millions comme les autres, il faut les trouver quelque part. Et c'est dans ta poche que les percepteurs et autres collecteurs d'impôts viennent les chercher. Dans ta poche, à chaque heure du jour et même de la nuit ! Il n'y a pas une minute de ta vie qui échappe à l'impôt. Et tout d'un coup, tu pètes les plombs. L'essence est trop chère, les feuilles d'impôts trop lourdes, les fonctionnaires trop nombreux…

Tu déconnes ou quoi ? Sous prétexte que tu as mis ta casquette de contribuable, tu exiges des économies ? Tu es prêt à envoyer à la guillotine tous les pique-sous de la République ?

Faut être cohérent ! Tu ne peux pas jouer les monarques capricieux et les traîne-misère fiscaux ! Maître ou esclave, il faut choisir ! À trop exiger du service public, il est logique de payer la note. On n'a rien sans rien.

Et puis, il faudrait peut-être apprendre à tes mômes à moins dégrader les équipements publics. Ça coûte cher les conneries de tes petits monstres ! Tu t'en fous ? Tu fais partie de ceux qui ne paient pas d'impôts ? Tu rigoles ! Et la TVA, la sournoise que tu avales, fumes ou bois à longueur de temps ? Personne n'échappe à la TVA. D'une façon ou d'une autre, riche ou pauvre, tu casques pour les conneries de tes héritiers.

T'es-tu déjà demandé si ta part du gâteau ne serait pas plus grande s'il ne fallait pas tout le temps remettre en état ce que tes affreux gamins bousillent ?

Tu râles… Tout ce que tu sais faire !

# 7

Ce jeudi 21 septembre n'a pas été une bonne journée. D'abord, mon réveil n'a pas sonné. Je suis arrivé au boulot avec plus d'une heure de retard. Ensuite, au moment d'introduire ma carte dans la pointeuse, le pitbull m'a sauté dessus.

— Alors, Monsieur Soyotte, c'est à cette heure-ci que vous arrivez ? Vous n'ignorez pas qu'étant en dehors des horaires autorisés, vous devez passer par le Personnel pour régulariser votre situation !

Il y a des moments dans la vie où on se sent mal dans ses baskets. On aimerait envoyer promener l'autre. Seulement, voilà. Comme on est fautif et que l'autre l'a constaté de visu, on perd une partie de ses facultés. Je le hais. Mais, je dois la fermer.

— Bonjour, Monsieur Rodinot. Je vais passer au service du personnel, comme le prévoit le règlement.

J'aimerais le toiser du haut de mes centimètres supplémentaires, lui dire d'aller se faire foutre.

— Très bien ! Mais je prends note de ce retard !

Qu'est-ce qu'il en a à cirer de mon retard ? Un chef des vérifs a autre chose à faire que de servir de pointeuse.

Là-dessus, j'arrive au service du personnel. Le chef est une cheftaine. Une petite brune de cinquante ans. Sèche à tous égards. Agressive. Impolie. Mais une fois de plus, je ne suis qu'un AR, n'est-ce pas ?

J'ai à peine le temps de commencer à décliner le pourquoi de ma venue.

— Décidément, vous brillez aussi par vos retards !

Pourquoi « aussi » ? Qu'insinue-t-elle ?

— Je ne comprends pas. Vous pouvez m'expliquer, Madame Klinghert ?

Les yeux de la cheftaine passent du brun au noir. Une ombre de rose apparaît sur ses maigres joues.

— Rien, rien du tout ! Il serait temps de rejoindre votre service !

La question a embarrassé l'affreuse qui en a trop dit ou pas assez.

— Je suis désolé, Madame Klinghert. Que signifie le « aussi » ? Qu'a-t-on à me reprocher ? Depuis six mois que je suis à la TG, en dehors du retard de ce matin, qu'ai-je fait de répréhensible ?

Agacée, la cheftaine n'en peut plus. Il lui faut se débarrasser de moi.

— Admettons que j'ai eu une expression malheureuse qui a dépassé ma pensée. Inutile d'en faire toute une histoire ! Je pourrais très bien prétendre que vous avez mal compris. Est-ce clair, Monsieur l'agent de recouvrement Soyotte ?

Si c'est clair ? Comme une vitre qui vient d'être nettoyée. J'ai parfaitement saisi le message. Ou je ferme ma gueule et oublie l'incident. Ou la malhonnête me fait passer pour un débile à la prochaine notation. Elle ne perd rien pour attendre. Quant à sa porte, je la claque, histoire de permettre à mes ondes négatives de polluer l'atmosphère de la mégère.

— Que vous arrive-t-il, jeune homme ? Est-ce une façon de fermer une porte ?

Le TPG ! Il y a des jours…

— La porte m'a échappé, Monsieur le Trésorier-payeur général.

Je n'ai pas le temps d'en dire plus. La mère Klinghert, dont les oreilles doivent être plus sensibles au son de la voix patronale qu'au bruit d'une porte qui claque, sort de son bureau.

— Bonjour, Monsieur le Trésorier-payeur général. Paul Soyotte est un peu énervé, aujourd'hui. Son retard de plus d'une heure le met mal à l'aise !

La salope ! comme disait et répétait Daniel Gélin dans le film *La vie n'est pas un long fleuve tranquille*.

Elle traîne une réputation de femme dure, autoritaire, prompte à baver auprès de la hiérarchie à la moindre peccadille commise par le personnel. Si j'avais eu un doute quant à la justification de cette réputation, il aurait été immédiatement balayé.

En une courte phrase, elle a signalé et mon retard et son importance et mon état d'esprit. Dans d'autres circonstances, j'aurais admiré la prouesse. Toutefois, en l'espèce, comme dirait un copain avocat du *Father*, je manque cruellement de recul.

— Regagnez donc votre service, jeune homme et faites en sorte de vous faire oublier !

Alors, là, si le TPG se met à me traiter comme un gamin coupable d'une bêtise ! J'ai supporté ça pendant des années du *Father* quand j'étais trop petit pour oser mordre. Voilà que ça continue !

— Monsieur Soyotte, je commençais à m'inquiéter ! En plus, avec tout le travail que nous avons…

Bastian, à présent ! La totale ! Il me serre la pince mais son œil et son esprit sont ailleurs.

— Monsieur le Trésorier-payeur général, bonjour. Pardonnez-moi, je ne vous avais pas vu. Le travail…

Quel nase ! Avouer au grand patron qu'il ne l'a pas vu ! Reconnaître à la fois son trouble, son incapacité à dominer ses émotions, la moindre importance du patron par rapport à ses petits soucis ! Et la sanction tombe, du moins ce que mon chef prend pour telle :

— Tout de même, Monsieur Bastian, ne pas me voir ! C'est plus qu'étonnant !

L'air narquois, le TPG fixe résolument son chef de service. Visiblement, le trouble naissant de ce dernier l'amuse beaucoup. Bastian ne remarque même pas l'œil brillant du patron. Il prend une allure de coquelicot, la tête rouge, le corps penché.

Il ne mesure pas, il ne peut pas mesurer l'humour de la situation. Et pourtant, comment ne pas voir dans un couloir le TPG, un homme qui fait près de deux mètres et pèse cent-vingt kilos ?

— Pardonnez-moi, Monsieur le Trésorier…

Même la mère Klinghert se marre devant le quasi-malaise de son collègue.

— Je ne sais pas si je vais vous pardonner…

Le père Bastian n'a qu'une idée en tête, fuir. Mais aussi, dans la foulée sanctionner le coupable, celui qui est à l'origine de son malaise. Et ma fête commence ou plutôt recommence.

Entre le bureau du personnel et mon bureau, bien qu'ils soient au même étage, il y a au moins quarante mètres. Je vais parcourir la distance avec une furie à mes côtés. Une furie de mauvaise foi, un personnage injuste, méchant, agressif, grossier, qui termine ses reproches par :

— Soyotte, je vous préviens, une seule erreur, un seul retard dans la saisie et je vous le mets aux petits oignons votre prochain rapport de notation ! Et quand on a un mauvais rapport aux fesses, ça ne sent pas bon pour la suite de la carrière !

D'abord, je ne suis plus Monsieur Soyotte ; j'ai perdu tout droit à une quelconque considération. Ensuite, jamais Bastian n'avait employé un tel ton menaçant avec moi. Enfin, jamais je ne l'avais entendu dire des grossièretés.

On me l'a changé, le Bastian. Et pas en bien !

# 8

Lundi 2 octobre. Je n'ai pas trop le moral. Heureusement que les fiches d'écritures se sont multipliées ! Le boulot empêche de trop cogiter.

Rien ne tourne vraiment rond et tout se mélange dans une infecte purée d'emmerdes.

Le *Father* est aux abonnés absents alors que je croule sous les factures. Sans parler d'une menace d'interdiction bancaire. Bien sûr, c'est normal que je me débrouille « à mon âge ». C'est normal que mon père dispose librement de son fric. Mais, tout de même, couper le robinet brutalement ! Se foutre de ce qui peut m'arriver !

Le *Father* n'a jamais été un modèle de père affectueux. Ma sœur et moi étions nés, il faisait avec. Quoique ! Mais on ne devait pas en demander plus. Et rien n'a changé avec le temps, pas même avec la mort de notre mère. Par souci le plus fréquemment du qu'en dira-t-on ou, de temps à autre, sous l'effet d'un mystérieux remords, il se souvient qu'il a des enfants. Alors, il distribue quelques menues oboles ou invite au restaurant quoiqu'il n'aime pas trop les restaus. Mais, une carte pour l'anniversaire, un mot affectueux au téléphone, c'est trop pour lui. Alors, je ne vois pas pourquoi je ne profiterais pas d'un système qu'il a lui-même instauré.

Et j'ai tant à lui faire payer.

Le collègue Friseur a quitté aujourd'hui le service de la compta pour le privé. Il a trouvé un job dans l'informatique. Même si nous ne passions pas notre temps, comme certains, à bavasser toute la journée, c'était agréable de pouvoir échanger avec un mec de mon âge qui connaissait le travail du service. Mêmes préoccupations, mêmes codes, même conception de la vie de surcroît, ça facilitait les rapports.

On se voyait quelques minutes par jour, le temps de respirer. On parlait de sport, de lectures communes, de tout, de rien. On se retrouvait plus longuement à la cantine. À partir d'aujourd'hui, c'est fini. Ce sera moins drôle. Et ça me rend triste.

La môme Verlin n'est pas revenue de son congé maladie. Il paraît qu'elle a une prolongation. En me saluant à peine ce matin, Bastian a laissé entendre que la cigogne souffrait d'une dépression nerveuse. Je l'ai vu venir le vilain mou. De toute évidence, il cherchait à me culpabiliser. Mais, tu peux toujours y aller, vieux croûton rassis, je ne me sens pas coupable. Et même, c'est bien fait pour le volatile ! Ça lui apprendra la vie à l'emplumée. Elle va savoir ce que c'est que d'être harcelée par des idées indésirables.

Bastian lui-même m'a apporté les fiches à saisir ce matin. Comme la cigogne, il est entré sans frapper, a traversé lentement mon bureau. Il m'a de nouveau serré la main en pensant à autre chose. Évidemment, puisqu'il songeait à son adjointe, la déprimée. Alors, forcément, il ne pouvait pas me voir. Ou plutôt, ce n'était pas moi qu'il voyait mais, à travers mon personnage réel et transparent, son adjointe absente. Normal ! L'adjointe lui est plus... indispensable.

Bastian est un pur produit de l'administration dans sa façon de traiter les rapports humains. Inhumains devrais-je dire. Trop souvent, dans l'administration comme dans le privé d'ailleurs que j'ai un peu testé, on n'existe que si on est utile. Sinon, on est une fiche de paie posée sur une chaise.

Par contre, je suis redevenu une réalité quand le chef s'est souvenu qu'il devait me donner des fiches à saisir. Et, aussitôt après la remise des petits papiers, j'ai de nouveau disparu dans la grisaille des murs.

En pleine saisie des fiches, j'ai reçu la visite d'un collègue du service, un vieux de cinquante ans passés, avec qui j'ai échangé tout au plus cent mots en six mois. Un instant, j'ai douté de mes lucarnes et de mes esgourdes. Il était tout sourire, la main tendue, le mot aimable :

— Comment vas-tu ? Pas trop dur d'être seul toute la journée ?

Tant de sollicitude subitement, ça cache forcément quelque chose. Qu'est-ce qu'il me veut, le hibou ? Qu'est-ce qu'il dissimule derrière ses hublots trop grands pour sa petite tête ?

— Paul, on fait une quête pour un petit cadeau destiné à Corinne afin de lui remonter le moral. On a pensé que tu serais d'accord pour y participer.

Ah voilà ! Jamais, il ne vient dans mon burlingue celui-là. Jamais, il ne m'adresse la parole. Pire, durant les premières semaines de mon arrivée dans le service, il me battait froid sous prétexte que j'étais le fils de mon père. Mais, qu'est-ce que j'y peux d'être le fils d'un receveur des Finances ? Qu'est-ce que j'ai de plus ou de moins ?

Cette manie de s'en prendre aux enfants quand on pense avoir des comptes à régler avec les parents ! Cette habitude de considérer tout ce qui a une casquette de chef comme étant l'ennemi à abattre ! On peut raconter ce qu'on veut, la lutte des classes n'a pas disparu. Et la connerie, n'en parlons pas !

— Désolé, Alfred, je ne donnerai pas un centime pour la miss Verlin. Elle n'est pas sympa avec moi.

Devant le regard incrédule du hibou, je préfère me taire, estimant en avoir déjà assez dit.

— Qu'est-ce que tu lui reproches ? Elle fait son boulot, c'est tout !

C'est tout ! Ben voyons ! D'abord, c'est un peu fort de café que le hibou ne trouve pas normal mon refus de participer. On est en République, tout de même ! En plus, il faut peut-être que je me justifie alors qu'il sait pertinemment de quoi il retourne ? Je le trouve de mauvaise foi, le vieux.

— Je n'ai pas envie d'expliquer quoi que ce soit. Je ne donnerai pas un centime, c'est tout.

Le pâle hibou prend une teinte de homard après cuisson.

— Après tout, tu fais ce que tu veux !

Demi-tour sur l'aile droite, exit le collègue.

La porte refermée, je me dis que j'aurais dû être plus diplomate, plus subtil même. Faire semblant, rentrer dans le rang, m'associer au mouvement général, être des leurs… Et puis, non ! Depuis que je suis petit je ne fais que ça, dire amen, ravaler mes colères, mes envies, mes états d'âme, pour plaire, éviter les conflits, être aimé peut-être.

Terminé !

De toute façon, quoi que je fasse, je ne serai jamais des leurs. Nulle part. Il y a des gosses qui naissent avec une différence bien visible qui explique, sans légitimer, certains phénomènes de rejet à leur encontre. Moi, je suis né sans signe distinctif. Pourtant, il faut croire qu'il existe des marques invisibles pouvant déclencher automatiquement des réactions négatives.

On peut être une tête de Turc, un bouc émissaire, dès la naissance. Un Obélix de l'indésirable en quelque sorte. On tombe dans la marmite que l'on peut ! J'ai pas tout compris de cette putain de vie mais ça, j'ai fini par le saisir.

Et ça me rend tout bizarre.

# 9

Le chef Bastian a décidé depuis longtemps que j'ai des problèmes relationnels ou tout au moins que je suis un gars renfermé. Il a du mal à admettre et encore plus comprendre que je n'ai pas envie de me mêler aux autres pingouins du service. Alors, un jour, il m'a inscrit d'office à une formation à la communication. Celle-ci a eu lieu jeudi 6 et vendredi 7 octobre.

Je suis claqué après deux jours passés avec neuf autres parias de la com. Mais ça m'a sorti de la routine habituelle.

La formation a eu lieu dans les locaux d'un des centres d'information et de communication (CICOM) mis en place par le ministère. Le CICOM local a mis à notre disposition deux formateurs.

J'ai bien aimé les jeux et les apports théoriques du module « J'optimise mes relations avec mes interlocuteurs ». C'était intéressant, divertissant ; mais aussi dur à vivre par moments. C'était en effet pénible de voir certains collègues souffrir. Pourtant, les jeux proposés étaient plutôt sympas et les formateurs n'ont jamais cherché à mettre les gens dans l'embarras.

Certes, presque tous les agents qui suivaient la formation durant ces deux jours et qui venaient des Douanes, des Impôts et du Trésor public avaient été, comme moi désignés d'office en raison de leurs difficultés de communication, réelles ou supposées.

Franchement, si personnellement j'ai des problèmes de communication, Bastian aurait bien fait de venir suivre le stage. Il aurait vu ce qu'est un agent renfermé, incapable d'aligner deux phrases ou de parler gentiment aux autres. Au moins, ces deux jours m'ont confirmé mes aptitudes à me débrouiller en société et l'imbécillité de Bastian, incapable de jauger ses subordonnés.

À ce propos, j'ai entendu dire que pratiquement aucun agent du cadre A, dont les directeurs et les vérificateurs, n'acceptait de suivre les formations du CICOM. Certains chefs de poste ou de service s'opposent même à ce que leurs agents des cadres B et C y participent, prétextant un travail quotidien trop lourd pour perdre du temps dans des stages bidons.

Ce ne sont pas des formations fantaisistes. On en ressort secoués, ayant pris conscience de conneries qu'on peut faire à longueur de journée, étonnés d'avoir ensuite en face de soi un mur de silence, d'incompréhension ou rien, l'autre ayant préféré se tirer.

Si j'étais le général en chef d'une des grandes Directions du ministère, j'obligerais mes services centraux à inscrire dans le cursus des écoles nationales de cadres A des jours de formation CICOM, afin de sensibiliser mes futurs inspecteurs aux relations humaines. Car, ces cadres A, très jeunes pour certains, se trouvent dès la sortie de l'école, quasiment du jour au lendemain, parachutés par leur Direction à la tête d'un service, d'une perception, d'un centre d'impôts, etc. De ce fait, ils sont appelés à avoir des relations avec des élus locaux, des contribuables, des chefs d'entreprises, des subordonnés.

Parce qu'ils sortent de l'école, ils seraient selon la hiérarchie capables d'affronter les aléas des relations humaines. Mais combien d'entre eux sont de vraies catastrophes ambulantes ! Non pas en raison de leur manque de connaissances, certains auraient plutôt un excédent de bagages en termes de savoirs. Il leur manque parfois simplement le sens de l'autre.

Bien sûr, ce ne sont pas quelques jours de sensibilisation qui feraient d'eux des petits génies du contact humain. Mais, au moins, dans la masse, il y aurait un certain pourcentage qui ne confondrait plus agents et serpillières, clients et casse-pieds, autres administrations et nids d'incompétence, entreprises et repaires de mafieux.

Pour en revenir aux formations du CICOM, lorsque je vivais chez mes parents qui recevaient beaucoup, j'ai pu constater qu'il y avait pas mal de chefs de service, de centre ou de poste qui n'avaient rien compris. Ils confondaient formation à la communication et psychothérapie. Encore maintenant, les grands, moyens et petits chefs sont souvent prêts à casser du sucre sur le dos des CICOM mais ils n'hésitent pas à leur expédier leurs cas les plus lourds.

Comme si la solution était toujours ailleurs ! Comme si la hiérarchie et les collègues n'avaient pas à se remettre en cause ! Comme si celui qui va mal, communique mal ou ne communique pas était seul responsable ! Comme si des formateurs, aussi compétents soient-ils, pouvaient régler ce qui n'entre pas dans leurs compétences ! Comme si, en deux jours, on pouvait remettre en marche des circuits grippés depuis des lustres !

Comme si, surtout, la société devait être composée uniquement de gens dits normaux, coulés dans le même moule comportemental ! On a fait beaucoup de progrès sur le plan technique. Mais, sur le plan psychologique, il y a encore du boulot. Dans l'administration, on aimerait, non pas ne voir qu'une seule tête, il ne faut pas exagérer. On accepte toutes les têtes. Enfin, presque. Mais, on aime les cerveaux formatés, coulés dans le bronze de la pensée unique.

D'ailleurs, on a un superbe ouvrage, un guide sur la déontologie du parfait fonctionnaire. Des fois que ces petits ignorants de stagiaires qui débarquent dans l'administration et dont j'ai fait partie ne sauraient pas qu'ils appartiennent désormais au sacro-saint ensemble de la fonction publique.

Le bel ouvrage parvient en fait à transformer le néophyte plein d'illusions en un trouillard de première. Pire, au lieu de sortir de la formation à la déontologie fier d'appartenir à une maison sérieuse et dévouée à la chose publique, ledit néophyte vient d'apprendre à craindre pour son matricule, se sent prêt à dénoncer père et mère pour ne pas courir le risque de voir l'ombre d'un procureur.

Car, la déontologie, mal présentée, mal vendue par les grands chefs, c'est d'abord et avant tout un outil de formatage par mise en lumière des aspects négatifs, des interdits, des erreurs, des malversations, bref, des comportements répréhensibles… chez ceux d'en face, le plus souvent.

Et, au bout du tunnel, il y a l'article 40 alinéa 2 du Code pénal. L'article qui dit aux fonctionnaires de dénoncer l'autre.

L'article qui donne un brevet de citoyenneté aux balances. Mais aussi l'article qui fera d'une balance un paria. En effet, on voit le nettoyage social, l'éradication du mal. Mais, après ? On ne pense pas que si la société apprécie que le ménage soit fait de temps en temps, elle déteste les bavards. Elle les met sur le banc de touche. Elle les oublie au fin fond d'un placard. Et de justicier, le donneur devient victime. Contradiction d'une société française qui a toujours apprécié l'ordre mais adoré Cartouche.

Aussi, avant de brandir le Code pénal et d'ordonner aux fonctionnaires de dénoncer, ce qu'on peut admettre à certains égards, tout en précisant « attention au traumatisme de la victime », il faudrait peut-être aussi se poser la question du traumatisme du donneur. Après avoir dénoncé, ce dernier pourra-t-il encore se regarder dans une glace ? Il devra vivre avec le souvenir de son acte et de ses conséquences. Il devra supporter le regard des autres, des « purs », ceux qui n'ont pas dénoncé ce qu'ils ont vu, qui n'ont pas eu à se salir les mains.

Il ne suffit pas de dire ou d'écrire que la dénonciation est un acte citoyen pour sauver un homme d'un miroir qui n'aime pas les balances.

# 10

Ce 18 octobre à midi, je me suis fait plaisir. J'ai accepté de déjeuner avec Pierre Friseur, le collègue parti dans le privé. Je l'ai trouvé changé, plus détendu. Pourtant, il m'a dit qu'il bosse plus de dix heures par jour. C'est dur pour lui de se mettre au niveau des autres. De plus, il n'a aucune certitude quant à son devenir dans la boîte. Il dit aussi qu'une société de services informatiques comme celle où il travaille doit se battre tous les jours pour non seulement garder mais développer ses marchés.

Mais, il préfère ça à la préparation du concours de contrôleur et à un avenir tout tracé dans une administration où il avait la sensation d'étouffer. C'est dommage que l'administration n'ait pas su le garder, le système de rémunération de la fonction publique, trop rigide, empêchant toute augmentation de salaire, toute prime en dehors du cadre fixé.

Quoi qu'on en pense, quoi que disent certains grands chefs de ma connaissance dont le *Father*, un n'égale pas un. Il ne suffit pas de combler numériquement les départs. Pas plus dans l'administration que dans le privé, on ne remplace à tous les coups un bon élément par un néophyte. Encore moins par un nullard.

Ceci me fait penser à l'article du *Monde* du 14 qui prétendait que l'État, copiant le privé, va se mettre à la gestion prévisionnelle des emplois, des effectifs et des compétences, la GPEEC. Je vais encore jouer les défaitistes, les *malparlants*, comme dirait le collègue Sainte-Luce.

Le principe de mettre de l'ordre dans la gestion de la fonction publique se justifie. Il y a des ministères qui ne connaissent ni le nombre de leurs emplois autorisés ni le nombre de leurs emplois occupés ni même le lieu où travaillent certains de leurs agents.

Souvent, on montre du doigt les gens de l'Éducation nationale qu'on présente comme les pires gestionnaires. Il y en a d'autres qui pourraient mettre un bémol. Les affaires actuelles concernant le financement de partis politiques pourraient bien déboucher un jour dans l'un ou l'autre des services centraux des ministères et pas forcément chez Jack Lang[4]. Il est vrai que lorsqu'on est responsable d'une machine politique ou administrative et qu'on n'a pas assez de sous, il faut ou trouver des moyens ailleurs ou mettre la clé sous la porte.

À ce propos, il y a des tas de raisons au besoin d'argent. Parmi les motifs, on pourrait voir les cotisations sociales. Le moindre emploi public ou privé, est taxé par la sécu et les autres pique-sous sociaux. Or, la sécu, c'est l'État. Donc, l'État paie à l'État. On va me dire que tout ne va pas dans les mêmes caisses ni sur les mêmes comptes budgétaires. Mais, au sommet, il y a toujours l'État. Et pendant que l'État paie des cotisations à l'État, il ne peut pas embaucher, les crédits n'étant pas extensibles à l'infini.

---

4. Ministre de l'Éducation nationale en 1992-1993 et de 2000 à 2002

Mais, revenons à la gestion prévisionnelle. Le côté prévisionnel me fait plutôt sourire quand je songe à tout ce qu'on ignore même encore aujourd'hui de l'existant. Mais, bon, il faut bien essayer de faire quelque chose ! Donc, on va se mettre à faire de la prévision d'emplois et d'effectifs. On pourrait penser que c'est du pareil au même ; mais il y a là-dessous des postes à pourvoir (les emplois) et la manière de les pourvoir (les effectifs).

Et on peut avoir plus d'effectifs que d'emplois. En effet, si un agent à temps plein occupe un fauteuil toute l'année, avec des temps partiels on peut très bien faire défiler plusieurs paires de fesses sur un même siège.

Revenons à la gestion prévisionnelle des emplois et des effectifs. C'est du quantitatif. Sauf que se profile plus ou moins sournoisement du qualitatif. Car, les fonctionnaires ont des droits qui se traduisent en particulier par des formations, des promotions…

Là, commencent à se rencontrer et parfois se heurter les exigences de qualité du service public et les aspirations personnelles des agents, celles-ci n'étant pas toujours compatibles avec celles-là. Et, dans ce cas, qui risque de trinquer ? Toi, pomme, oui, toi, le public, le client, le contribuable ! Mais c'est une autre question.

Passons à la gestion prévisionnelle des compétences… Là, j'ai failli m'étrangler. Je comprends le souci du ministre Sapin[5]. La compétence est dans l'air du temps. En plus, le public, toujours lui, en veut

5. Michel Sapin, ministre de la Fonction publique et de la réforme de l'État au début des années 2000

pour l'argent qu'il file à tous les pique-sous patentés. Donc, il est impossible de faire l'impasse là-dessus.

Mais, d'abord, il faut s'entendre sur le mot. C'est quoi être compétent ? Je me doute bien qu'il y a autre chose que du quantitatif. Toutefois, dès qu'on passe au qualitatif, on glisse dans la subjectivité avec le risque de la décision à la tête du client, ce qui logiquement pose problème aux syndicats.

Selon le *Father*, et des collègues syndicalistes le confirment, il n'existerait pas de grille d'appréciation des compétences dans l'administration de l'État. Certes, il y a des systèmes de mesure des tâches par agent mais la compétence ne s'arrête pas au nombre d'opérations passées. J'imagine : j'ai saisi quatre cents écritures dans la matinée ; je suis génial. Mes collègues du service d'à côté ont vérifié dix ordres de paiement ; ils sont nuls.

Mais qui sait en dehors de celui qui connaît le boulot pour l'avoir pratiqué ce qu'implique le visa des ordres de paiement, surtout quand il s'agit de verser à un entrepreneur de travaux publics ou un fournisseur, titulaire d'un marché public l'exacte somme due ? Qui sait le nombre de contrôles à opérer dans une trésorerie générale ou une trésorerie de base, une perception, comme disent les contribuables ?

Parce que les textes les prévoient. Parce que les pondeurs de textes, des méfiants, ont estimé qu'il fallait couper le monde des Finances publiques en deux : d'un côté, les services ordonnateurs (qui délivrent les ordres de payer et d'encaisser), des ignorants ou des tricheurs (disent certains) ; et, à l'autre bout de la chaîne, les services des comptables publics (qui doivent contrôler avant d'exécuter lesdits ordres) ; compétents, mais chieurs (disent d'autres… ou les mêmes). Et, pour être sûr que ceux-ci contrôlent ceux-là, on a inventé une épée de Damoclès en 1963 : la « responsabilité personnelle et pécuniaire » ; si le comptable et ses agents commettent une seule erreur, le premier passe à la caisse sur ses fonds personnels. Ça fait réfléchir.

Sait-on vraiment le pourquoi des choses dans l'administration ? S'interroge-t-on d'ailleurs sur le pourquoi de ce qu'on fait à longueur de journée ? On le fait par reproduction du modèle, par routine, par peur ou pour occuper le temps. Par excès de conscience professionnelle aussi. Bien sûr, si on devait s'interroger sur tout, la machine s'arrêterait de tourner et l'impact sur la vie économique pourrait être catastrophique vu les sommes qui passent par une trésorerie générale ou les trésoreries de base.

Enfin, comment veut-on et peut-on gérer les compétences dans une administration qui depuis des décennies ne connaît que les cadres d'emplois (A, B, C…) et les échelons à l'intérieur des cadres ? Quand le plus nullard des agents continue à progresser dans la carrière à cadence moyenne ? Quand, par sanction, on mute des hauts fonctionnaires sur des postes qui rapportent du fric alors qu'on sait pertinemment que ces agents ne valent pas un clou (disait ma mère) ?

Pauvre Monsieur Sapin, il peut retrousser ses manches ! À moins que futé, il n'attende le départ massif des papis et mamies-boom... Ce sera toujours des fonctionnaires de moins à adapter…

# 11

Vendredi. J'aime la fin de semaine. Avoir deux jours à soi, pouvoir prendre son temps. Deux jours sans voir certaines têtes de pioches ! Mais les week-ends me pèsent aussi. Pas évident, la solitude.

Un peu avant seize heures, je suis invité à passer dans le bureau de Bastian. Assis derrière sa table de travail encombrée d'instructions et de tas de paperasses, le chef est à peine visible de la porte. Je m'attends à un savon ou à une mauvaise nouvelle.

Il me tend une enveloppe.

— Votre paye, me dit-il.

Curieux ! Jamais il ne me donne mon bulletin de salaire de la main à la main ; d'habitude, c'est la secrétaire du service qui s'en charge. Il ajoute :

— Mademoiselle Verlin a encore une prolongation. Elle ne va vraiment pas très bien.

Pourquoi cette information ? Quelle est la suite ? Je m'entends répondre :

— Je suis navré pour elle.

C'est faux, archi-faux, je me fous éperdument de cette cigogne. Elle peut crever, même ! Le silence s'installe pendant que je cogite et que l'autre se trémousse sur son fauteuil de chef, un fauteuil à haut dossier permettant de reposer la tête. Ce n'est pas comme le mien, inconfortable à souhait, surtout après des heures de saisie.

— Monsieur Soyotte, votre travail vous convient-il ? Est-ce que vous vous plaisez dans votre bureau si petit, si sale ?

Attention ! Voilà sept mois que je croupis dans le boyau, sept mois que personne ne se soucie de savoir si je supporte la solitude, la crasse, le travail répétitif. Et, tout à coup, une telle sollicitude ! Avec un « Monsieur » en prime !

— Je ne me plains de rien, Monsieur Bastian.

Laissons venir l'animal ! Il faudra bien qu'il se dévoile !

— Tout de même, à votre âge et compte tenu de vos parents, vous n'avez pas une ambition particulière ? Pas de concours en vue ? Pas envie de sortir d'un travail fastidieux et sans responsabilité ? À trente ans, on a envie d'autre chose, non ?

Il ne s'attend tout de même pas à ce que je lui raconte ma vie ? Qu'est-ce qu'il en a à cirer de mes désirs, de mes états d'âme, de mes antécédents familiaux ? Qu'est-ce qu'il pourrait comprendre de mon souhait de dormir dans un coin, de ne plus jamais entendre parler de concours, d'examens et d'autres conneries du genre ? De rester nul et de mourir nul, selon l'étiquette que m'a collée le *Father* ?

Il ne peut ignorer que j'ai passé trois fois le bac, sans jamais pouvoir le décrocher ! Il ne peut ignorer que j'ai été reçu dans les derniers au concours d'agent de recouvrement du Trésor public.

Par contre, il ne sait pas pourquoi j'ai passé ce concours. Il ignore que j'ai capitulé devant la fatigue de ma mère lasse des hurlements paternels, lasse d'entendre dire que j'étais nul et, surtout, épuisée par la maladie. Il ignore qu'elle m'a supplié de montrer que je n'étais pas aussi stupide que le prétendait le *Father*. Mais, je n'ai pas envie de recommencer. Ma mère n'est plus là. D'ailleurs, elle n'a jamais su le résultat du concours. À présent, il m'est indifférent de penser que le *Father* me prend pour un imbécile. Indifférent que le monde entier s'imagine que je suis bête, inculte, incapable.

Je n'ai plus envie de concourir, de me mettre en compétition. Plus envie d'être choisi parmi une bande de clampins sous prétexte que j'ai mis une croix dans les bonnes cases d'un QCM ou récité par cœur une définition débile.

Et je n'ai pas envie que ma vie se réduise à des concours, des places, des postes. Pas envie de faire carrière, de devenir comme cet imbécile de Bastian qui est là devant moi, tout petit derrière un bureau trop grand pour lui.

Pas envie de ressembler un jour à Rodinot et ses semblables. Pas envie d'être comme le *Father*. Pas envie de finir comme ma mère, bouffé par une sale bête, après des années sacrifiées au dieu nommé État (avec un E majuscule). Un dieu jaloux qui exige l'exclusivité, qui interdit qu'on serve un autre que lui. Un dieu ingrat qui jette ses adeptes quand il n'a plus besoin d'eux.

Pendant que je cogite, Bastian a viré au rouge.

— Je vous ai posé une question, Soyotte ! Vous pourriez me répondre !

Une question ! Tu m'en as posé une centaine, espèce de pomme ! Mais, je n'ai rien à te dire. Je ne t'aime pas, Bastian. Je te méprise, même. Tu peux bien me jeter des « Monsieur » à la figure puis m'en priver quand tu es furieux, après tout, je m'en fous. Tu es trop nase pour que je me sente mal devant tes états d'âme !

Tu as beau être chef de service, mon chef de service, tu as beau essayer de jouer ton rôle de chef, tu n'en seras jamais un ; l'autorité, ça ne se décrète pas. Et tu n'as rien de plus que moi. Toi aussi, tu finiras par crever. Quand comprendras-tu que tout est comédie, à la TG, comme ailleurs ?

— Je suis bien où je suis. Je ne demande rien.

Mensonge, mais…

— Vous me décevez, Soyotte. Je m'attendais à autre chose ! Pour tout vous dire, j'envisageais… nous envisagions… enfin, nous avons pensé que vous pourriez prétendre à mieux.

Je ne l'entends plus. Je sais à présent ce que je voulais savoir. « Ils » ont discuté de mon cas, décidé de ce qu'était ma place.

Il est dans un état lamentable, le Bastian. De toute évidence, « on » l'a chargé d'une corvée trop pénible pour lui. Mon instinct me dit d'y aller doucement avec cette victime si je veux en apprendre davantage.

— Que me réserve-t-on, Monsieur Bastian ?

Ma question allège le poids du trouillomètre de Bastian.

— On a pensé que vous rendriez plus de services aux produits divers.

Le service des produits divers ? Connais pas, mais pourquoi pas ? Là ou ailleurs ! Toutefois, je n'ai pas l'intention d'accepter comme ça. Il va falloir que Bastian m'en dise plus !

— Monsieur Bastian, ai-je démérité ?

Pan, sur le point faible du chef !

— Pas du tout, Soyotte, pas du tout ! J'étais même très content de vous ! Il y a longtemps que je n'avais eu un agent qui faisait aussi peu d'erreurs de saisie ! S'il n'avait tenu qu'à moi… !

Il en a dit trop ou pas assez, ce gros malin.

— Alors, pourquoi cette sanction, Monsieur ? Il faut bien que vous vous soyez plaint de moi pour qu'on me change de service sans que je l'aie demandé !

Embêté, le petit chef !

— Ce n'est pas une sanction, mon cher Soyotte, pas du tout ! Vous ne devez surtout pas le prendre ainsi ! Monsieur Rodinot et moi-même avons pensé que vous méritiez mieux que de saisir à longueur de journées des fiches d'écritures, c'est tout !

Il se fout de moi ce méchant mou ! Il y a forcément autre chose pour que le chef des vérifs s'en soit mêlé !

— Pourquoi Monsieur Rodinot s'intéresserait-il tout à coup à moi, Monsieur Bastian ?

L'autre s'est levé. Sans doute pour essayer de mieux dominer une situation qui commence à lui échapper. Il est violet. Il va exploser, m'insulter, m'envoyer paître. Il faut vite envoyer un coup pour le calmer.

— Je pense que je vais en parler aux syndicats.

— Soyotte ! Vous n'y pensez pas ! Écoutez, nous sommes entre hommes… Je peux bien vous le dire… Mais, jurez-moi de n'en parler à personne !

Et comment que je vais jurer !

— Promis, Monsieur Bastian.

En promettant, j'ai serré le poing droit dans la poche de mon blouson.

— Mademoiselle Verlin a mis comme condition à son retour votre départ du service. La direction estimant qu'elle est un agent d'exception, je n'ai pu m'y opposer. Surtout que monsieur Rodinot a promis de m'aider pour répondre au procès-verbal de vérification.

Tout est dit par cet imbécile : le chantage de la cigogne, probablement le marché passé entre Bastian et Rodinot du style « vous négociez le départ en douceur de Soyotte et on passe l'éponge sur les retards de votre service ».

Je n'ai pas envie de me battre. Ni de rester avec une marionnette. Ni de revoir la cigogne. Je vais me casser.

# 12

Je me casse ! Depuis que je suis rentré dans mon appart, je ne cesse de répéter ces trois mots. J'ai accepté de quitter le service de la comptabilité le 6 novembre. Il aurait fallu me battre contre une hiérarchie qui me mènerait la vie dure. Et, franchement, j'en ai déjà tellement ras-la-casquette de me battre pour survivre.

D'ailleurs, ça me fait penser à mon bulletin de paie. Minable ! Et, en euros, c'est pire. Psychologiquement parlant, la paie en euros est une catastrophe. M'est avis qu'il y aura de gros mouvements sociaux à partir du moment où tout sera en euros.

D'abord, les gens seront énervés de ne rien comprendre, de se gourer et parfois de se faire gruger par des véreux qui tenteront de leur faire prendre des euros pour des francs ou inversement. Ensuite, il faudra du temps pour que l'œil s'habitue à de plus petits chiffres pour les rentrées financières.

Bien sûr, la mauvaise foi aidant, on oubliera que les frais sont aussi divisés par 6,56. Quoique ! Il y aura sûrement des malfaisants pour abuser de la situation et monter les prix.

Franchement, je n'aimerais pas être à la place des gouvernants. On est toujours prêt à leur taper dessus, à les traiter de nuls ou de tricheurs. Mais, leur rôle n'est pas facile. Certes, on ne leur a rien demandé. On ne les a pas obligés à jouer les chefs d'État, de Gouvernement ou de ministères. Mais imaginons que personne ne veuille de ces places…

La télé n'arrête pas de débiter des horreurs ce vendredi 27 octobre : des meurtres à Abidjan, en Cisjordanie et à Gaza. Partout, les gens se tapent sur la gueule pour un bout de terrain, le pouvoir, le fric, des principes ou le plaisir.

Tiens, le Premier ministre Jospin à Lille ! Il vient d'envoyer une brassée de bons sentiments en direction de Martine Aubry qui a quitté le Gouvernement ! L'humour et les déclarations d'amour ne cadrent pas très bien avec l'image de Lionel Jospin. Trop froid ! Et, pendant qu'il distribuait les mots affectueux, des CRS tapaient sur des ouvriers dans la banlieue de Lille. Pas mal pour la gauche ! D'ailleurs, droite ou gauche, c'est du pareil au même !

Jospin parle à présent de « nouvelle décentralisation » devant des micros pour en venir à dire « il faut la faire évoluer, pas la bouleverser ». Ça signifie quoi ? Et qui veut quoi ? Du temps où j'assistais parfois à des repas où ces messieurs-dames les invités de mes parents parlaient de tout et de rien, j'entendais des discours sur la décentralisation.

Entre deux verres ou deux méchancetés sur un collègue, les IP (inspecteurs principaux) et les DA (directeurs adjoints) prétendaient, les uns que c'était une connerie, les autres un premier pas bien timide. Je n'ai pas d'opinion là-dessus.

Mais, je perçois des incohérences, surtout après mon stage. Depuis 1982, on a sorti de belles lois sur la décentralisation. Qui dit décentralisation dit pouvoirs donnés aux élus locaux, aux conseils municipaux, généraux [6] ou régionaux. Décentralisation dit aussi autonomie budgétaire et financière, nous a-t-on seriné en stage. Traduction en clair : chaque assemblée locale vote le budget qu'elle veut et ne dépend de personne financièrement.

Or, derrière de grands principes et de belles paroles, il y a une réelle hypocrisie. Primo, en France, le Parlement (donc l'État) décide qui fait quoi et réserve à l'État les prérogatives les plus flatteuses et parfois les moins coûteuses. Deusio, le Parlement décide qui paie quoi ; puis, qui peut faire payer ou non des impôts et taxes. Tertio, après avoir pondu toutes les règles laissant croire aux communes, aux départements et aux régions qu'ils font ce qu'ils veulent, le Parlement, sans les consulter, décide de leur retirer un morceau de taxe d'habitation par-ci, une vignette par-là…

Le gogo de service, le contribuable, est ravi. Il va payer moins ou plus du tout de taxe d'habitation. Il n'aura plus à se précipiter à la dernière minute chez le buraliste du coin pour sa vignette. Et, comme les journaux disent que ces impôts vont être compensés par l'État, tout baigne, apparemment. De quoi se plaignent donc ces empêcheurs de tourner en rond que sont les défenseurs de la décentralisation ?

Tout simplement de la perte progressive de l'autonomie budgétaire et financière. Quand on décide du taux ou du montant d'un impôt, on a la maîtrise de la

6. Devenus conseils départementaux

recette, donc de la dépense, donc de son budget. Mais, quand on vous confisque un impôt sans votre avis en plus et qu'on le remplace par une dotation de l'État, désormais, il faut attendre que ce dernier veuille bien fixer le montant de votre recette… et la verse. On devient dépendant de lui. C'est comme un jeune homme devenu majeur à qui on refuserait de gagner sa croûte et qui serait tenu de retourner chez ses parents et d'attendre leur bon vouloir pour le fric.

M'est avis, compte tenu de ce qui se dit à la télé et de ce qui s'écrit dans la presse, que les choses ne vont pas s'arranger pour les élus locaux. En effet, il ne faut pas oublier les méchants censeurs de Bruxelles, les hauts fonctionnaires européens qui dirigent tout parce qu'il n'y a pas de vrais parlementaires européens sauf lorsqu'il s'agit de réduire le rôle de Strasbourg ou de punir Édith Cresson[7].

Donc, disais-je, il y a les méchants censeurs de Bruxelles qui surveillent les budgets publics, les déficits budgétaires, les taux d'inflation, d'endettement ou de prêts à long terme dans tous les pays adhérents. Ils imposent aux États de maîtriser leurs dépenses sous peine de sanctions. Et, leurs dépenses, c'est celles des États eux-mêmes et des organismes publics comme les communes, les départements et les régions. De ce fait, l'État français se trouve coincé entre les censeurs européens et les élus locaux autonomes.

Puisqu'il ne peut revenir aisément sur l'adhésion à l'Europe, il ne lui reste qu'à rogner les ailes de ces

---

7. Édith Cresson fut Premier ministre en 1991-1992

affreux conseillers municipaux, généraux[8] et régionaux, qui depuis 1982 ont un peu trop pris goût à leurs nouveaux pouvoirs.

Alors, quand Jospin parle de faire « évoluer » la décentralisation sans la bouleverser, je me demande ce qu'il prépare avec ses hauts fonctionnaires anti-décentralisation, méfiants comme des poux, habiles pondeurs de textes emberlificotés qui disent tout et son contraire.

Revenu de la cuisine où je me suis fait cuire une omelette aux pommes de terre, je tombe sur Virenque. Le mec, champion en cyclisme, avoue après deux ans de protestations d'innocence qu'il s'est dopé comme les autres. Nul ! Si c'était pour en venir là, il aurait pu nous économiser deux années de mensonges, de regards francs la main sur le cœur.

Que croire ? Qui croire ? Comment avoir envie de croire ? Tout est pipé, salopé. À longueur de journée, tu constates dans ton journal, à la télé, au boulot et, pire, dans ta vie affective, que le mensonge règne en maître. Tu ne peux plus te fier au regard de qui que ce soit. Les gens sont capables de te mentir en te regardant en face, sans se troubler. Comme Virenque, comme bien des élus, comme le *Father*, comme Peggy...

Et après, ils viennent pleurer parce qu'on ne leur fait plus confiance ! Mais, la confiance, une fois qu'elle a été trahie, faut ramer pour la retrouver.

---

8. Devenus conseillers départementaux

# 13

Dimanche 29 octobre 2000. Je me suis levé à dix heures. En fait, il n'était que neuf heures. J'avais oublié l'habituel aller-retour entre l'horaire d'été et celui d'hiver. Habituel sans doute dans le principe. Mais, il me semble que l'heure d'été a tendance à durer de plus en plus. Sept mois cette année à se lever une heure plus tôt. Sept mois à supporter un décalage auquel ma carcasse (ou une autre partie de moi) refuse de se plier.

J'allais sortir attiré par un soleil inattendu compte tenu des prévisions météo lorsqu'on a sonné, puis tapé à ma porte. Peggy ! Peggy la salope ! Avec une tête d'ici à demain. Premier réflexe : la prier d'aller voir ailleurs si j'y suis. Elle m'en a trop fait baver.

Mais, comme disait ma mère, je ne suis pas aussi méchant qu'on pourrait le croire. Alors, je fais entrer la miss. Qu'est-ce qu'elle me veut ? Qu'est-ce qu'elle vient chercher ? Elle a quasiment tout gardé en me virant et il n'y a ici rien d'assez beau pour elle.

— Alors ?

C'est court pour lancer un débat mais c'est tout ce que je peux dire tellement j'ai la méfiance à vif.

— Je ne sais pas où aller. J'ai besoin de toi et tu n'as plus le téléphone…

Bon ! Des larmes, à présent. Pas de crocodile, apparemment. Mais, restons prudent !

— Que puis-je pour toi ?

Je m'étonne de mon élocution. Il y a des jours où les bonnes manières enseignées par ma mère qui aimait le beau langage reprennent le dessus.

— Je n'en peux plus… Il me bat… Il a dit qu'il allait partir en emmenant tout… Là, il est absent pour la journée…

Entre deux mots, des larmes, des sanglots plutôt. Le « il », je me doute que c'est Olivier, celui qui m'a remplacé. Je devrais dire celui pour qui elle m'a quitté. Non, celui pour qui elle m'a menti pendant des mois. Celui pour qui elle m'a viré comme un malpropre. Celui pour qui elle m'a dépouillé.

— En quoi suis-je concerné ?

C'est vrai ça ! Elle ne manque pas de culot. Prétendre pendant des mois qu'elle faisait des heures sup alors qu'elle forniquait je ne sais où ! Continuer à me mentir alors que je l'avais surprise en pleine fricassée de museaux ! Me dire un beau jour, sans autre forme de procès, de déguerpir ! Piétiner mes sentiments et mon amour-propre comme un paillasson de chez *Tati* ! Téléphoner à mon père pour le prier de me reprendre chez lui sous prétexte que je ne déguerpissais pas assez vite, faute de moyens financiers ! Et profiter d'un stage que j'ai dû faire dans une autre région pour déposer chez mon père quelques affaires, changer les serrures et conserver presque tout le reste et de préférence ce qu'on avait de plus chouette !

— Je n'ai que toi sur qui je peux compter. Si tu savais comme je suis malheureuse et comme je m'en veux.

J'ai mal entendu. Ou j'ai mal compris. Elle est là avec ses cheveux longs, gras, mal peignés, son nez qui coule, ses yeux de cocker battu. Je cauchemarde ! Je vais me réveiller !

— Tu te fous de moi ? Après tout ce que tu m'as fait ? Mouche-toi ! On va discuter cinq minutes et après, il faut que je m'en aille.

Impossible de donner plus. J'ai eu trop de mal à me remettre du plongeon qu'elle m'a fait faire. Et, d'ailleurs, je ne suis pas encore totalement remis.

— Olivier est jaloux… C'est une brute… Dès que j'ai cinq minutes de retard, il me fait une crise. Par contre, lui ne se gêne pas pour sortir, aller boire un pot ou manger avec des copines jusqu'à pas d'heure. Si j'ai le malheur de poser une seule question, j'ai droit à des hurlements et même à une baffe ! Des copines ! Tu parles ! Je suis certaine qu'il me trompe…

La crise de larmes reprend de plus belle. Incroyable ! Elle vient chez moi, un dimanche de grand soleil, obscurcir mon paysage pour se plaindre qu'un mec lui en fait voir de toutes les couleurs, lui rend la monnaie de sa pièce en quelque sorte !

Elle n'a même pas la décence de cacher qu'elle ne supporte pas d'être victime de la situation. Elle était plus solide quand il s'agissait de me faire subir des horreurs. Dès qu'elle avait envie de quelque chose (ou de quelqu'un), il ne faisait pas bon se mettre au travers de sa route.

Elle ne supporte pas qu'on la laisse tomber. De ne pas avoir le beau rôle. Elle est bien capable de se prostituer pour me mettre de son côté.

— Il parle d'emmener nos affaires…

NOS affaires ? Là, j'ai mal compris, forcément. Elle ne parle tout de même pas de NOS affaires ?

— Tu veux répéter ?

Elle lève un œil mouillé.

— Oui, je sais, j'ai été moche avec toi mais…

Stop ! J'en ai assez entendu.

— Arrête, Peggy, ce n'est pas la peine de me jouer la comédie. Si tu as besoin de mon aide pour porter plainte, je peux voir. Mais n'attends rien d'autre !

Pourquoi parler d'une aide ? Je n'ai pas envie de l'aider. D'ailleurs, je n'aurais jamais dû la laisser entrer. Elle et moi n'avons plus rien de commun. Elle est là, debout, pas trop loin de moi. Je la regarde et cette fois, je la vois… Ses cheveux sont sales. Elle est un peu trop grassouillette à mon goût ; elle doit continuer à s'empiffrer de chocolats et de gâteaux. Sa jupe trop courte ne lui va pas. Elle a encore et toujours des taches sur ses vêtements.

Putain ! Mais, qu'est-ce que je lui ai trouvé à cette fille ? Dire que j'ai cru mourir le jour où j'ai compris qu'elle me trompait ! C'est incroyable comme une personne peut prendre une place phénoménale dans votre vie puis disparaître pour ne laisser derrière qu'une impression d'erreur. Comme un chemin qu'on n'aurait jamais dû prendre.

Je suis libéré de toi, Peggy, Peggy la cochonne au lit et à table, Peggy la salope dans la vie ! Libéré ! Tu pars, tu restes, tu pleures, tu ris, tu fais ce que tu veux, je m'en fous ! Tu ne peux plus me faire mal, je ne peux plus me griffer l'âme et le cœur à tes épines.

Elle ouvre la porte.

Exit Peggy de ma vie et de mon appart.

— Pense à me rendre mon dernier jeu vidéo et à me verser quelques sous pour les meubles que tu as gardés !

Elle se retourne et jette un œil de femelle qui n'a pas obtenu ce qu'elle voulait. Ce n'est pas la première fois que je constate qu'une fille ou une femme qui ne parvient pas à ses fins passe à l'ennemi. Comme si elle te reprochait les avances qu'elle t'a faites. Comme si c'était toi le salaud. Il est vrai que pour la majorité des femmes, les mecs sont tous des salauds.

— Tu peux toujours courir, connard ! Tu n'auras pas un centime ! J'aurais dû me douter que je ne pouvais pas compter sur toi !

Ce ton, ces mots… Elle n'a pas changé. Elle venait juste chercher de l'aide pour virer celui qui dérange sa vie. Si ça tombe, elle a déjà quelqu'un d'autre en vue.

Va savoir avec une fille comme ça qui n'a pas trop de scrupules. Pour qui seul compte le plaisir du moment. Le désir du moment, plutôt. Il est vrai que, fille unique, petite-fille unique, elle a été gâtée, pourrie, depuis sa naissance.

Les cheveux tristes et la rage au cœur, Peggy la salope se barre. Pas un sourire. Pas un mot d'excuse. Elle est de ces gens qui ne disent jamais merci. Qui prétendent ne rien demander à qui que ce soit pour ne rien lui devoir. À vomir ! Et je l'ai vomie. À présent je vais bien.

Bon vent ! Va polluer ailleurs ! Je ne t'en veux même plus. Le Paul Soyotte que tu as connu est désormais aux abonnés absents pour toi.

C'est bon de disparaître des fichiers de qui vous dérange. C'est bon de se sentir libéré d'un carcan.

C'est bon aussi de ne plus en vouloir à quelqu'un. Et si c'était ça le chemin vers la liberté, pouvoir tourner la page sans douleur, sans cri, sans haine ?

Parfois, tu crois que la vie te fait une vacherie. En fait, elle te fait un cadeau. Tu mets souvent du temps à le comprendre.

Merci la vie !

# 14

Depuis deux jours, pour une obscure raison, je souffre de terribles maux de tête. Héritage maternel oblige, probablement. Aujourd'hui, mardi 31, c'est pire qu'hier. Malgré tout, il faut bosser, saisir toutes les fiches qui déboulent dans mon bureau, amenées par l'un ou l'autre des collègues du service de la compta. Je suis tellement mal fichu que je parviens à peine à fixer l'écran. Espérons qu'il n'y aura pas trop d'erreurs de saisie. Certains pourraient prendre ce prétexte pour me chercher des crosses.

Heureusement que je m'arrête ce soir pour un pont, un viaduc faudrait-il dire, de six jours. J'ai saisi le prétexte de la Toussaint et d'une visite au cimetière où se trouve la tombe de ma mère à trois cents bornes d'ici pour prendre congé jeudi et vendredi.

En signant ma feuille de congé vers quinze heures, Bastian qui a vu que je n'étais pas dans mon assiette ne m'a même pas demandé la raison de ma sale tête. Lorsque j'ai quitté le service à dix-sept heures, je n'allais toujours pas mieux. Il m'a de nouveau croisé. A-t-il dit quoi que ce soit ? Rien ! Que j'ai la crève, il s'en foutait. Cette merveille de chef ne s'est même pas souvenu que lundi prochain je serai ailleurs et n'a pas dit un seul mot sympa. Trop de soucis avec ses agents ou la hiérarchie, peut-être. Ou, alors, il est pire que je ne l'imagine…

Franchement, avant de parler de gestion prévisionnelle des effectifs, le ministre Sapin et ses collègues devraient faire des tests. Ils devraient vérifier que tous les cadres A, tous les chefs de la fonction publique savent au moins ce qu'est la gestion actuelle des effectifs. À mon avis, les ministres peuvent faire tous les plannings qu'ils veulent, former les cadres supérieurs à toutes les techniques modernes, rien n'y fera parce que le problème n'est pas pris dans le bon sens.

Il faut apprendre à tous les grands et moyens pontes que derrière les grands mots – ressources humaines, gestion prévisionnelle, efficacité, efficience et j'en passe – il y a une réalité basique. Si les chefs ne savent pas regarder leurs agents en face, serrer la pince aux plus petits en grade, dire bonjour, merci, s'il vous plaît, s'ils continuent à parler de subordonnés plutôt que de collaborateurs, s'ils s'obstinent à négliger l'existence des inférieurs en grade sous prétexte qu'eux sont des supérieurs débordés, les ministres vont ramer dans la semoule.

Des Bastian, il y en a à la pelle. Et encore, lui, ce n'est pas le plus méchant. Parce qu'il y a aussi des supérieurs malfaisants, jaloux de leurs petits pouvoirs, prêts à tuer père, mère, enfants, simplement pour avoir l'illusion d'exister et de dominer.

Ne soyons pas injuste. J'ai aussi rencontré des chefs du même genre ailleurs du temps où j'étais encore chez les parents et que le *Father* se croyait obligé d'inviter le gratin du coin. Le gratin ! Des universitaires pétris de certitudes et de jalousie, des directeurs de banque trop conscients de leur pouvoir, des chefs d'entreprise pédants ou méprisants.

J'ai aussi vu quelques rares dinosaures, des gentils qui ne disaient de mal de personne, des attachants qui se foutaient du pouvoir et des rapports de forces, des sympas qui cherchaient toujours à mettre le bon côté des gens et des choses en lumière… Quel bonheur de rencontrer un dinosaure !

En attendant, je vis dans un milieu particulier. Quand on est seul, sans projet, sans passion, il faut bien s'occuper. Alors, je m'occupe. Sans concession. D'un milieu qui n'en fait pas. Qui ignore trop souvent la compassion. Où il ne fait pas bon être fragile.

D'un milieu dont les préoccupations, les obsessions faudrait-il dire, sont, en dehors du pouvoir, le formalisme et la régularité. Or, quand tu passes tes journées pendant des semaines, des mois, des années, à traquer le vice de forme et l'irrégularité, tu te déformes l'esprit et le cœur à coups de bordereaux d'observations, de lettres de rejet, de procès-verbaux de vérification.

Et, un beau jour, sans t'en apercevoir, tu confonds accessoire et essentiel. Tu ne sais plus que chercher la petite bête. Tu n'utilises plus tes neurones que pour critiquer, rejeter, refuser. Pire, tu as l'impression de dessécher. Tu dessèches.

Le fin du fin, c'est lorsque tu as l'impression de faire partie du dernier carré des justes, ceux qui luttent contre les dérives des ordonnateurs, ceux qui défendent la réglementation contre vents et marées, les soldats du Code des marchés publics et de la Comptabilité publique. Comme le *Father*. Grave !

Putain ! Ce mardi 31 octobre au soir en quittant le service de la compta, j'ai envie de foutre définitivement le camp, de ne plus jamais remettre les pieds dans la TG. Je me sens seul à crever, misérable. Et descendre les étages à pied n'arrange pas la migraine.

Je hais ces couloirs trop vastes et pleins de courants d'air. Je hais le sous-sol où il faut aller pointer. Déjà, une pointeuse, c'est une moucharde froide et impersonnelle. En plus, ils l'ont collée dans un coin sombre.

Quand je pense que le concierge et sa famille vivent dans ce sous-sol ! C'est honteux ! Honteux d'exploiter le besoin de bosser d'un mec ou d'une femme, son souci d'être le plus possible avec sa famille ! C'est honteux de mettre une personne, sa femme ou son mari et des mômes, au ras du bitume du trottoir !

Qu'on ne me parle pas de l'accord de la personne employée ! Est-ce qu'on a le choix quand on a besoin de croûter et d'élever ses gosses ? Qu'on ne me parle pas non plus des avantages en nature ! Quand on est un agent de base avec un petit salaire, a-t-on toutes les cartes en mains pour mesurer à quoi on s'engage en contrepartie d'un tel « avantage » ?

Et puis, le comportement de l'agent ne justifie pas celui de l'administration. L'État, qui donne des leçons à tout le monde, qui pond des textes à tout va dans l'optique de rappeler à tout un chacun ses obligations, pourrait montrer l'exemple. Dans aucun des bâtiments nationaux on ne devrait aménager un logement en sous-sol avec des vasistas comme seules fenêtres.

Si on a besoin d'un esclave sur place, on doit lui donner un logement digne d'un humain. Même les concierges et les ouvriers d'entretien ont droit à un vrai logement et pas à une espèce de cave à rats, même de luxe !

J'en entends qui sont prêts à défendre l'administration, à souligner les avantages d'un tel logement. Ils évoqueront sans doute les derniers travaux de peinture ou le changement de la moquette. Mais malgré ça, ils y vivraient, eux ? Ils accepteraient d'y passer leurs soirées, leurs week-ends et parfois leurs congés ?

Et c'est trop facile de dire que le concierge ou l'ouvrier peut refuser. Que derrière lui, il y en aura dix pour prendre le trois ou quatre-pièces encavé.

Je me répète, le problème n'est pas dans la demande mais dans l'offre. En proposant des logements dans des sous-sols, l'État ne fait pas mieux que certaines personnes privées, les exploiteurs de misères humaines. Le salaire en plus, certes.

On va aussi me dire qu'un logement plus décent coûterait plus cher. Qu'il faudrait prendre sur les locaux réservés à des bureaux. Qu'il faudrait installer les bureaux ailleurs. Qu'il n'y a plus de place disponible... On oublie que des locaux superbes sont réservés à des archives, à des paperasses datant de la dernière guerre et même d'avant.

À force de se focaliser sur la gestion des lignes budgétaires et la conservation de tonnes de papelards, on finit par oublier que tout le long de la chaîne, il y a des hommes et des femmes.

Même dans les caves.

# 15

Hier soir, une fois rentré du boulot, après avoir ouvert les enveloppes reçues – deux factures, une lettre de relance, une mise en demeure – l'idée de rester ici plusieurs jours m'a rendu dingue.

Lâchement, j'ai appelé chez le *Father*. Je suis tombé sur la belle-mère. À qui j'ai fait part de ma sinistrose. Aussitôt, elle m'a dit que son mari et elle passeraient le lendemain, donc aujourd'hui, chez moi et m'emmèneraient avec eux dans la région de Lyon où ils ont des gens à voir. On dormirait à l'hôtel. Lâchement, j'ai accepté. Et remercié. Le moins que je pouvais faire. Franchement, je ne me sentais pas en état de supporter mon appart, l'immeuble, le quartier, pendant cinq jours d'affilée. On ne s'habitue pas aussi facilement à une descente de standing.

La belle-mère n'ayant pas demandé l'avis du *Father*, j'ai pensé qu'il y aurait de la rumba dans l'air. En effet, le paternel n'est pas du genre à aimer les imprévus quand ils viennent de la famille. Seuls les étrangers peuvent le déranger. Ensuite, il passe ses nerfs sur l'épouse et les enfants.

Erreur de jugement. *A priori* à côté de la plaque. Le *Father* est arrivé ce matin, souriant. Ou la belle-mère est fortiche question manipulation. Ou on est dans une période faste, le *Father* étant sensible à la lune. Ou il a eu sa petite gâterie récemment. Si les deux dernières hypothèses collent, il sera agréable pendant deux ou trois jours. Espérons !

La belle-doche, Marguerite, de son prénom, a hurlé lorsqu'elle est arrivée dans mon appart. Tout l'a mise hors d'elle, le quartier, ma boîte aux lettres déglinguée, l'escalier un peu cradingue, les dimensions réduites du deux-pièces, mon mobilier minimaliste…

Elle a dit au *Father* qu'il ne pouvait tolérer que son fils vive dans de telles conditions. Elle a ajouté qu'ils avaient suffisamment les moyens pour me permettre d'améliorer ma situation. Elle a même envisagé ma mutation pour me rapprocher d'eux. Ciel !

Et quand elle est tombée sur les courriers de la veille, qu'elle a parcourus – ce qui m'a choqué –, elle a failli s'étrangler.

— Jean, mon chéri, ou tu fais immédiatement un chèque à ton fils ou je paie ses factures. On ne peut pas le laisser dans une telle situation !

J'ai regardé le *Father*, m'attendant à sa hargne habituelle. Que dalle ! L'air un peu gêné, il a sorti royalement son carnet de chèques :

— Combien te faut-il ?

Un quart de seconde, ma fierté a été titillée surtout parce que la belle-mère assistait au spectacle. Mais, plus de six mois de galère et l'envie de faire casquer encore le *Father* ont eu raison de mes états d'âme.

— Trente mille francs[9].

Chiffre annoncé à vue de nez, qu'il va me demander de justifier. Qu'il va discuter. J'attends la crise. Je m'y prépare. Rien ! De sa petite écriture ronde, le

9. Un peu plus de 4 500 euros.

paternel aligne chiffre et lettres, inscrit mon nom, signe et me tend le papier. Il a l'air condescendant qu'il prend dès qu'il est en position de payeur.

— Mets-le rapidement sur ton compte si tu veux que tes problèmes cessent ! Et n'oublie pas de prendre contact avec tes créanciers ou les huissiers pour faire cesser toutes les poursuites !

J'ai à peine le temps de remercier.

— Très bien, Jean ! Je suis contente de toi !

J'ai perdu mes repères. Le *Father* a payé sans discuter. Il accepte à présent le bon point de la belle-doche sans piper. On ne me l'a pas changé, il est trop vieux… Donc, la crise qui viendra dans un jour ou deux sera en proportion de ce qui vient de se passer. Et là, la belle-mère va entendre parler du pays !

On est partis vers Lyon, le *Father* au volant, Marguerite à côté, à la place du mort, moi derrière.

La place du mort ! C'est ma mère qui l'occupe et c'est la pharmacienne qui est là devant moi. Je n'ai aucune affection particulière pour Marguerite. Je ne peux pas oublier qu'au moment où ma mère allait mal avec son affaire sur le dos et son cancer qui démarrait, mon père s'est intéressé à Marguerite et à sa pharmacie. Près de chez nous. Le monstre !

Il avait tout le temps des médicaments à chercher. Ceux dont il prétendait avoir besoin. Ceux qui étaient nécessaires à ma mère. Ou il avait des questions de placements ou d'impôts ou de n'importe quoi à régler avec la pharmacie, puis la pharmacienne, puis Madame Trénaille. Piètres mensonges qui ne trompaient personne. Surtout pas une malade aux nerfs et à la sensibilité à fleur de peau, encore amoureuse.

Parfois, ma mère osait lui poser une question ou lui faire observer qu'il avait mis un temps certain pour une démarche qui ne devait durer que quelques minutes, Venait alors une crise. Indifférent au ressenti de ma mère et à ses problèmes de santé, le *Father* se mettait à hurler des phrases du style : « Tu me surveilles… Je ne suis pas libre… Tu dis n'importe quoi… Tu vois le mal partout ! » Il en venait à complexer ma mère, à la faire douter de ce qu'elle croyait avoir deviné.

Elle est entrée à l'hôpital. Un après-midi où elle avait espéré en vain la visite du *Father*, elle m'a parlé de ses soupçons, de sa déception. Elle m'a demandé, puisque j'étais sans travail fixe, de lui rendre un dernier service en surveillant mon père et de lui dire la vérité sur ce que je découvrirai. N'ayant pour le *Father* pas plus d'affection que de respect, je me suis mis à le suivre discrètement. Inutile de faire de gros efforts. Lui et Marguerite se cachaient à peine. Très vite, j'ai eu la certitude que ma mère ne divaguait pas.

Le lendemain, je suis allé lui rendre visite à l'hôpital. L'infirmière de service m'a prévenu que la situation n'était pas brillante, qu'il fallait appeler mon père et ma sœur. C'était une question d'heures.

Ma sœur est venue rapidement de Zurich où elle bosse et crèche. Par contre, je n'ai pas réussi à joindre le *Father*. Sa secrétaire m'a dit qu'il était sorti avec une rage de dents. Tu parles ! Il devait être chez sa pharmacienne.

Ma mère avait du mal à respirer. Elle a cependant trouvé la force de dire : « Et alors ? ». Et alors ? Que dire ? Surtout pas la vérité. Qu'elle parte en paix, puisqu'elle ne peut plus vivre ! « Tu te trompes, maman ! La pharmacienne a quelqu'un d'autre. Je l'ai vue avec un mec, plusieurs fois ! ». Pardon, pour ce mensonge ! Je ne pouvais pas te dire que la vie était dégueulasse avec toi. Je ne pouvais pas ajouter à tes souffrances. Je ne me voyais pas te dire que ton salaud de mari, ce mec que tu as aimé malgré tout, s'envoyait en l'air pendant que tu mourais à petit feu.

D'ailleurs, ma mère est morte sans l'avoir revu.

Il n'a pas attendu deux mois avant de sortir officiellement avec sa pharmacienne. Et quatre pour se remarier. Entre-temps, il avait accepté de prendre une recette des Finances dans le Nord, Marguerite avait vendu (très bien) sa pharmacie et l'avait suivi. Salaud ! De l'arrière de la voiture qui file sur l'autoroute, j'ai balancé un coup de genou dans le dos du *Father*. Il a hurlé :

— T'es con ! On aurait pu avoir un accident !

La belle-mère s'est retournée vers son mari dont elle paraissait découvrir la grossièreté, vers moi dont elle attendait une explication. Je ne te dirai rien, Marguerite. Rien.

Tu vas bientôt savoir à qui tu as à faire. Le mec qui nous conduit, celui qui est dans ton plumard, n'est ni un calme ni un gentil. Les saloperies qu'il a faites à ma mère, il va te les faire. Tu peux compter sur lui.

On ne change pas comme ça. Sauf miracle ou coup dur, on ne devient pas du jour au lendemain généreux, attentif aux autres.

# 16

Ce 2 novembre à midi, j'ai toujours mal au crâne. M'abandonnant à mes problèmes de santé, le *Father* et la belle-doche viennent de quitter l'hôtel pour se rendre chez des amis à deux kilomètres d'ici. Auparavant, Marguerite m'a commandé une assiette froide. J'ai remercié mais sa sollicitude m'agace.

La seconde femme du *Father* n'a jamais eu d'enfant et, tout à coup, elle découvre les joies du maternage. Je vais lui faire passer son instinct maternel à mon égard ou ce qu'elle prend pour tel. Je n'ai eu qu'une mère. Il n'y en aura pas d'autre. Surtout pas Marguerite. Surtout pas à mon âge.

On frappe à la porte de ma chambre. Une affreuse fille aux cheveux noirs, longs, frisés et mal entretenus, vêtue d'une jupe noire trop serrée et d'un tee-shirt d'un rose douteux apporte l'assiette froide. Je n'avais pas très faim. L'horrible soubrette me coupe définitivement l'appétit.

Qu'il s'agisse de la fille, de ma chambre et de l'hôtel tout entier, je suis fort étonné de la piètre qualité des prestations. J'avais gardé le souvenir d'hôtels de cette chaîne plus classes. Celui de Charbonnières est nul.

Ici, pas de chariot pour trimballer les bagages de la voiture à l'hôtel. Mieux ou pire, pas d'ascenseur ni de porteur, ce qu'on se garde bien de te dire par téléphone quand tu réserves. Alors, tu portes toi-même tes valoches. Et, comme les chambres qui nous sont réservées sont au premier étage parce que ce sont les seules refaites, tu te tapes les escaliers avant d'arriver dans ta piaule.

Les chambres sont petites. Encore, moi, je suis tout seul, ça peut aller. Mais, les deux, à côté, ont trouvé les lieux plutôt *just*.

La zone de rangement est nulle chez moi. Un demi-placard permet à peine d'accrocher un manteau, un pantalon, une chemise et un pull. Au-dessus de la penderie, la seule étagère prévue est encombrée par une couverture et des oreillers. Donc, je suis condamné à laisser des affaires dans mon sac.

Quand on est arrivés hier vers dix-huit heures, la miss qui était à l'accueil a enfin pensé nous signaler que le restaurant était fermé pour cause de Toussaint. La belle-doche n'a pas trop apprécié. Surtout que le midi, on avait mal mangé en route.

Ce matin, on a été réveillés en fanfare par des engins de travaux publics. Il paraît que ça fait plusieurs jours que la région Rhône-Alpes a fait entreprendre des travaux sur le terrain où sont installés ses bureaux. Or, l'hôtel est implanté sur ce terrain.

Tout de même, c'est plutôt fort de café. Personne de l'hôtel n'a pensé prendre des mesures pour éviter aux clients ce genre de plaisanterie ne serait-ce qu'en les installant de l'autre côté, là où il n'y a pas de travaux.

Tu ajoutes un petit-déjeuner dans une salle de restaurant à peine débarrassée des miettes de l'avant-veille. Tu rajoutes des chaises de salle à manger qui ressemblent à des fauteuils de camping. Tu rerajoutes la vue que tu as sur le bordel de la cuisine…

Je ne te dis pas l'humeur de Marguerite et l'air féroce qu'elle a eu en parlant de la réclamation qu'elle va envoyer au groupe hôtelier. Surtout que deux nuits avec petits déjeuners multipliées par trois personnes…, elle en aura au moins pour deux mille balles[10]. Elle va exploser. Le directeur aussi. J'ai même cru que la belle-doche allait tout annuler et nous obliger à faire les valises. Le *Father*, qui s'accommode de beaucoup de choses pourvu qu'il ne paie pas, a convaincu sa moitié que l'hôtel, tout proche des amis, était pratique. Alors, on est restés.

L'assiette froide réchauffe doucement. À l'extérieur, les engins viennent de reprendre leur ballet après la pause du midi. Purée ! Les gens qui sont au restaurant de l'hôtel doivent s'en prendre plein les oreilles, vu que la salle donne direct sur le chantier !

Afin de passer le temps, je m'attaque aux journaux que le *Father* a achetés, à moins qu'il ne les ait piqués à l'hôtel.

*L'Équipe* du 1er novembre s'attarde une fois de plus sur la drogue. Procès *Festina* oblige. Il y a un journaliste qui prétend qu'il y a beaucoup de crânes rasés chez les sportifs pour qu'on ne puisse pas prélever de cheveux pour la recherche de l'EPO de synthèse (hormone servant de produit dopant). Est-ce possible ?

---

10. 305 euros. Deux mille francs représentaient une somme d'une certaine importance, à l'époque

*Le Canard* du même jour s'attaque dur à Chirac. Il en avait déjà pris plein la gueule sur une chaîne de la télé le soir du 31. *Le Canard* continue à le matraquer. Et le *Marianne* de la semaine le massacre carrément, parlant de « déboulonnage de la statue ». Il ne fait pas bon perdre de sa prestance et entrer dans le camp des faibles. Après la lâcheté des silences complices, on passe à la lâcheté d'une curée que l'on veut rédemptrice. Il n'a pas fini d'en baver le Chi-Chi.

Il en a d'autant moins fini qu'il est, à mon avis, sorti de son rôle de grand chef garant de la continuité de l'État et de ses institutions pour se mêler de problèmes contingents et verser dans la politique de bastringue. Ses adversaires – et pas qu'eux – aimeraient lui donner l'estocade parce qu'il est descendu de son estrade pour s'occuper du quotidien des gens.

À qui et à quoi, nous les jeunes, on peut croire ? Le sport, la politique, tout est pourri. La presse dénonce les horreurs. C'est bien, c'est son boulot. Mais, à force de donner systématiquement dans le déballage puant, elle incite à penser que rien ne vaut la peine. Quand y-aura-t-il des articles ou des émissions consacrés à ce qui va ? Et après ça, la presse est la première à s'étonner que les jeunes ne votent pas. Qu'ils ne s'inscrivent même pas sur les listes électorales. Comme c'est mon cas, d'ailleurs.

Voilà autre chose : le procès du parti communiste. L'horreur ! Je note les commentaires de *Marianne* : « dossier inconsistant, incomplet, bâti sur des supputations et des déductions… ». Pire : « une procureuse a requis de lourdes peines après avoir eu cette formule admirable : *cet argent a pu servir au finan-*

*cement du parti. Je n'en ai pas la preuve. C'est une possibilité* ».

C'est quoi, ça ? Même la justice est une farce ? Même les procureurs et procureuses s'autorisent à jouer les justiciers (au nom de la morale, souvent) sur des impressions, sur du vent ? Mais, alors, si un jour tu te retrouves dans le collimateur d'un proc, tu risques d'être embastillé avant même d'avoir eu le temps de comprendre ! Ça fait peur.

Une justice qui se mêle de morale, qui se base sur des « inconsistances », des « déductions », des « impressions », c'est le dernier rempart d'un État de droit qui s'effondre. Plus de justice, plus de président présidant, juste un gouvernement qui colmate les brèches. Pauvre France ! Autant dormir. Surtout que les cachets de la belle-mère produisent leurs effets.

Réveil quelques heures plus tard. Tout est calme. Il fait noir. L'assiette froide doit être tiède. Le *Father* et Marguerite sont sans doute encore chez leurs amis. Ils m'avaient prévenu qu'ils rentreraient dans la nuit.

À la télé, sur *TF1*, c'est les infos. Nicolas Hulot parle de sa colère, de son écœurement. Il rêve d'hommes politiques moins nuls qui cessent de se taper sur la gueule pour des conneries et s'attaquent enfin aux vraies questions.

À présent, la vache folle. Des vaches en cage auxquelles on donne à bouffer des bâtonnets de je ne sais quoi. Mais, bon sang, il n'y a donc plus de pâtures, plus d'herbe ?

Quand va-t-on arrêter toutes ces saloperies ? Est-ce qu'on a encore le temps ?

# 17

Ce lundi 6 novembre, je me retrouve vers huit heures quinze devant le bureau du chef du service des produits divers. Au moment de frapper à la porte, je me demande qui est le chef et ce que sont les produits divers. À peine le temps de m'interroger que la porte s'ouvre sur une femme de taille moyenne d'une trentaine d'années, les cheveux très longs et blonds, le tailleur strict.

— Vous me cherchez ?

À votre avis ? Si je suis devant votre porte…

— Je vous ai posé une question ? Vous dormez ?

Voilà qui commence bien.

— Je venais me présenter. Paul Soyotte.

La jeune dame me tend immédiatement la main :

— Annick Gentil, chef du service. Entrez donc, Monsieur Soyotte. Nous allons discuter quelques instants puis je vous présenterai vos collègues.

Voilà qui change apparemment du père Bastian !

— Asseyez-vous ! On vous a affecté d'office chez moi. Je me moque éperdument des raisons de votre mutation. Tout ce qui m'intéresse, Monsieur Soyotte, c'est que mon service tourne et que l'ambiance ne soit pas trop mauvaise. Que souhaitez-vous faire ?

Ce n'est pas une femme, c'est une pile. Tu n'as pas le temps de respirer entre deux phrases. Elle non plus, d'ailleurs.

— Je suis prêt à tout puisque je ne connais pas ce qui se fait dans votre service.

La pile réagit immédiatement.

— Pas « votre » service mais « notre » ! Vous faites partie de l'équipe depuis ce matin.

— Donc, je disais que, ne sachant pas ce qui se fait dans le service, je suis à votre disposition, Madame.

— Dans ce cas, je vais vous affecter à la saisie. Provisoirement. Nous avons du retard et Gilles Bastian m'a dit que vous étiez excellent dans ce travail.

Et merde ! Le cirque va recommencer. Je n'avais qu'à dire que…

— Bien entendu, si un jour vous souhaitez un autre travail, venez m'en parler. Je verrai ce qu'il sera possible de faire. On est d'accord ?

Est-ce qu'on peut résister à un ouragan qui vous empêche d'aller jusqu'au bout de vos pensées ?

— Je suis d'accord.

Nous faisons le tour du service qui comprend, outre le bureau du chef, trois grandes pièces en enfilade contenant une nuée d'armoires, de clapets, de bureaux et, par-ci par-là, des agents. Il y a au moins quatre personnes par pièce. Nous sommes en début de journée et des téléphones sonnent tous azimuts. Après l'isolement de mon précédent bureau, j'ai l'impression de me retrouver chez les fous.

Un contrôleur, un mec de mon âge, Alain Ripert si j'ai bien compris, est chargé par la cheftaine de mon installation et de ma formation. Il m'attribue un bureau près d'une fenêtre. Sur le coup, je trouve la place sympa. De la fenêtre, je peux voir le jardin intérieur de la TG. Mais, à peine installé, je déchante. Un air frisquet se faufile jusqu'à ma place. De toute évidence, le bois de la fenêtre est pourri, l'isolation est nase.

Mon bureau a déjà quelques heures de vol et les tiroirs n'ont pas été vidés et nettoyés. Il me faudra donc faire avec les restes du précédent occupant jusqu'à ce que j'aie le temps de trier. Derrière mon fauteuil, que je n'ai qu'à faire pivoter pour y accéder, un poste informatique. Ripert précise que ce sera le poste de saisie sur lequel je vais travailler.

Je vais donc bosser puisque je suis là pour ça et que je n'ai que ce moyen pour gagner ma vie. Mais, je suis atterré par les conditions de travail du service. Des tonnes de paperasses encombrent les bureaux. Les téléphones continuent leur agression. Les collègues courent dans tous les sens. Des personnes arrivent de divers services. D'autres, de l'extérieur, après qu'on est allé les chercher dans le hall d'entrée de la trésorerie générale. Sécurité oblige !

Ripert commence à m'expliquer ce que sont ces fameux produits divers. Je retiens, pour l'essentiel, qu'il y a les reversements de traitements perçus à tort par des fonctionnaires, des trop-perçus sur des tas de choses, des cotisations de retraite d'agents qui ont été détachés de leur administration d'origine.

Le service des produits divers comme celui de la dépense où bossent Léau et Sainte-Luce travaillent avec des tas d'ordonnateurs d'État, départementaux, régionaux et parfois nationaux. Mais, alors que la dépense gère les dépenses de l'État, les produits divers s'occupent de faire rentrer ses recettes autres que les impôts et les amendes. Ceux-ci sont suivis par un autre service.

En moins d'une heure, Ripert me donne un minimum d'explications et un tas de fiches d'écritures à saisir. Et reprend le ballet des débits-crédits. Le logiciel est différent. Les comptes et codes ne sont plus les mêmes. Je dois donc faire beaucoup plus attention, surtout avec le bruit ambiant. C'est très dur de faire de la saisie dans un cirque pareil.

Globalement, les collègues sont plutôt agréables, sauf une jeune d'une bonne vingtaine d'années qui est dans la pièce voisine et qui semble verrouillée de partout. Apparemment, y a plus de chaleur dans ce service-ci. L'ambiance est bonne et les gens cherchent à s'aider les uns les autres.

Voilà deux fois que la cheftaine passe et repasse. Elle est nerveuse. Lorsqu'elle marche, elle se tient légèrement penchée vers l'arrière. Ses cheveux volent au vent. Elle ferait mieux de les couper, ça lui donnerait plus d'allure. Surtout, qu'ils ne sont pas d'une propreté irréprochable.

Putain ! Ce qu'elle m'énerve la miss Gentil à passer en gueulant ! Et il n'y a pas que moi que ça agace. Visiblement, Véronique, une collègue qui est dans la même pièce que moi, en a ras-la-touffe :

— C'est de nouveau la crise ! On lui a encore marché sur les orteils aujourd'hui !

De quoi s'agit-il ? La chef de service n'en serait pas à sa première séance de divagation ?

— Dis donc, Véronique, ça arrive souvent des crises comme celle-là ?

Je suis le bleu de service, Véronique est l'agent confirmé, AR comme moi mais plus ancienne dans le service. Donc, ayant le privilège de l'ancienneté et se le voyant reconnaître, elle devrait me fournir les informations utiles.

Ça marche :

— De temps en temps, lorsqu'elle a des problèmes chez elle ou si quelqu'un a, selon elle, marché sur ses plates-bandes, elle devient dingue. Aujourd'hui, c'est le chef de division qui est responsable de la crise.

Le chef de division ? Ah oui, cette espèce de grade intermédiaire créé pour offrir des débouchés aux inspecteurs ne voulant pas ou ne pouvant pas devenir chefs de poste, en d'autres termes percepteurs ou receveurs municipaux. Selon mon père, un chef de division coiffe plusieurs services de TG sans en diriger un seul. Il supervise sans gérer.

— Qu'est-ce qui s'est passé ?

Véronique apprécie le rôle que je lui fais jouer :

— Il aurait rayé une lettre de Mademoiselle Gentil, sous le prétexte qu'une phrase n'était pas tout à fait claire et, ce, sans lui en parler d'abord. Elle va mettre deux jours à s'en remettre et nous, on va casquer pendant ce temps !

Ouah ! Je m'attendais à autre chose. Donc, ce chef-là n'est pas plus transcendant que le précédent. Bon ! Il faudra s'adapter. Surtout quand on n'a pas les moyens de faire autrement.

Je vais pousser le bouchon un peu plus loin.

— Et elle fait tout un cinéma pour ça ?

De toute évidence, la collègue a un trop-plein à déverser.

— Elle crise pour tout et n'importe quoi, Ripert qui prend une initiative sans lui en parler, le chef de la comptabilité qui ose lui poser une question sur une imputation. C'est une malade du pouvoir. Elle a toujours l'impression qu'on la critique ou qu'on veut lui voler sa place !

Voilà qui promet.

Le mieux n'est jamais garanti. Pas plus au boulot qu'ailleurs.

# 18

Vendredi 17 novembre. Il fait gris, froid, humide. Ce matin, en me rendant en bus au boulot, je constate une fois de plus que le vendredi, les gens sont plus nerveux, en particulier au volant. Est-ce la perspective d'un week-end en famille ? Le résultat de la fatigue de la semaine ? Coups de frein, bruits de klaxon, changements brusques de file sont légion. Les gens sont fous !

Le vendredi ne réussit pas davantage à la cheftaine. La miss Gentil, qui poireaute devant la porte de son bureau, a l'air d'une humeur massacrante.

— Ah, Monsieur Soyotte, je suis contente que vous arriviez tôt aujourd'hui !

— Que se passe-t-il, Mademoiselle ?

Je la mordrais bien mais prudence ! Avec ces petites bêtes excitées et pas très équilibrées, les réactions sont parfois surprenantes.

— J'ai été informée hier soir de l'arrivée d'une énorme quantité de titres de recettes. Un problème informatique a entraîné un gros retard chez un ordonnateur. Il va falloir vérifier et prendre en charge rapidement tous ces titres. C'est une catastrophe !

Bien qu'étant un bleu dans le service et dans le métier, j'ai la nette impression que la miss dramatise.

Première règle : rassurer l'oiseau.

— Je vais m'y mettre tout de suite, Mademoiselle.

Raté ! Immédiatement, la cheftaine se met à brasser réellement du vent :

— Impossible ! Il faut d'abord vérifier les titres et Monsieur Ripert est absent pour une semaine.

Elle commence à m'énerver ! On est onze dans le service dont sept qui devraient être présents aujourd'hui. Et parmi nous, personne ne peut faire le boulot de Ripert ? C'est quoi cette organisation à la mords-moi l'nœud ? Tentons une dernière démarche :

— Si vous voulez bien me montrer, je peux essayer de faire le travail de Monsieur Ripert.

*Horreur ! Malheur !* comme disait je ne sais plus qui. Il y a des jours, il faudrait éviter d'ouvrir la bouche et réserver empathie et bon vouloir à qui peut les apprécier.

— Mais je n'y connais rien ! Il n'y a que huit mois que j'ai pris ce service débile ! Huit mois que je dois courir dans tous les sens pour régler des tas de problèmes ! Vous pensez vraiment que j'ai le temps de m'occuper de ça ? TPG et fondé ne se rendent même pas compte de ce qui se passe !

Alors là, ma grande ! Effectivement, la direction n'a pas mesuré qu'elle avait un chef de service en dessous de tout. Elle ferait bien de se promener dans les bureaux pour voir de quoi il retourne et à quelle malade elle a confié des responsabilités. Quant à moi, je n'ai plus rien à dire. Je ne peux pas régler un problème qui me dépasse.

Constatant mon souci d'entrer dans la pièce où je suis affecté, la cheftaine se met à hurler :

— Bien sûr, vous vous en foutez ! Vous préférez la routine !

Attends un peu ! J'étais prêt à faire un boulot de cadre B avec ma paie de cadre C ! Il y a dix minutes qu'elle déverse sur moi des tombereaux de considérations qui ne me concernent pas ! Et maintenant, elle disjoncte ? On dirait un cobra prêt à tuer ! Suffit !

— Mademoiselle, vous êtes injuste avec moi.

Malgré mon ras-le-bol, j'ai mis un bémol à ma colère et un autre à mon envie de coller une claque à la miss. Plusieurs collègues du service se sont agglutinés, avides de voir, d'entendre et de comprendre. Véronique mesure très vite de quoi il retourne.

— Mademoiselle, Paul n'y peut rien. Il vient juste d'arriver dans le service.

Instantanément, le cobra se tourne vers la personne qui ose contester son autorité.

— De quoi vous mêlez-vous ? Oh et puis, j'en ai marre, marre, marre !

La rage au cœur, les larmes aux yeux, des sanglots dans la voix, la cheftaine abandonne le terrain. Elle claque violemment la porte de son bureau laissant dans le couloir ses agents médusés, agacés, énervés. Début de journée.

— Qu'est-ce qui lui arrive encore ? demande une jeune collègue.

— Elle a dit avoir reçu un gros paquet de titres qu'on doit prendre en charge rapidement ; or, il paraît qu'il n'y a que Ripert qui connaît le visa de ces titres.

Je suis assez fier d'avoir enregistré et recraché l'information.

— Ah, je vois. Encore un ordonnateur qui fait ses fonds de tiroirs avant la fin de l'année ! Pas de panique ! On va attendre que la Gentil retrouve ses esprits pour voir avec elle ce qu'on peut faire. Et si on ne peut rien, on attendra le retour de Ripert. La terre ne va pas s'arrêter de tourner pour si peu !

Sage Véronique ramenant les choses à leurs justes proportions !

En me dirigeant vers mon bureau, je croise la collègue tristounette, Magali je ne sais quoi, qui a assisté à la fin de l'accrochage. Elle aussi a sa tête des mauvais jours, me semble-t-il.

— Comment va ta petite ce matin ?

Qu'est-ce ? La question que Véronique adresse à Magali m'incite à jeter de nouveau un œil sur cette dernière.

— Pas trop bien. Il est question de l'opérer…

Magali s'effondre en larmes et s'enfuit vers les WC. Là, je comprends qu'il y a des raisons de faire la gueule.

Resté seul avec Véronique, je la questionne.

— Qu'est-ce qui se passe ?

M'emmenant dans un coin plus calme, la collègue me met au parfum.

— Elle a accouché il y a trois mois d'une petite Pauline qui a une malformation de la boîte crânienne. Le cerveau menace de sortir à tout moment. La gosse n'a jamais quitté l'hôpital depuis sa naissance. Quand sa mère va la voir, c'est pour l'entendre hurler de douleur. C'est terrible pour elle qui en plus se retrouve, au retour de l'hôpital, seule entre ses quatre murs.

Ce n'est pas possible des horreurs pareilles ! Lorsque j'apprends de telles choses, j'ai envie de demander des comptes à l'autre de là-haut, le barbu de service, celui qui aurait tout créé y compris des monstruosités comme celle-là.

— Elle peut guérir ?

Véronique hausse les épaules :

— Je n'en sais rien. Alain Ripert, dont la femme travaille dans le service de pédiatrie de l'hôpital, dit qu'elle n'a aucune chance. La peau qui tient le cerveau peut éclater à tout moment.

Abominable ! Je m'assois devant mon bureau, choqué par ce que je viens d'entendre. Que représentent nos petites emmerdes face à ça ? Mes problèmes d'argent, résolus d'ailleurs ? Les problèmes de la miss Gentil qui vient de réapparaître, prête à bouffer tout le monde ?

— Où est Mademoiselle Vernier ?

Qui est donc cette demoiselle Vernier dont la cheftaine déplore l'absence ? À la tête que fait Véro, je mesure le côté incongru de la question.

— Aux toilettes, Mademoiselle. Elle ne va pas très bien ce matin.

Vernier, c'est donc Magali. Putain, la cheftaine va comprendre le message de Véro ?

— Encore !?

Qu'y a-t-il eu après le « encore » ? Une exclamation ou une interrogation ? En tout cas, la ponctuation dérange ceux qui sont dans le bureau. Dont un jeune :

— Comment pouvez-vous… ?

La cheftaine se retourne sur celui qui vient de l'apostropher. Un AR a osé ! Elle le fusille du regard.

Attention, Mademoiselle, pas d'imprudence ! On croit n'avoir rien dit de grave. Mais, sait-on les orages que, parfois, l'on peut déclencher…

# 19

Jeudi 30 novembre. Triste journée. À notre arrivée, qui s'échelonnait entre sept heures quarante-cinq et huit heures trente, nous apprenons l'un après l'autre que Pauline est morte vers trois heures du matin. Selon Ripert, informé par sa femme et qui vient d'arriver, Magali n'a pas tenu le choc. Un médecin lui a injecté un calmant.

— Pauvre Magali ! Elle n'a pas de chance. Pas de famille proche, pas de copain. Et maintenant, ça ! Je vais aller à l'hôpital pour voir si elle a besoin d'aide.

Chouette femme que Véronique !

— Tu prends congé ou tu demandes une autorisation d'absence ?

Ripert ne perd pas le sens des réalités. Ça sert des gens comme lui, ça vous évite de faire des conneries.

— Compte tenu de l'humeur de la cheftaine, je préfère déposer une demande de congé pour la matinée. Et elle a intérêt à signer !

Voilà Véronique partie chez la miss Gentil avec sa feuille de congé. Elle en ressort quelques minutes plus tard, feuille signée. À la place de Gentil qui ne l'est pas vraiment, j'aurais fait cadeau à Véronique de la demi-journée. C'est tout de même une circonstance exceptionnelle ! Mais, de toute évidence, Annick Gentil ne pense pas plus loin que le bout de son nombril.

— Véronique, s'il faut un coup de main, tu peux m'appeler. Surtout, n'hésite pas. Je peux prendre congé. Et le soir et le week-end, je suis libre. Pas de chichi !

Je me sens solidaire de Magali que je ne connais pourtant pas, avec qui je n'ai eu aucun contact véritable depuis que je suis dans le service. Je veux faire partie de la chaîne qui se met en place. Elle est parfois vache la vie, il faut qu'on se serre les coudes.

— Merci, Paul, je te tiens au courant.

Véronique partie, je me mets à la saisie des écritures. Dur de ne pas faire de conneries quand on a l'esprit ailleurs !

Tout de même, elle est quelquefois moche la vie ! Pourquoi permettre à une môme de venir au monde pour la réexpédier dare-dare de l'autre côté ? Pourquoi cet acharnement contre Magali ? Est-ce que les choses arrivent par hasard ou y a-t-il quelque part un sadique qui programme tout et n'importe quoi ? Est-ce qu'on est la victime ou l'auteur, même inconscient, de ce qui nous arrive ? Est-ce que les saloperies, comme les choses super, on les a au mérite ou ça fait partie du lot quoi qu'on fasse ?

Pauvre Magali qui doit terriblement souffrir ! Maman, maman, si tu es là quelque part, si tu m'entends, fais quelque chose pour Magali ! Tu ne peux pas lui rendre sa fille mais tu peux lui donner la force de tenir.

— Monsieur Soyotte, on est dans la lune ?

Il me semble qu'on m'appelle. Effectivement. Dans l'embrasure d'une des portes, il y a la cheftaine dans un tailleur gris. Gris anthracite. Gris muraille.

Gris ne-me-vois-pas. Les cheveux un peu plus gras, cette fois. Elle a vraiment un problème avec ses tifs. Elle ferait mieux de consulter un spécialiste ou de cesser de les laver tous les trois matins ou de changer d'oreiller. En tout cas, de les couper pour le moment.

— Vous n'entendez pas quand on vous parle ?

Mais si, je t'entends. Je n'entends même que toi puisque les autres se sont arrêtés de discuter et les téléphones ont momentanément cessé de sonner. Je t'entends et je te vois. Je vais te répondre pour que tu cesses de me faire chier.

— Excusez-moi, Mademoiselle, mais je pensais à Magali.

— Ne prenez pas de retard ! Ça n'y changerait rien !

Allez, tire-toi ! Va voir ailleurs si j'y suis ! Débit, crédit, code…

Vers dix heures, Véro appelle de l'hôpital.

— Paul ? Salut ! Magali est réveillée et ne va pas bien. Je reste ce matin avec elle mais si tu pouvais me relayer cet après-midi. Il faudrait l'aider à passer le cap en attendant la venue de cousins qui devraient arriver demain.

Bien sûr que je vais me rendre à l'hosto. Même que je vais aller récupérer tout de suite ma fiche de congé que j'ai laissée chez Bastian pour revenir ensuite la faire signer par la miss Gentil. Prévenant Ripert, je quitte donc ma place et sors du bureau.

Le couloir du deuxième étage où est situé le service des produits divers est moins classe que celui du premier. Normal, au premier, il y a les bureaux du TPG et du fondé. Dans l'administration, comme ailleurs, les torchons n'ont pas droit aux mêmes égards que les serviettes. Même dans les services de la République, il y a des princes et des manants. Peu importe le régime politique, le pouvoir en place, il y a toujours des chefs et des valets, les premiers tenant souvent à la différence. Et, si des chefs s'en foutent, il y a des valets qui se croient obligés de la marquer.

Le nombre d'agents qui déambulent dans les couloirs m'étonne. Bien sûr, il y a les nécessités vitales. Mais, tout le monde ne va pas au petit coin.

Ceux qui circulent trimballent juste un papier.

À une époque où l'informatique commence à prendre de l'importance, on pourrait tout de même penser aux transmissions par les réseaux. Quoique ! Les gens ont besoin de contacts personnels, de parler, d'échanger. Si tout se fait par bécanes interposées, à mon avis, il va y avoir des dépressions. J'imagine assez mal un monde sans contacts personnels. Il faudra alors créer ou maintenir des zones de rencontre où les gens pourront se parler. À Paris, à la Direction générale, ils ont des coins près des distributeurs de boissons. Mais, debout près d'un engin souvent situé entre deux portes ou dans un couloir sans fenêtres, ça n'a rien de folichon. À améliorer !

Tout en cogitant, j'emprunte l'escalier qui mène au premier étage. Juste comme je débouche devant mon ancien bureau, la miss Verlin en sort. Je parie qu'elle vient de traumatiser mon remplaçant ou ma remplaçante. Habillée de noir, elle fait corbeau.

— Tiens ! Soyotte ! Vous vous perdez ?

Toujours aussi malpolie ! Et qu'en a-t-elle à cirer de ce que je fais maintenant qu'elle m'a fait dégager ?

— Bonjour, Madame Verlin. Comment allez-vous ? Remise ?

J'ai employé un ton aimable qu'elle ne peut critiquer, ce qui la fait bouillir.

— Je ne crois pas que cela vous concerne !

C'est vrai. Mais j'ai bien envie de te pourrir la vie.

— Ne croyez pas cela, Madame Verlin. Je me suis fait du souci pour vous. J'en ai parlé à mon père qui connaît Monsieur Rodinot…

Pas le temps de finir. Le vilain corbeau a pris son envol. Ou plutôt a ramassé ses plumes pour se casser vers des cieux plus cléments, manquant dans sa précipitation de déraper sur les dalles du couloir.

Je profite de la fuite de la cheftaine pour entrer saluer celui ou celle qui me remplace. Un mec. Qui n'a pas le sourire au fond des yeux.

— Salut ! Je m'appelle Paul Soyotte ! J'étais à ta place il y a peu.

Toujours pas de sourire. À peine un effort pour tendre la main et répondre à mon salut.

— Bonjour. Ange Sanguinetti. Combien de temps tu as bossé ici ?

Je peux me tromper mais j'ai bien l'impression que le collègue en a déjà ras-la-casquette.

— Sept mois, pourquoi ?

Il se lève, le regard dans le vague.

— Comment t'as fait pour tenir dans un endroit pareil avec ce boulot de con et cette bonne femme ?

— Il fallait que je gagne ma vie. Pas le choix !

— On a toujours le choix.

C'est ça ! Tu as le droit de le croire ! Mais, pense à vérifier tout de même !

# 20

Même jour. J'ai récupéré sans problème ma fiche de congé. De retour dans le service des produits divers, il me faut affronter mademoiselle Gentil. Christiane Dufresne, un contrôleur, me retient par la manche.

— Fais gaffe ! Elle vient de piquer une crise en constatant que tu avais quitté ta place depuis près d'une demi-heure. Si j'étais toi, j'attendrais avant d'aller la voir.

Attendre ? Je ne peux pas. Véronique compte sur moi. Et puis, je commence à en avoir marre de cette malade de Gentil. Je veux bien admettre qu'il faut savoir jongler avec les états d'âme de tout un chacun. Mais que faire avec une cheftaine en crise permanente ? Ou plutôt qu'un rien fait sortir de ses gonds ? J'envoie un sourire à la collègue et frappe à la porte de la miss.

— Entrez !

La voix qui m'invite à passer la porte n'est guère aimable et donne envie de fuir.

— Excusez-moi de vous déranger.

En refermant la porte, je rencontre un regard furax, un sourire aux abonnés absents. Annick Gentil incarne tout ce qui peut décourager un agent de base.

— Ah, vous voilà ! Où étiez-vous passé ? Vous croyez que le travail va se faire tout seul ? Entre ceux qui sont en congé, ceux qui ont des problèmes, ceux qui en prennent à leur aise et ceux qui ont un poil dans la main, je commence à en avoir marre ! La direction ne cherchera pas à comprendre. C'est à moi qu'elle s'en prendra si les retards s'accumulent !

Que faire, que dire ? Elle est à la tête du service, rémunérée pour ce boulot et les emmerdes qui vont avec. L'envie de la secouer pour la ramener à la raison me démange. Mais je dois composer. Pas la peine de courir au-devant des problèmes. Et, surtout, il me faut ma demi-journée de congé.

— Mon père me parle souvent des difficultés d'être chef dans notre administration…

Immédiatement, je réalise que je n'ai pas pris le bon chemin vu la réaction de la foldingue.

— Je m'en fous de votre père ! Vous n'avez pas à me rappeler qu'il existe ! Vous n'avez pas à vous abriter derrière lui ! Tout ce qui m'intéresse, c'est que vous fassiez le boulot que je vous ai demandé de faire, fils de RF ou pas !

Elle s'est levée, balayant au passage des dossiers qui tombent et s'éparpillent sur le sol. J'amorce un mouvement pour aider à la récolte des paperasses. La miss Gentil me stoppe net dans mon élan :

— Fichez le camp, Soyotte ! Laissez-moi tranquille ! Je n'ai pas besoin de vous pour ramasser mes dossiers ! Allez plutôt finir votre travail !

Ces hurlements, cette incapacité de dominer une rage, ce refus d'écouter l'autre… Le comportement violent de la miss me rappelle le *Father* et ses crises. Il faut fuir, attendre une autre occasion. J'ouvre la porte pour sortir du bureau. Brutalement, je réalise qu'une fois encore, je vais reculer devant des cris. Non ! Cette fois, je ne vais pas fuir en attendant des jours meilleurs ! Je ne peux plus continuer à déguerpir. Il faut que je tienne tête. Tant pis pour les conséquences. Il est plus important pour moi de faire face. Je referme la porte.

— Mademoiselle Gentil, je comprends que vous ayez des problèmes avec le service mais ce n'est pas une raison pour être toujours en colère. Vous savez que nous ne demandons pas mieux que de travailler, de bien faire et même de vous faire plaisir. Mais vous êtes si dure avec nous, si injuste parfois que nous…

Les yeux de la cheftaine virent au foncé. Sûr, elle va exploser. Je vais m'en prendre plein la tête. Pourquoi ai-je ouvert ma gueule ? Le regard change.

— Vous avez raison, Monsieur Soyotte. Mais, j'ai tellement de soucis ! Tellement !

Et la voilà qui s'effondre en larmes, la tête contre mon épaule.

C'est quoi cette cheftaine ? Elle joue les dures et s'écroule comme une môme ! Quel comportement adopter sans risquer un retournement de situation ? Pourvu qu'elle ne salisse pas mon pull avec ses dégoulinements en tout genre ! Bon ! Je vais la laisser pleurer, elle finira par se reprendre. Elle se reprend.

— Excusez-moi ! Laissez-moi seule !

Le ton est net, cassant même. Mais, il me faut ma demi-journée de liberté.

— S'il vous plaît, Mademoiselle, pourriez-vous m'accorder une demi-journée de congé cet après-midi. Véronique veut reprendre le travail et il faut que quelqu'un reste avec Magali qui va très mal.

Ai-je été convaincant ? La cheftaine a-t-elle mesuré l'enjeu ? En a-t-elle assez de ma présence ? Elle signe ma feuille, sans un mot, sans un regard. Je ne sais pourquoi, je sors de son bureau avec une impression désagréable. Je devrais exulter. Mes antennes me disent que le vent ne va pas souffler dans le bon sens. Tant pis ! J'ai eu ce qui me paraissait primordial. On verra bien. Déséquilibrée comme est la miss Gentil, demain elle aura retrouvé son calme.

À midi, j'éteins l'ordinateur, range mes affaires, sors à toute vitesse du bureau, passe pointer au sous-sol et quitte la TG. Dehors, il fait frais. Un temps de Toussaint, presque. La ligne du bus qui conduit à l'hôpital est proche. En moins de vingt minutes, je suis à l'accueil où Véronique m'attend.

— Comment va Magali ?

Cette fille ne m'est rien et pourtant, je ressens une infinie compassion pour elle.

— Elle somnole, la piqûre de la nuit agit encore un peu. Elle est seule dans la chambre, on a emmené sa fille à la morgue. Elle a pu joindre des cousins. Ils vont venir. En attendant, il vaut mieux la surveiller. Tu m'excuses, il faut que j'y aille, je dois faire une course urgente avant d'aller au boulot.

Va, Véro, va ! Je me sens comme le grand frère qui prend le relais. Ça me rappelle ma mère qui disait que j'éprouvais toujours le besoin de m'occuper de X, Y ou Z – c'était son expression – pour oublier de régler mes propres problèmes. Pas faux.

En prenant l'ascenseur pour rejoindre Magali, je me rends compte que cette habitude m'est venue vers douze-treize ans. Dès le collège, j'ai manifesté le besoin de tenter d'aider les uns et les autres. Ce comportement avait le don d'agacer prodigieusement le *Father*. L'une ou l'autre fois, il m'a flanqué une trempe monumentale afin de me rappeler qu'avant les autres, il y avait, selon les jours, moi et ma chambre pas rangée, moi et mes devoirs pas faits, moi et mes leçons pas apprises, moi et mes problèmes pas réglés.

Pas tendre le *Father*. Brutal, même. Depuis que je suis tout petit, je collectionne les souvenirs cuisants. Pour un mot de trop ou de moins, un soupir, un retard de quelques minutes, trop de bruit pendant les informations à la télé, un refus de finir une assiette, les coups tombaient. Ça allait de la petite claque aux coups de poings en passant par la tête sous le robinet, les gifles qui n'en finissaient pas. Je m'en sortais avec le nez en sang, le crâne en feu, le dos en marmelade.

Pendant longtemps, j'ai pensé que j'étais trop nul, trop méchant, trop vilain, pas assez sage, pas assez bien. Le *Father* ne cessait de le dire d'ailleurs.

De trop en pas assez, j'ai fini par comprendre que je pourrais faire tout ce que je voudrais, les coups continueraient de pleuvoir tant que je serais petit et l'autre plus fort que moi. Puis un jour est venu où j'ai flanqué à mon bourreau de père un coup de poing à la mesure de ma haine. La machine à taper s'est enfin arrêtée. Mais la haine est restée en moi. Une haine jamais éteinte qui ne demande qu'à s'exprimer quand une situation me rappelle le passé.

Ma mère s'interposait, menaçait de quitter le *Father*. Mais jamais elle n'aurait pris de mesures contre son mari. Pourtant, elle m'aimait. Comme quoi, on peut aimer et être lâche.

# 21

Lorsque je pénètre dans la chambre où les infirmières ont installé Magali, je trouve la collègue assise au bord du lit, une petite veste sur le dos, le regard dans le vague. Elle est là sans y être. Est-ce qu'elle me voit seulement ? Un zombie doit avoir cette tête-là.

— Salut, Magali. Je suis venu passer l'après-midi avec toi. Tu as mangé ?

Elle m'a entendu : un signe de tête négatif me fait comprendre qu'on en est au même point. Rusons ! Laissons lui croire que j'ai besoin d'elle !

— Quand j'ai faim, je ne me sens pas très bien, tu veux me conduire à un distributeur ?

Elle se lève et prend son sac.

— Je veux bien mais je ne sais pas où il y en a un.

Pas de problème, ma grande. L'essentiel est que tu bouges. Que tu sortes de ces murs pas très gais. Et aussi que je mange.

Nous voilà, bras dessus, bras dessous, partis explorer les couloirs de l'hosto à petits pas. Une infirmière a la bonté de nous guider jusqu'à un distributeur de sandwiches qu'on n'aurait pas trouvé, vu le nombre de couloirs et de portes à se taper avant d'y arriver.

Sur le tourniquet du distributeur, quelques boîtes en plastique conservent à l'abri de l'air des tranches de pain de mie d'un blanc tristounet. Mais, quand on a faim, on n'est pas trop regardant.

— Lequel te plairait ?

Bien élevé par ma mère, je m'intéresse d'abord à la demoiselle. Mais, franchement, je ne vais pas tarder à défaillir. Il y a des jours où, entre l'éducation et l'estomac, un réel conflit existe.

— Je n'ai pas faim.

Ben voyons ! Il va falloir ramer pour lui donner la becquée. C'était à prévoir !

— Écoute, je te propose d'en choisir un tout de même. J'en prendrai un aussi. Et si, lorsque j'aurai avalé le mien, tu n'as pas tout mangé, je finirai ton sandwich. OK ?

Elle opine. Voilà une affaire qui marche.

Quelques minutes plus tard, nous sommes attablés tous les deux dans un coin de couloir prévu pour les familles qui attendent un patient, des nouvelles ou je ne sais quoi. Magali commence à peine à picorer que déjà j'ai dévoré mon pain. On a beau avoir des égards pour l'humanité souffrante, la carcasse a ses exigences. Laissant Magali à ses picorages, je file en vitesse me chercher un deuxième casse-dalle. C'est bien joli le pain de mie en triangle et le jambon en tranches ultra-minces mais ça ne nourrit pas son homme.

De retour, je décide de prendre plus de temps pour les prochaines tartines et de m'intéresser à la collègue. Elle n'avait pas faim mais a tout de même avalé quelques bouchées. Espérons que ça va passer sans encombre dans une tuyauterie qui doit être nouée !

Que dire pour lier contact sans déclencher un raz-de-marée ? Qu'est-ce qui pourrait changer les idées de Magali ?

Je ne sais vraiment rien d'elle en dehors de ce qu'il lui arrive actuellement.

Voilà presque trois semaines que je suis dans le service des produits divers comprenant trois bureaux communicants mais je n'ai pas pris la peine de communiquer avec certains collègues, dont Magali.

— Comment est ton sandwich ?

Il faut bien commencer par quelque chose.

— Ça va.

Bon ! On n'ira pas loin ! Mon petit Paul, ou tu te creuses la cervelle ou c'est le vide question conversation. Allez ! Du courage ! Il faudra bien affronter le pire, tôt ou tard !

— Qu'as-tu prévu pour cet après-midi, Magali ?

Devant son air de poisson asphyxié, je réalise qu'elle n'a rien prévu. Qu'elle n'a probablement rien dans le crâne en dehors de la mort de Pauline. Pauline ! C'est un joli prénom. J'aimerais bien avoir une fille qui s'appellerait ainsi. Paul, enfin ! Ce n'est ni le moment ni l'endroit ! Et puis, il faudrait une mère à la petite Pauline !

Magali ne répondant pas, je vais prendre les choses en mains. On ne va tout de même pas rester là tout l'après-midi comme deux momies.

— Si tu veux bien, Magali, une fois que nous aurons terminé le sandwich, on sortira d'ici.

Elle a le regard absent. Est-ce qu'elle m'a entendu ? Sont-ce les calmants de cette nuit qui la mettent dans cet état ? C'est fou les questions qu'on peut se poser, comme tout est compliqué quand on n'a pas de repère !

— Magali !

Je l'ai appelée, doucement, comme on appelle un enfant pour le sortir du sommeil. Elle tourne vers moi un regard embrumé. Rentré, serait plus exact. Où est-elle ? À quoi pense-t-elle en cet instant précis ? Tout à coup, j'ai froid et peur. Cette fille semble avoir déjà quitté notre monde. Je vais refaire une tentative.

— Magali !

Elle sourit. Du moins sa bouche amorce un mouvement qui peut être celui d'un sourire naissant.

— Oui ?

Elle est là sans y être. La dose de calmant a-t-elle été trop forte pour elle ? Est-ce une tactique pour se prémunir contre la souffrance ?

— Magali, tu veux bien qu'on sorte ?

— Sortir ? Oui, peut-être…

Elle quitte machinalement sa chaise. De nouveau, je lui prends le bras tant je crains qu'elle ne s'effondre au premier courant d'air. En passant par l'accueil, j'en profite pour demander si nous pouvons partir, si Magali ne doit rien payer. Je n'aimerais pas me retrouver au bout de la rue entre deux cerbères nous traitant de voleurs ! On lui fait signer un papier, on lui dit de repasser le lendemain. A-t-elle vraiment percuté ?

Magali marche, comme elle a mangé, comme elle a « participé » au dialogue de l'accueil, loin de tout. Une somnambule. Il fait froid. Sa veste ne suffit pas.

— Veux-tu qu'on aille jusque chez toi pour prendre un manteau ?

N'obtenant pas de réponse, je m'arrête. La somnambule aussi. Je la secoue doucement.

— Magali, réagis ! Ne sens-tu pas qu'il fait froid ?

Jamais, je n'ai croisé un tel regard. Aussi vide. Même pas tourné vers l'intérieur. Inexistant.

— Je n'ai pas froid.

Pourtant, elle tremble. Si l'esprit est ailleurs, le corps est là.

— Écoute, j'appelle un taxi et on va chez toi chercher un manteau puis on parlera de l'arrivée de tes cousins.

J'ai pris une voix ferme, celle du *Father* lorsque ma sœur et moi n'arrivions pas à nous décider.

— Si tu veux.

Comme Magali n'a pas de mobile, je décide de retourner à l'hôpital pour appeler un taxi. Vingt minutes plus tard, on est chez elle. Je trouve que j'habite dans un quartier pourri. Mais, c'est du luxe à côté d'ici. La zone ! Des barres d'HLM plus vieilles que moi. Un terrain vague qui ne se rappelle plus qu'il a été un espace vert. Des tags partout. Des portes d'entrée cassées. Des jeunes qui traînent. Des vieux qui semblent errer. Des femmes qui trimballent des paquets, des sacs ou des mômes. Triste à mourir !

Le pire est dans la barre d'immeuble. Quand on pénètre dans l'entrée de Magali, la sixième, la crasse est visible partout. Une odeur bizarre me prend à la gorge. J'ai déjà senti cette odeur une fois. Ça sniffe ici, pas de doute ! L'ascenseur est dégueulasse. Pour un peu, on irait à pied par peur de se salir. Mais, aller au huitième à pied, dur ! Quand on sort de l'ascenseur, trois portes.

Magali se dirige vers celle de gauche. Comme un automate, elle l'ouvre, entre, se dirige vers la fenêtre restée entrouverte depuis je ne sais quand. Il caille dans l'appart. L'appart ? Un studio d'une trentaine de mètres carrés. Propre, ce qui change par rapport au reste.

Elle se pose plus qu'elle ne s'assied au bord d'une chaise. Un pantin. De toute évidence, cette fille est cassée. Et ce n'est pas seule dans ce studio ni dans cet immeuble pourri d'une zone merdique qu'elle pourra retrouver le moral. Surtout que les jours qui viennent vont être durs. Tant pis, je ne peux pas la laisser seule, je vais l'emmener chez moi. On se débrouillera. Je mettrai un message sur la porte pour les cousins.

Il y a des moments où il faut improviser et s'oublier. Et merde pour le *Father* et ses principes !

# 22

Vendredi 1er décembre. Ça m'a fait tout drôle ce matin de me réveiller sur le canapé et de trouver Magali assise au bord de mon lit. A-t-elle dormi ? A-t-elle déambulé ? Pleuré ? Je n'ai rien entendu. Il est vrai que j'ai eu le sommeil plutôt lourd.

— Salut, Magali. Veux-tu du café, du chocolat ?

Elle est là avec ses petits cheveux bruns décoiffés, ses grands yeux marron qui n'expriment rien. Elle est là, je la vois et pourtant je ne la sens pas. Je pensais qu'après la balade qu'on a faite hier après-midi, le repas à la crêperie où elle a à peine avalé une moitié de galette au jambon, la soirée devant la télé et une nuit, elle aurait retrouvé un peu d'énergie. Elle est toujours aussi nase, inexistante. Ce n'est donc pas le calmant qui la met dans cet état. À moins que…

— Magali, tu prends des cachets ?

Un regard vide, pas étonné, pas scandalisé, vide, m'effleure à peine. J'insiste.

— Tu ne prends rien, Magali ?

Elle fait non de la tête. Je choisis de la croire.

— Si tu veux, tu peux faire ta toilette pendant que je prépare le café. Ça te va un café ?

Elle dit oui de la tête.

Pendant que le café passe, je prépare la table pour le petit-déjeuner. Magali ne mangera certainement rien, mais moi, j'ai faim.

Que faire en attendant la venue des cousins ? Ont-ils seulement donné signe de vie ? Quand arriveront-ils ? Il faudrait s'occuper de Magali qui a de drôles de réactions, voir pour les formalités d'obsèques. Il doit y avoir des tas de choses à faire avant l'enterrement.

— Magali, as-tu une idée de l'heure d'arrivée de tes cousins ?

Elle hausse les épaules. Est-ce qu'elle les a au moins prévenus ?

— As-tu pu les joindre ?

— Je les ai appelés de l'hôpital, hier. Ils devraient arriver aujourd'hui, entre onze heures et midi.

Onze heures… midi... Je ne peux pas la laisser seule jusque-là. Il va falloir que j'appelle pour prévenir que je n'irai pas travailler ce matin. Ça va encore être la crise avec la miss Gentil ! Et, pourtant, je sens qu'il ne faut pas laisser Magali seule. Le mieux est que j'appelle Véronique pour lui expliquer. Mince ! Je n'ai pas encore redemandé la ligne !

— On boit un café, on mange un bout et on s'habille pour aller dans une cabine. Je dois appeler le bureau.

On boit, on grignote, on va à la cabine, j'explique la situation à Véronique, on revient chez moi. Pendant ce temps, Magali a bu, m'a suivi, a entendu mes explications au téléphone, m'a resuivi, s'est installée devant la télé. Voit-elle ce qui défile ?

L'estomac calé, je réalise qu'il vaudrait mieux que nous allions chez elle pour attendre ses cousins. Là, au moins, il y a un téléphone fixe qu'ils peuvent appeler. Magali opine du chef, me suit jusqu'à l'arrêt de bus, prend le ticket que je lui tends, occupe un siège dans le bus, descend quand je le lui dis. La zone est toujours aussi dégueulasse, puante. Une fois chez elle, Magali s'installe derrière la fenêtre. Elle ne bougera plus de là jusqu'à l'arrivée de son cousin et de sa femme.

Je les quitte après leur avoir signalé le comportement étrange de leur parente. Ça n'a pas l'air de les inquiéter. Peut-être est-ce habituel chez Magali. Je prends l'ascenseur cradingue pour descendre. Des hurlements quelque part. J'ai peur. Et froid. Et si je devenais fou ? Depuis la mort de ma mère, je me trouve bizarre, parfois.

Arrivé en bas de l'immeuble, un attroupement m'empêche de sortir. Je dois forcer la porte. Ça hurle dans tous les coins. En arabe, en français. Je ne comprends rien. Je ne peux pas m'éloigner. Il me faut savoir pourquoi tous ces gens crient. Je pousse une femme et découvre au milieu d'une mare de sang grandissante… une jupe que je connais bien.

Levant la tête, je crois deviner au huitième et dernier étage deux têtes. Les cousins. Que s'est-il passé ? Pourquoi Magali a-t-elle fait ça ? Les flics du quartier arrivent. Ils font reculer la foule. J'aimerais m'en aller. Fuir tout ce bruit, oublier l'image sanguinolente du pantin désarticulé. Mais je dois rester sur place. Les flics vont m'interroger. Ils m'ont interrogé, comme les cousins et les voisins.

Tout va dans le sens d'un suicide, ont-ils conclu : « Jeune femme dépressive, désespérée par le départ de son compagnon et la mort de son enfant ». Bref constat et brève épitaphe. En rentrant chez moi ce vendredi soir, je me suis rendu compte que j'avais oublié d'appeler le bureau à propos de mon absence de l'après-midi. Tant pis ! Lundi, il sera temps de leur dire ce qui s'est passé.

Mon appart me semble vide. Elle parlait à peine, ne faisait aucun bruit. Une tasse de café sale, une odeur dans mon lit, tout ce qui reste d'elle. Et pourtant, elle laisse un grand vide dans mon existence. Non. Pas un vide. L'impression d'un raté monumental. Je savais qu'elle allait mal. J'aurais dû rester auprès d'elle ou insister davantage pour que ses cousins réalisent…

Pourquoi a-t-elle attendu mon départ pour sauter par la fenêtre ? Pourquoi n'a-t-elle rien tenté avant ? Mystère du suicide ! Y-a-t-il un moment où tout paraît encore possible et quelques secondes plus tard, toutes les portes se ferment ? Est-ce que le suicide est l'aboutissement d'un long chemin ? Ou un geste irréfléchi et soudain ?

Les cousins de Magali ont dit qu'ils n'avaient rien vu. Ils m'ont raccompagné jusqu'à la porte et, le temps qu'ils se retournent, leur cousine n'était plus là. Ils l'ont cherchée dans la cuisine, dans les WC, dans la salle de bains, avant de réaliser que la fenêtre était ouverte. D'en haut, ils ont vu des gens se pencher sur ce qu'ils ont deviné être Magali. Au commissariat comme à l'hôpital où les policiers nous ont emmenés, ils étaient anéantis.

En dépit de ce que les flics, les médecins et les infirmières leur ont dit, ils avaient la certitude d'être coupables. De ne pas avoir assez pris au sérieux mes avertissements. De ne pas être restés près d'elle lorsque je suis parti. De ne pas avoir été suffisamment attentifs à sa souffrance pendant les mois où leur cousine vivait sans sa fille hospitalisée.

Et moi, je me sentais, je me sens coupable de ne pas avoir approché ma collègue durant ces trois dernières semaines. De ne pas avoir compris plus tôt sa détresse, le vide de son existence. On passe comme ça à côté de tas de gens sans même se rendre compte qu'ils sont au bout du rouleau. Prêts à faire n'importe quelle connerie. On ne voit rien des drames qui se vivent parfois sous nos yeux.

Mais peut-on prendre en charge toute la peine, toute la misère du monde ? Paul, réveille-toi, secoue-toi. Que pouvais-tu faire ? Jusqu'où allait ta responsabilité ? Dans les rapports avec les autres, il y a une ligne à ne pas franchir. Celle qui délimite la marge de manœuvre de l'autre.

Magali allait mal mais qu'y pouvais-tu ? Tu as fait ce que tu as cru devoir faire. De ton mieux. Tu ne pouvais aller plus loin sans prendre la part de Magali. À elle de dire son mal, à elle le choix de sa vie ou de sa mort. Compte tenu de tout ce qu'elle avait supporté ces derniers mois, elle n'a pas eu la force de continuer à vivre. C'était trop lourd pour elle. Nul ne pouvait y changer quoi que ce fût.

Nul ? Je n'en suis pas très sûr. Est-ce qu'il n'y a pas des moments où il faut aller au-delà de la ligne ? Où s'arrête la liberté de l'autre quand sa vie est en danger ? Quand on le sent ? Jusqu'où faut-il porter quelqu'un ?

Où se trouvent les bonnes réponses, les satisfaisantes, les incontestables ? Celles qui mettent un point final aux questions ?

# 23

Lundi 4 décembre. Lorsque je suis arrivé au bureau vers huit heures trente, j'ai tout de suite senti qu'il y avait un problème. Sans même me donner le temps de saluer les collègues qui me semblaient plutôt gênés, la miss Gentil m'a sauté sur le paletot.

— Dans mon bureau, Monsieur Soyotte !

On file dans l'antre de la cheftaine.

— Fermez la porte ! Alors, on en prend à son aise ? On s'autorise des absences sans prévenir sans doute parce qu'on est le fils d'un RF ! Je vous préviens, j'ai fait un rapport vendredi après-midi. Vous n'êtes pas sans savoir que vous êtes nouveau dans le métier et dans la maison ! Inutile de vous dire que votre place est en jeu ! J'aurais dû me fier à ce qu'on m'avait dit de vous !

Je vais l'étriper. Elle ne sait rien pour Magali. Elle m'a condamné avant même de chercher à comprendre. Et en plus, elle ajoute de l'eau aux moulins de ceux qui veulent ma peau dans cette maison.

— Monsieur Soyotte, vous m'entendez ? J'en ai marre de votre façon de vous enfermer dans votre univers, de faire comme si le monde, les autres, les règles, n'existaient pas !

T'en as marre, c'est ton droit ! Mais je vais te balancer un missile dont tu vas avoir du mal à te remettre. Pardon, Magali !

— Excusez-moi, Mademoiselle de ne pas avoir appelé vendredi après-midi mais Magali allait mal.

À la tête que fait la cheftaine, je me rends compte qu'elle n'a pas vraiment percuté ou qu'elle s'en fout.

— Elle ne va jamais bien. D'ailleurs, elle n'est pas encore là ce matin, sans même un mot, un arrêt de travail. Elle aussi, elle commence à me courir !

T'inquiète, miss, elle ne va plus t'emmerder la fragile Magali !

— Elle allait vraiment mal, Mademoiselle. Elle s'est jetée par une fenêtre vendredi vers midi et elle est morte. J'ai dû passer l'après-midi chez les flics qui enquêtaient.

Je n'ai pas eu à me forcer pour mettre de l'émotion dans ma voix.

— Qu'est-ce que vous racontez ? (Un silence) Vous ne pouviez pas le dire plus tôt !

Eh non ! Tu ne m'en as pas laissé le temps. Il faudra que tu assumes, ma grande. Tes vacheries, tes *a priori*, ton habitude de faire comme si tu étais la seule à avoir des problèmes… Débrouille-toi, à présent !

— Soyotte, dehors !

Le hurlement d'Annick Gentil me ramène sur terre. Alertés par ses cris, des collègues sont entrés dans son bureau. La cheftaine est au bord de la crise de nerfs.

— Foutez le camp ! Dégagez tous de mon bureau, Soyotte en tête ! Je ne veux plus vous voir !

— Qu'est-ce qui s'est passé ?

Véronique a le regard inquiet d'une mère-poule pour son dernier poussin.

— Rien, elle m'a tout de suite agressé et a dit qu'elle m'avait foutu un rapport aux fesses.

Maintenant, le pire reste à faire. Il me faut prévenir les collègues qui ne semblent pas être au courant pour Magali.

— Ripert, ta femme bosse ? A-t-elle eu des nouvelles de Magali ?

Le collègue sent tout de suite une anomalie dans ma question et ma voix.

— Non. Elle était en repos. Un problème ?

Un gros. Putain, comme c'est dur !

— Magali a eu un accident.

La tête que font tous les collègues du service qui se sont agglutinés autour de moi ne me facilite pas les choses.

— Grave ?

Si seulement j'étais ailleurs !

— Elle… elle s'est jetée par la fenêtre de son studio vendredi à midi.

Un silence atroce s'installe. Seul Ripert qui semble mieux armé que les autres pour affronter la situation m'invite à raconter ce qui s'est passé. Je dis tout, le comportement bizarre de Magali, sa nuit chez moi, l'attente des cousins, les hurlements quand j'étais dans l'ascenseur, l'attroupement autour de Magali en bas de l'immeuble, l'enquête des flics.

Je dis tout, sauf la tache de sang qui n'en finissait pas de s'agrandir, la jupe un peu trop remontée, les jambes désarticulées. L'image qui ne s'efface pas. La souffrance qui ne s'éloigne pas. La désagréable impression d'échec qui va grandissante. Ils m'appartiennent. Et, d'ailleurs, ils ne se partagent pas.

Très vite, Véronique réagit et tente de remonter le moral à tout le monde. Avec Ripert, elle décide d'aller voir le chef de service pour les mesures à prendre. Il faut prévenir la hiérarchie et les collègues qui connaissaient Magali dans la TG, se renseigner sur le jour et l'heure de l'enterrement, prévoir des autorisations d'absence pour ceux qui souhaiteraient y assister.

Tant bien que mal, je me mets au travail. La saisie des fiches d'écritures est pénible. Vers onze heures, Véronique et Alain Ripert reviennent, bouleversés.

— Ma femme vient de m'appeler. Les obsèques de Magali et de sa fille ont déjà eu lieu ce matin. Ses cousins, qui étaient sa seule famille et qui ne savaient rien de ses amis et relations, ont pris les mesures nécessaires.

Magali, partie, comme ça ! Toute seule ! Une fois de plus et peut-être plus avec Magali qu'avec ma mère, je mesure la solitude de celui qui meurt. J'ai froid de nouveau. Je supporte difficilement la solitude dans la vie. Alors dans la mort… ! Est-ce qu'au moins, Magali a retrouvé sa fille ? Est-ce qu'il y a des gens ou des je ne sais quoi sympas qui l'ont accueillie ? Elle était si seule ici. Est-ce que là-bas c'est mieux ? Maman, si tu m'entends, occupe-toi de Magali. Le temps qu'elle retrouve des forces, qu'elle rencontre d'autres âmes qui lui donnent la chaleur qui lui manquait ici.

— Paul ! Houhou ! Paul !

On m'appelle. Sophie, la secrétaire du service.

— Redescends sur terre ! Tu dois aller chez le fondé.

Le fondé ! La suite du rapport de Gentil !

— T'inquiète pas, on est avec toi.

Ripert me tape sur l'épaule. Je sais qu'il ne me lâchera pas en cas de pépin.

Quinze mètres de couloir au deuxième étage, trente marches, vingt mètres de couloir au premier… J'aime bien compter les marches, les distances. C'est ma façon de me calmer, de penser à autre chose qu'à ce qui m'attend. Il me faut passer par le secrétariat commun au fondé et au TPG. Avenantes, les deux secrétaires patronales. L'une est plus âgée, impeccablement fringuée. Une parfaite gravure de secrétaire de direction. L'autre, plus jeune, plus moderne dans sa mise promet de devenir comme la première.

— Bonjour, Monsieur Soyotte. Si vous voulez bien patienter le temps que je m'assure que Monsieur le Directeur peut vous recevoir.

Un sourire rassurant. Une voix agréable. Sûr ! Elle a dû suivre une formation du CICOM. Le sourire revient, plus engageant.

— Monsieur le Directeur vous attend.

Un plaisir, cette voix !

— Bonjour, Monsieur Soyotte ! Asseyez-vous !

Super, la taille de la pièce ! Autre chose que mon ancien bureau. Je ne crois pas que le *Father* en ait eu un de cette dimension un jour. Qu'est-ce que ça doit être chez le TPG ! Ça impose !

— Alors, mon jeune ami ?

Il m'agace. Je ne suis pas son ami et il est encore moins le mien. Laissons venir ! Et ça vient.

— Votre chef de service m'a fait parvenir un rapport dans lequel elle se plaint de vous. C'est ennuyeux ! Il s'agit du deuxième incident depuis que vous êtes chez nous. Pourriez-vous m'expliquer ce qui vous arrive ?

Mon petit Paul, tu as besoin de gagner ta croûte. Donc, tu la joues finement !

— Je ne vois pas ce que Mademoiselle Gentil me reproche.

Le fondé semble coopératif :

— Une absence non justifiée, une tendance à vous cantonner dans ce qu'elle appelle « votre univers », un refus des règles.

Je m'explique.

Le fondé a compris le drame de Magali et la situation dans laquelle je me suis trouvé. Un homme intelligent et sensible, pas comme la cheftaine.

Ils ne sont pas tous nuls, les chefs.

# 24

Dimanche 10 décembre. Il est seize heures trente et il fait déjà presque noir. Sur *Radio-Nostalgie*, ils viennent de parler d'une tornade dans le Pas-de-Calais. Des toits envolés, de l'eau partout… Tous ces pauvres gens qui ont trimé pendant des années pour s'offrir la maison de leur retraite, pour laisser quelque chose à leurs gosses ! Ce doit être dur de voir ses rêves, ses économies, toute une vie de sacrifices foutre le camp sur un coup de vent.

Je pense au *Father* et à sa recette des Finances dans le Nord. Pas de tempête chez lui ? Je l'imagine sans toit, entouré de cartons, de bouquins, de godasses, le tout réduit à l'état de petits bateaux… *Maman, les p'tits bateaux qui vont sur l'eau…* Maman, ça lui ferait les pieds au *Father* de perdre ses jouets dans un raz-de-marée.

Pourquoi est-il encore là avec ses collections de médailles, de cailloux, de petites voitures, de timbres, d'enveloppes oblitérées premier jour ? J'aurais bien aimé jouer avec ses collections. Petit, j'ai même essayé. Mais, une voiture cassée m'a valu une gifle monumentale et un timbre abîmé a rendu fou le monstre. Alors, je n'ai plus jamais osé toucher aux collections.

Je te hais, *Father* ! Je te hais avec tes jouets, ton fric, ta violence, ton incapacité d'aimer. Elle va rigoler Marguerite le jour où elle va déclencher une de tes belles colères ! Elle va douiller, comme ma sœur et moi on a douillé. Et puis, un de ces jours, tu lui feras des cornes comme tu en as fait à ma mère. Sans scrupules, sans états d'âme. Juste une rage contre la bonne femme que tu regarderas comme une gêne, une empêcheuse de courir après une autre femelle.

Tu n'aimes personne. Même pas toi. Les autres, les femmes je veux dire, ne sont rien de plus pour toi que des objets, des émotions fugitives. Tu ne sais pas ce que c'est que de construire un foyer, un couple. Tu n'acceptes une femme dans ta vie que tant qu'elle te laisse faire ce que tu veux, mener ta vie comme tu l'entends. Tu te fous éperdument de l'attente de l'autre. Seuls comptent ton plaisir, ton désir, ton bien-être. Quant à l'autre, ou elle plie ou elle se casse. Elle est simple, l'alternative.

Tu es un monstre d'égoïsme, *Father*. Tu n'as pas grandi. Depuis que tu es petit, ta mère me l'a raconté un jour, tu ne prêtes pas tes jouets, tu exiges qu'on n'aime que toi et qu'on t'aime jusqu'à tout admettre de toi. Tu deviens méchant dès qu'on touche à tes jouets. Tu deviens cruel dès qu'on se met au travers de ta route.

Et tu jettes les femmes qui osent te rappeler qu'elles existent. Et tu regardes tes enfants comme des casse-bonbons, des voleurs potentiels de jouets, des ennemis. Tu as bien raison pour ce qui me concerne. Dis-toi que j'attends mon heure. Et, en attendant, je te fais casquer. Avec l'aide de ta femme, à présent.

Une sonnerie. Deux. Le téléphone ! Grâce au chèque du *Father*, je viens de faire rétablir ma ligne. Marguerite ! Ça alors !

— Paul, bonjour. Comment vas-tu ?

Amusant, cet appel. Comme si j'avais senti sa venue.

— Bien, Marguerite. Et vous ?

Papotages nuls qui vont bien déboucher sur quelque chose de croustillant…

— Ça va. Mais toi, quand vas-tu déménager ?

Elle en a de bonnes ! Sûr que le quartier n'est pas l'idéal. Mais, malgré les dettes payées par le *Father*, je n'ai pas les moyens d'aller ailleurs. Je ne suis pas un RF, moi !

— Ce que je gagne me permet de manger, payer mon loyer et mes impôts. Pour le reste, il faudrait emprunter. Or, je ne veux plus me retrouver dans la situation d'il y a quelques temps. D'ailleurs, je vous remercie pour votre aide, Marguerite. Sans vous...

Au bout du fil, on joue les modestes, les mères soucieuses de leur petit. On a des remords de laisser le petit dans une HLM de banlieue, sans meubles ou presque alors qu'on vit quasiment dans le luxe. On dit qu'on va remuer ciel et terre – connaissant Marguerite, je sais que ça va secouer tous azimuts – pour me trouver un logement correct qu'on pourrait acheter et me mettre à disposition, moyennant un loyer.

J'entends d'ici les hurlements du *Father* contre Marguerite à qui il ne manquera pas de reprocher de se mêler de ce qui ne la regarde pas. Consultant le calendrier des sapeurs-pompiers, je constate que demain, c'est la pleine lune. Ouille ! Marguerite va s’en prendre plein les naseaux si elle part au casse-pipe dans les quarante-huit heures. L’autre marche avec les lunaisons.

— C’est vraiment gentil, Marguerite. J’apprécie votre sollicitude. Et j’avoue que mon petit salaire ne me met pas en position de refuser. Mais, je serais fort étonné que mon père entre dans la combine. Vous avez dû constater qu’il a, selon les moments, en fonction de la lune, des réactions plutôt vives. Et ses enfants ne sont pas sa principale préoccupation.

À l’autre bout du fil, on proteste. On me dit avec force qu’un père aime ses enfants, qu’il est prêt à tout faire pour eux. On affirme qu’un père ayant les moyens, marié de surcroît à une femme très fortunée, ne peut admettre que son fils vive dans des conditions aussi lamentables. De quoi me parle-t-on ? De ce que fait ou pourrait faire un père normal. Mais pas le *Father*. De plus, on ne me dit rien s’agissant du caractère lunatique de ce dernier.

— Marguerite, je vous remercie encore. Mais, si je peux me permettre, il vaudrait mieux ne pas parler de notre conversation à mon père. D’abord, il va s’offusquer de votre intervention. Ensuite, il va s’imaginer que nous complotons derrière son dos. Enfin, demain c’est la pleine lune…

Marguerite ne me laisse pas finir ma phrase. Elle ne veut pas entendre ce qu’elle devrait pourtant avoir déjà constaté. En effet, je serais plus qu’étonné qu’en quelques mois de mariage, le monstre n’ait pas trouvé une occasion de lui montrer de quoi il est capable.

— Je vous en prie, Marguerite, je ne voudrais pas que vous vous heurtiez à mon père à cause de moi.

Croyez-moi, au cours des quelques jours autour de la pleine lune, il vaut mieux ne pas lui parler d'enfants, de dépenses, bref ! de sujets susceptibles de le fâcher. Il pourrait rapidement se révéler très violent. Et pas seulement en paroles !

Marguerite n'entend pas. Ne veut décidément pas m'entendre. Se croit-elle plus forte que le monstre ? Pense-t-elle que j'exagère ? Imagine-t-elle que, soucieux de tuer le père, j'en rajoute ? Ou a-t-elle à ce point confiance en elle ? Toujours est-il qu'elle me quitte après avoir affirmé que tout se passera bien.

Je n'ai pas une grande affection pour Marguerite. Mais je dois reconnaître qu'elle est sympa avec moi. De plus, je pense qu'indépendamment de moi, ce n'est pas une méchante femme. Or, connaissant le *Father*, ça me fait de la peine de songer à ce qui va se passer. Car, l'autre, père dénaturé et mari raté, va lui souffler dans les bronches. Elle ne mérite pas ça. Mais que puis-je faire pour éviter ce qui va se passer ?

Rien. Il n'y a rien à faire. Je comprends tout à coup ce que ma mère a voulu me dire un jour où je lui disais de quitter mon père.

Chacun est maître de sa vie. Chacun prend le chemin qui lui paraît le meilleur. En dépit des avertissements. Et, parfois, à cause d'eux.

# 25

Il fait très doux ce lundi 11. Aller au boulot, pointer au sous-sol, me retrouver face à face avec la cheftaine, tout ça me pèse terriblement. Mais, comme dirait le *Father*, j'ai des frais. Donc, je dois bosser. En plus, je n'ai pas d'autre perspective que ce boulot. Enfin, rien ne m'intéresse. C'est vrai, je ne sais rien faire et n'ai aucune passion. Tout au plus, je peux tapoter sur un clavier d'ordinateur et faire des photos quand j'ai les moyens de les faire développer.

C'est bien ce constat qui navre le *Father*. Son fils est un incapable. Son fils est nul. Son fils n'a de don pour rien. Son fils ne vibre pour rien. Mais à qui la faute, *Father* ? Qui m'a dit depuis toujours que je suis nul, incompétent, bête, crétin, imbécile ? Qui n'a cessé de prédire que je finirai balayeur de rues ? Qui ne voyait jamais mes efforts ou mes progrès et ne mettait le doigt que sur mes insuffisances ? On récolte ce qu'on sème.

Huit heures quinze. La pièce où je bosse au service des produits divers est d'un calme étonnant ce matin. Véronique est absente pour deux jours en raison d'un stage de je ne sais quoi. Ripert arrivera plus tard. Jacqueline, une collègue, est malade. En conséquence, je suis seul dans un bureau prévu pour quatre agents. Ça va être du sport si un autre service ou un client téléphone. Bah ! C'est ainsi qu'on apprend !

Merde, la cheftaine ! La semaine dernière, je ne l'ai pas vue après mon entrevue chez le fondé. Elle a quitté la TG le lundi en fin de matinée pour prendre le train pour Paris. Elle était convoquée au ministère pour un stage de quatre jours. Le service des produits divers doit évoluer, se moderniser, simplifier les procédures, paraît-il. Merci le ministère ! Pendant ce temps, j'ai eu la paix. Je n'ai pas eu à serrer la pince humide et grasse de la cheftaine.

D'après ce que j'entends autour de moi, il faut bien constater que la Direction générale de la Comptabilité publique se donne du mal pour former ses agents, les adapter à un service de qualité. Certes, il y a encore des loupés. On voit de vieux fossiles qui continuent à prendre de haut le redevable ou l'élu, disons l'usager du service public. On constate aussi qu'il y a des jeunes, des générations spontanées de grincheux en mal de puissance, qui n'ont pas compris que l'administration de papa est finie depuis quelques temps déjà. Derniers soubresauts d'un tyrannosaure…

Mais à côté de ça, il existe de plus en plus d'agents qui ont pigé que les gens qui viennent dans nos services méritent tout autant de respect que le Pape ou un ministre. Je connais même des collègues qui n'oublient jamais qu'ils gagnent leur vie grâce aux impôts que les gens paient.

Par ailleurs, je sens chez beaucoup de « petits nouveaux » comme moi un refus de considérer que la parole administrative, les écrits administratifs, c'est sacré. Mais en même temps, alors qu'on déplore parfois avec raison nos comportements de jeunes irresponsables, nous sommes de plus en plus à comprendre et admettre qu'il y a des règles. Les impôts, c'est comme les jeux de cartes : ou tu décides de jouer à une table et tu respectes les règles ou tu vas voir ailleurs si c'est mieux. On ne peut pas être dans un système et en dehors. C'est une affaire de contrat. Et, un contrat, ça se respecte.

La cheftaine me serre à peine la pince qu'elle a molle et moite ce matin. D'ailleurs, elle a souvent les pattes molles et humides. Même qu'elle laisse des traces de doigts sur toutes les tables de travail et tous les dossiers qu'elle touche. Ce n'est peut-être pas de sa faute mais beurk ! J'ai horreur du contact de ces mains-là. Par contre, les cheveux de la miss sont propres pour une fois.

Curieux ! Voilà huit jours que j'ai été convoqué chez le fondé pour cause de rapport malveillant du chef de service. Voilà huit jours qu'on ne s'est pas vus elle et moi et elle ne me dit rien. Pas un mot sur la mort de Magali, le rapport qu'elle m'a collé aux fesses, ce qu'a pu me dire le fondé…

Je ne comprends rien au fonctionnement des gens qui font risette devant et balancent des missiles par derrière. Ce n'est pas mon monde cet univers de pervers, de lâches, d'hypocrites. Je préfère et de loin ceux qui me disent en face leur colère, leur désapprobation, leur refus. Ça a toujours été ainsi. Jeune, j'ai souvent piqué des rages au collège, au lycée ou lors de sorties entre copains lorsque je découvrais qu'on m'avait fait une crasse par derrière. Apparemment, Annick Gentil fait partie des affreux. À éviter..

Ce midi, j'ai mangé à la cantine de la préfecture avec Sainte-Luce et Léau. La conversation a d'abord tourné autour du foot, des résultats des équipes françaises et étrangères. Zidane pourrait de nouveau être sacré meilleur joueur du monde malgré le coup de boule qu'il a balancé au cours d'un match il y a quelques mois. Sainte-Luce penche avec ardeur pour cette reconnaissance de Zizou. Léau n'admet pas du tout qu'il en soit ainsi, estimant que le geste peu sportif de l'intéressé était inadmissible. Moi, je m'en fous. J'aime bien Zidane. Il a une bonne tête et surtout, il n'a pas la grosse tête. J'adore le voir jouer, la balle scotchée au pied, l'œil toujours à l'affût des opportunités. Mais, si la FIFA ou je ne sais quelle instance ne veut pas sacrer Zizou, tant pis ! La terre ne va pas s'arrêter de tourner.

À peine le sujet du foot est-il épuisé que Sainte-Luce prend son air coquin :

— Les mecs, j'ai des nouvelles des tourtereaux.

Les tourtereaux ? Ah oui, Verlin et Rodinot. Je les avais oubliés.

— À mon avis, des bruits vont courir. Deux collègues du service de la dépense les ont surpris ce matin en train de se bécoter au détour d'un couloir. Ils vont avoir du mal à présent à jouer les innocents.

Dans un sens, je m'en balance des bécotages et autres galipettes des deux asticots. Ce n'est pas ma vie. Mais, d'un autre côté, je ne serais pas fâché que les deux maladroits se ramassent. La vie te sert parfois sur un plat une vengeance que tu n'as pas cherché à mettre en œuvre mais dont rien ne t'empêche de profiter opportunément. Pour ce qui concerne la contrôleuse Verlin, elle m'a assez fait suer ; donc, si quelque part, un ange gardien a décidé de régler mes comptes, pourquoi pas ? Quant à Rodinot, en tant que chef des vérificateurs, grand pourfendeur d'erreurs, grand défenseur de la déontologie, grand donneur de leçons en tout genre, il va vite comprendre de quoi il retourne.

Je n'ai rien contre les fonctionnaires qui fricotent pendant les heures de service. Ni d'ailleurs contre ceux qui repartent chez eux avec des fournitures de l'administration. Ni encore contre ceux qui utilisent le matos du service public pour une association dont ils s'occupent ou pour leurs besoins personnels. Et je n'admets pas qu'on fasse la leçon sur ce sujet aux fonctionnaires quand, dans les entreprises privées, on se comporte de même. Après avoir travaillé dans plusieurs boîtes, j'en connais un bout.

Mais, par contre, je supporte mal les donneurs de leçons, les remonteurs de bretelles autoproclamés, les agents – chefs ou pas – qui se posent en modèles de vertu. Ceux qui te bassinent avec le service public qu'ils prétendent « sacré » et qui transgressent la règle qu'ils viennent de te rappeler. Si tu te complais dans le rappel à la règle, tu dois montrer l'exemple. Ou alors, tu la fermes et tu ne fais pas chier le peuple !

Donc, sans que j'aie à lever le petit doigt, Verlin et Rodinot vont récolter ce qu'ils ont semé. Ça ne me déplaît pas. Et ça va faire plaisir à ceux qui ont eu affaire à eux.

La vie est pleine de surprises. Elle te fait souvent des vacheries et elle t'amène de temps en temps un cadeau. Je ne sais si ça se balance. Mais, prenons les choses comme elles viennent.

# 26

Mardi 12 décembre. Le temps est détraqué. Il fait frisquet et il tombe des gouttes vachement froides. Hier soir, Zizou n'a pas été sacré meilleur joueur. C'est Figo qui a gagné. Oubliée la part de Zizou dans la victoire de la France en coupe du monde de foot. D'accord, un grand sportif n'a pas le droit d'avoir, ne serait-ce qu'une fois dans sa carrière, un vilain geste même si on l'a cherché systématiquement pendant plusieurs matchs. Mais, peut-être que si les arbitres avaient pris les sanctions qui s'imposaient aux bons moments… Cela dit, je ne suis pas pour que chacun se rende justice à soi-même.

Vers neuf heures, la miss Gentil fait venir dans son bureau les deux contrôleurs du service, Alain Ripert et Christiane Dufresne. Elle veut leur rendre compte des informations obtenues par elle pendant ses quatre jours de formation. Quand les contrôleurs sortent de son bureau, ils ont une drôle de tête. Il faut attendre onze heures et la convocation de la cheftaine chez le TPG pour en savoir plus.

Étaient envoyés à Vincennes, au nouveau centre de formation de la Direction générale de la Comptabilité publique non pas comme j'avais compris les chefs des divers services des produits divers de France et de Navarre mais les agents travaillant directement sur les applicatifs informatiques spécifiques à ces services. Or, pour une obscure raison, la miss Gentil a estimé qu'il lui revenait d'assister personnellement à ces journées d'information et de formation.

C'est ainsi qu'elle s'est retrouvée avec des agents des cadres B (contrôleurs) et C (agents de recouvrement), donc pas des cadres A (inspecteurs) comme elle. Dès le début, elle s'est sentie en décalage par rapport aux autres participants.

Au surplus, les agents qui étaient présents avaient l'expérience du boulot. En conséquence, ils connaissaient parfaitement la question. La miss, elle, n'y comprenant pas grand-chose et ne sachant pas se servir du logiciel, s'est sentie mal plus d'une fois. Elle a retardé les autres dans leur progression. Enfin, elle est revenue de Paris incapable de transmettre à son service l'intégralité du message reçu.

Inutile de dire que les deux collègues contrôleurs étaient drôlement furax à la sortie du bureau de la cheftaine. Déjà, ils n'ont pas apprécié qu'elle se soit auto-désignée pour aller à Paris, ce qui signifiait qu'eux n'étaient pas assez compétents. Ensuite, la miss Gentil leur a donné l'impression qu'ils étaient incapables de comprendre ce qu'elle racontait. Enfin, ils se sont rendu compte après avoir pris connaissance de la documentation qu'elle avait ramenée qu'ils allaient être obligés de téléphoner à des collègues dans d'autres départements pour mettre en application certains éléments, la cheftaine étant dans l'impossibilité totale de répondre à leurs questions.

Quand, vers onze heures trente, Annick Gentil revient dans le service, elle a de nouveau sa tête des mauvais jours. En nous voyant tous réunis autour d'Alain Ripert et de Christiane Dufresne, elle a la figure qui vire carrément au violet.

— Il suffit que je m'absente pour que vous en profitiez ! Je ne peux décidément pas vous faire confiance !

On se regarde les uns les autres. Sans un mot, chacun regagne sa place. Une fois de plus, une tension certaine est palpable.

Tout en saisissant les fiches d'écritures que Ripert m'a données ce matin, je ne peux m'empêcher de penser à l'incident qui vient de se passer. Avec ses crises et ses maladresses, la miss Gentil a réussi à monter tout le monde contre elle. Pourtant, les agents du service ne sont pas méchants. Je les trouve même plutôt de bonne composition. Ils ne rechignent pas devant la masse et la routine du boulot. Ils ne se plaignent jamais des problèmes qu'ils rencontrent avec les débiteurs ou les agents des autres services.

On se trouve ici dans un service composé d'agents s'intéressant à leur travail, dynamiques pour la plupart, où la solidarité est un mot qui a du sens. Et, à la tête, un chef inapte à diriger une équipe. Pire, capable de démotiver ses agents. De les écœurer à coups de crises, de paroles irréfléchies. On apprend tout à l'école ; tout, sauf l'essentiel : diriger, motiver, dynamiser une équipe. Le sens du contact humain, la générosité, l'intelligence sont autant de matières qui ne s'enseignent pas.

Pour être honnête, du temps où je vivais encore chez mes parents, j'ai aussi vu le *Father*, piètre père et mari mais bon chef d'équipe, se crever au boulot et composer avec des agents du style nouilles, couleuvres, coucous et j'en passe. À trois reprises, il a occupé un poste de fondé ; il a été alors confronté à de drôles de zèbres. Il en a vu des vertes et des pas mûres avec des agents titulaires cherchant à en faire le moins possible, ne comprenant rien, tentant de rendre les autres responsables de leurs erreurs.

Il faut dire que n'importe quel crétin ou feignasse peut réussir un concours. J'en suis la preuve. Il n'est pas nécessaire d'être un génie ou un courageux de première pour devenir fonctionnaire titulaire. Il suffit d'être reçu à un concours et reconnu apte physiquement au boulot. À moins d'avoir été éjecté du service militaire lorsqu'il existait avec la mention « P 4 » ou de se comporter comme un imbécile chez le toubib avant l'entrée dans l'administration, rien ne permet de déceler le paresseux, le foldingue, le semeur de merde avant qu'il ne commence ses méfaits.

De plus, si l'énergumène a deux sous de jugeote et attend d'être titularisé pour commencer à manifester ses penchants plus ou moins pervers, l'administration se retrouve avec un agent qui va faire suer le monde un sacré bout de temps. Quant à le virer, c'est une autre paire de manches. On ne licencie pas aussi facilement un fonctionnaire qu'un salarié du privé. Les procédures et aussi parfois un certain manque de courage à bien des niveaux y sont probablement pour quelque chose.

Mais, revenons à la miss Gentil. Ce mardi 12, lendemain de pleine lune – ceci explique-t-il cela ? – elle est pire que d'habitude. Nerveuse, bruyante, agaçante. Nul ne sait pour quelle raison. Et, franchement, on n'a pas envie de savoir. Même Baltzer, un AR comme moi, plus ancien dans le métier, qui est souvent de bonne composition et cherche toujours à arranger les choses, en a ras la casquette. Je l'ai d'ailleurs entendu dire à Ripert qu'il va alerter les syndicats.

Ce dernier partage son avis. Ils sont d'autant plus décidés à bouger que des rumeurs courent concernant les indemnités. Sans compter celles qui circulent à propos de la réforme du ministère, serpent de mer toujours en vie malgré le départ du prédécesseur de Fabius. Enfin, on parle de plus en plus de rentabilité, de perte d'emplois, de baby-boomers non remplacés, de trente-cinq heures non compensées, de services publics privatisés… Tout et n'importe quoi circule, du vrai, du faux, assaisonnés à la sauce trouille.

Dans la fonction publique comme dans le privé il ne faut pas grand-chose pour mettre le feu aux poudres. Trop de rumeurs qui circulent, des syndicats qui pensent se faire doubler, des agents qui ont l'impression d'être sur des sables mouvants, de ne pas être écoutés ou de ne pas compter...

Dans l'administration, comme dans les entreprises privées, la violence peut résulter d'une stratégie de longue date ou naître d'un mot de trop, d'un regard de travers. D'une petite cheftaine, trop bête, trop égoïste, trop irresponsable. D'une hiérarchie qui fait comme si n'importe qui, pourvu qu'il ait été reçu à un concours, peut occuper n'importe quel poste.

M'est avis qu'en janvier, après les fêtes, ça va être la fête à certains.

# 27

18 décembre. Dans sept jours ce sera Noël. Je déteste cette période de fêtes. Trop de commercial, de faux-semblants, de conventions à mon goût. Je la déteste aussi parce que je me sens exclu. Il me faudra passer un Noël, seul et un Nouvel An, seul.

Fin 1998, ma mère avait organisé de superbes réceptions. Les dernières. Elle avait le sens de la fête, des gens qu'on pouvait réunir pour quelques heures avec la certitude de passer un bon moment. Elle avait le goût des petits cadeaux qui font plaisir aux uns et aux autres. Ma mère partie, c'est comme si une magicienne avait disparu. Avec elle, se sont envolés les fêtes, les repas fins, les mille et un petits gestes qui embellissent la vie.

À l'époque, pourtant, elle était déjà malade mais avait tenu à ne rien changer à ses habitudes. À nos habitudes. La générosité, la vraie pour moi, ce n'est pas un superbe cadeau une fois par an mais de petites attentions permanentes. Pas forcément un objet offert. Un regard, un sourire, un mot. Ma mère avait cette générosité, cette faculté du don quotidien de soi.

Un an plus tard, j'ai passé les fêtes de fin d'année avec Peggy, rencontrée dix mois plus tôt. Enfin ! Avec Peggy et son horrible mère. Une mytho qui prétend que les hommes la harcèlent au boulot et ailleurs. Une nympho qui a déjà traîné quelques mecs devant les Prud'hommes. Une malade qui a filé à sa fille son dégoût des mecs. Une cinglée qui lui a transmis en plus un sérieux penchant pour la perversion. La mère est du style des plantes carnivores. Elle fait la jolie, met ses plus beaux atours, s'asperge du parfum le plus enivrant et hop ! Une fois qu'un mâle s'est laissé prendre au piège, elle commence sa lente destruction.

Elle lui fait payer un max les pattes qu'il a mises sur elle, les regards qui l'ont salie, les propos qui l'ont griffée. Elle le fait courir à droite, à gauche. Elle lui laisse l'impression qu'il aura plus d'elle. Et quand il se met à y croire ou à y re-croire, paf ! Rien ! Tintin ! Puis, vient un jour où il ne l'amuse plus. Elle en a fait le tour. Elle en a assez de ses colères, de ses larmes, de ses souffrances. Il lui faut une nouvelle victime qui l'étonnera ou la divertira peut-être.

Peggy a tout hérité de sa mère. Y compris un goût immodéré, maladif plutôt pour l'eau de Javel. La cuisine, la salle de bain, les WC reçoivent chaque jour leur dose. Impossible d'y entrer tant l'odeur de la Javel te prend à la gorge et te fait suffoquer. Parfois, j'avais l'audace de me plaindre, de suggérer très peu de produit ou un produit moins agressif. Drame !

Serpillière ou chiffon en main, la donzelle se mettait à hurler. Imagine qu'un microbe nous saute dessus. Ou que la saleté – laquelle ? – s'installe. Deux ou trois fois, j'ai tenté de faire comprendre à la demoiselle que, de toute façon, il existait des microbes partout ailleurs. Et qu'à force de vouloir tout aseptiser, on finirait par ne plus être capables de lutter de nous-mêmes contre les bestioles.

Peine perdue ! L'intervention a d'abord déclenché un cataclysme, Peggy y ayant décelé une critique de sa mère. Puis elle a affirmé qu'elle était dans le vrai, la lutte contre les microbes étant une absolue nécessité. De plus, étant un homme, forcément, je n'y entendais rien. Enfin, de toute évidence, ma mère ne m'avait pas inculqué les bons principes.

Comprenant que cette lutte contre les microbes en cachait une autre qui m'échappait, j'ai fini par me taire. J'aime la paix et les cris me fatiguent vite. Mais la Javel à haute dose est devenue mon écœurante ennemie. Me donnait des nausées de plus en plus fortes, de moins en moins contrôlables.

Alors, j'ai pris l'habitude d'ouvrir tout grand les fenêtres. Quand Peggy s'est plainte du froid ou des courants d'air, j'ai opté pour des courses dans le quartier. Et quand Peggy s'est mise à hurler à cause de mes sorties, prétendant que j'en profitais pour rencontrer je ne sais qui, j'ai essayé de lui faire comprendre que je ne cherchais pas à voir quiconque mais fuyais la Javel.

Brutalement, les hurlements ont cessé. En même temps, les mensonges ont commencé. Le changement date de décembre 1999. Alors que nous étions chez les parents de Peggy, j'ai dû subir de longs apartés entre la mère et la fille. Elles ont même quitté la maison familiale le jour de Noël pour se rendre je ne sais où. « Une vieille tante à visiter », me dirait plus tard la mère de Peggy.

Constatant mon étonnement puis ma déception devant tous ces longs moments où j'étais seul « en terre étrangère », le père de Peggy m'a emmené faire un tour. Il m'a expliqué qu'il y avait toujours eu une espèce de fusion entre sa femme et sa fille. Quand elles n'étaient pas ensemble, elles se téléphonaient des heures durant certains jours. Ça, je m'en étais aperçu en voyant les notes de téléphone que Peggy laissait traîner !

Le père en a pris son parti, profitant de la situation. Il se déplaçait très souvent pour raisons professionnelles, fréquentait pas mal d'hôtels, ne rentrant que pour déposer son linge sale et récupérer du linge propre. Un accord tacite entre lui et son épouse. Chacun menait sa vie. Quand ils se retrouvaient comme pour ce Noël, on ne pouvait pas vraiment parler de rapports chaleureux. Ils se croisaient, se parlaient à peine, partageaient les repas, échangeaient quelques banalités.

La mère était aux anges. Sa fille était là. Sa fille ? Son double. Peggy était aux anges. Sa mère était là. Sa mère ? Sa complice. Des rires, des papotages, des confidences… Elles étaient dans une sorte de bulle dont ni le père ni moi-même ne faisions partie. Sauf… pour financer des achats ou les conduire en ville.

Pour moi, ce n'est pas ça un couple. Certes, il faut laisser à l'autre un minimum de liberté. Le couple n'est pas une prison. Mais ce n'est pas ce… cette… cohabitation. J'y vois un partage, une complicité, une envie de construire quelque chose ensemble. Par contre, vivre chacun de son côté et réduire la vie commune à des questions d'intendance et à des apparences… J'aurais voulu qu'entre Peggy et moi, les rapports soient profonds, généreux.

J'ai découvert au cours de ces jours de fêtes que j'étais seul à rêver. Il me fallait quasiment mendier un baiser, une étreinte. J'en venais à penser que la mère avait une influence néfaste sur la fille. Je ne voyais pas – pas encore – que la fille avait d'autres projets et que la mère n'était qu'un instrument. Je ne comprenais rien à ce qui m'arrivait.

Le retour chez « nous » fut infernal. Peggy m'a balancé les pires reproches : ingratitude vis-à-vis de sa mère, incapacité de comprendre les rapports mère-fille, jalousie maladive…

— Et tu es trop collant ! J'ai besoin d'air !

Elle allait exiger plus d'air dix jours plus tard :

— La direction organise un stage pour les cadres. Je vais y participer.

Cadre dans une boîte de produits pharmaceutiques, elle allait partir pour quatre jours en Tunisie. Elle, qui prétendait ne pas supporter le regard des hommes sur son corps, emmenait mini-jupes, tee-shirts échancrés, maillots de bains provocants. En faisant sa valise, elle était comme une gosse, excitée, rieuse. Elle n'a eu aucun mouvement de recul lorsque j'ai cherché à la toucher. Elle trichait.

— Tu ne cesses de te plaindre du regard des hommes. Mais ces habits-là ne vont rien cacher !

L'huître s'est refermée. Est apparue une furie :

— Dis que je mens. Pour qui me prends-tu ?

Culpabiliser, mentir, hurler et obtenir le jour ce dont on a rêvé la nuit.

Elle s'est calmée : il était l'heure de partir et… comment se rendre à l'aéroport ? Imbécile de Paul !

# 28

Samedi 13 janvier 2001. Il n'est que dix-sept heures mais il fait presque nuit noire. J'ai froid dans mon appart malgré les radiateurs qui chauffent. Il est vrai que l'air passe sous le rebord des fenêtres et la porte d'entrée de mon logement. Je parie qu'un des voisins a encore mal fermé la porte du bas. Tout à l'heure, je descendrai vérifier. Marre des cons et des feignasses incapables de fermer correctement une porte !

En attendant, avec le gros pull que m'a offert Marguerite pour Noël et mes bottes d'il y a deux ans, j'essaie de me préserver. Peut-être qu'en passant l'aspirateur, j'aurais moins froid... Zut ! Je préfère lire. Je vais me mettre au lit sous une couverture.

Finalement, je ne suis pas resté seul pour Noël. Marguerite a estimé que ce n'était pas bon. Une fois de plus, je me suis laissé faire. Partagé entre le souvenir de fêtes gâchées par le *Father*, la tristesse d'un Noël sans ma mère et la hantise de la solitude, je n'ai pas su résister à l'appel des sirènes. Enfin, comme sirène, Marguerite... Mais, ne soyons pas méchant ; elle est sympa avec moi.

Et avec ma sœur. Marguerite avait aussi invité Florence à venir dans le chalet qu'elle possède à Avoriaz et où elle prévoyait de passer les fêtes avec le *Father*. Je l'ai appris le 21 au soir quand Flo m'a appelé de Zurich. Après avoir parlé pendant au moins vingt minutes de notre boulot, de Peggy, de notre mère, ma sœur m'a dit qu'elle ne viendrait pas.

— Pourquoi ? Elle est sympa, Marguerite.

Il y a eu un silence au bout du fil.

— Peut-être. Mais le *Father*, lui, n'a pas changé. Il est toujours aussi borné, aussi vieux jeu, aussi con !

Pas changé ? Faut voir. Il surprend son monde.

— Qu'est-ce que le monstre t'a encore fait ?

Comme moi, Florence a des souvenirs cuisants de notre géniteur. Elle aussi a ramassé des torgnoles. Non pas parce qu'elle touchait aux jouets du *Father* mais parce que l'autre avait tout le temps peur qu'il lui arrive quelque chose. Florence ne pouvait pas faire un pas en dehors du chemin choisi, avoir le moindre retard. À seize ans, elle était allée en douce à une fête chez une copine. À son retour, j'ai bien cru que le *Father* allait la tuer. Le jour de ses dix-huit ans, après un accrochage mémorable avec le paternel, ma sœur a dégagé de la maison. Ma mère et moi avons été priés de ne plus jamais parler d'elle devant le *Father*.

Apprenant la maladie de notre mère, Florence avait accepté de revenir. Les rapports entre elle et le *Father* étaient devenus distants. Alors qu'elle avait été une source d'obsessions paternelles, elle n'avait plus droit qu'à une indifférence à peine polie. Occupé par Marguerite, le monstre avait sans doute d'autres chats à fouetter. Mais, à présent et loin d'elle, je ne vois pas ce que le *Father* a pu lui faire.

— Explique, Flo !

— Il ne veut pas que je vienne avec quelqu'un.

Quelqu'un ? Ma sœur a un copain et elle ne peut pas venir avec lui ? Curieux !

— Qu'est-ce que le *Father* reproche à ton jules ?

Silence de nouveau au bout du fil.

— Accouche, Flo !

— Jules s'appelle Alice.

Pof ! Elle m'en bouchera toujours un coin, la frangine. Jamais là où on l'attend !

Enfin, je comprends ce qui se passe avec le *Father*. Il a toujours eu les pédés et les gouines en horreur. Au point que je l'ai souvent soupçonné d'être injuste et cruel avec ceux qui lui tombaient sous les pattes.

— Je regrette, Flo ! Mais tu connais le *Father* et ses principes ? Ce n'est pas aujourd'hui à près de soixante ans qu'il va changer ! Vous pourrez passer les fêtes en amoureux, enfin, en amoureuses ! Tu me la présentes quand, ton Alice ?

Allez, Flo, ma gentille sœurette ! On en a trop bavé tous les deux, tu dois bien savoir que je suis de ton côté. Réponds !

— Alice et moi avons divers projets et notamment celui de quitter la Suisse pour ouvrir une auberge dans les Cévennes. Dès qu'on sera installées, promis, je te fais signe.

Une auberge ! Avec son diplôme d'ingénieur en informatique ! Ma sœur est inouïe !

— J'attends de tes nouvelles. Mais, promets-moi de m'appeler si tu as besoin d'un coup de main. Je suis peut-être nul comme dirait qui tu sais. Mais, je me débrouille en électricité, en peinture et en tapisserie. Sans parler du ménage et de la cuisine que j'assume tout seul depuis des mois.

Quand ma sœur a raccroché, j'ai eu de la peine. De savoir qu'on ne se verrait pas avant perpète. De la sentir si fragile, si triste malgré sa rudesse et sa gaieté apparentes. On ne sort pas indemne des pattes d'un père comme le nôtre. Tout au fond de soi, on garde une peur tapie comme une vilaine bête et qui vous empêche d'être vraiment heureux.

Me revient un autre souvenir.

Un peu avant sa mort, profitant que Flo et moi étions seuls avec elle, notre mère a réussi à nous dire son regret et même sa honte de ne jamais avoir eu la force de quitter le *Father* pour nous soustraire à sa violence. Elle nous a demandé pardon pour le mal qu'elle nous avait fait. Florence et moi lui avons dit que nous ne lui en avions jamais voulu, que nous nous en sortions sans problème.

Avec difficultés, notre mère a poursuivi :

— Je voudrais vous croire mais je sais bien ce qu'il en est… Avant de partir, car je m'en sortirai pas… laissez-moi finir… je voudrais vous dire que je suis allée voir un psychanalyste plusieurs fois depuis trois mois… laissez-moi continuer… Il vient toujours un moment dans la vie où il faut passer de l'autre côté du miroir, ouvrir les yeux, comprendre, cesser d'accuser et de juger les autres… Si un jour rien ne va plus, n'oubliez pas qu'il y a cette porte…

Elle est morte peu après.

Sur le moment, trop marqué par la disparition de la seule personne qui, avec Florence, n'avait jamais douté de moi, j'ai oublié ces propos.

Ce soir, l'étrange conseil de notre mère résonne sans faire sens cependant. À l'occasion, il faudra que j'en parle à Florence. Cesser d'accuser les autres de quoi ? Et s'ils sont responsables ? Cesser de les juger… Mouais ! Comprendre quoi ? Ouvrir les yeux sur quoi ? Et passer de l'autre côté du miroir… Je pige de moins en moins…

Je n'aurais jamais imaginé que notre mère consultait un psychanalyste. Sa maladie l'a probablement déstabilisée. Pourtant, malgré les doutes qui l'habitaient concernant le *Father*, elle me paraissait plus calme les derniers temps. Une fois, elle a même dit qu'elle avait fait la paix avec elle-même, qu'il lui restait juste à régler quelques petites choses avec le *Father*… L'autre côté du miroir… Quand Florence sera installée, j'irai la voir pour lui en parler.

En attendant, je vais aller fermer cette putain de porte d'entrée avant de me préparer un petit repas. Pardon maman pour le gros mot !

# 29

Dimanche 14 janvier. Midi. J'ai dormi jusqu'à onze heures après avoir passé la soirée et le début de la nuit devant la télé. À zapper, couper le sifflet à ceux qui étaient chiants ou vulgaires, revenir, m'attarder sur une émission, une autre… Avantage de la télécommande qui donne un certain pouvoir que l'on peut exercer depuis son fauteuil, sans se fatiguer, sans se salir les mains.

Un beau soleil inonde la cuisine. Il y a même du ciel bleu qui s'affiche à la fenêtre. Mais il doit cailler dehors vu l'air frisquet qui s'infiltre. Vite ! Un bon café, le bruit de fond de la télé !

Il m'est le plus souvent impossible de vivre sans un bruit de fond. D'ailleurs, quand je vivais avec Peggy et même chez mes parents, j'avais toujours besoin d'entendre la télé ou la radio.

Ma mère disait qu'elle en était responsable. Il paraît que lorsqu'elle m'avait récupéré de chez la nourrice, après le travail, vers mes cinq-six mois, systématiquement, je me mettais à pleurer et à faire des colères. Au bout de quelques semaines, lasse de mes cris, ma mère a pris l'habitude de me filer un « transistor » qu'elle réglait sur un programme musical. Occupé par l'objet autant que par la musique, je lui fichais une paix royale. Sauf quand je laissais tomber le petit poste de radio.

Purée ! Il caille, même dans le salon ! Je vais enfiler le pull de Marguerite en vitesse. Ce pull est super ! La belle-doche ne s'est pas fichue de moi ! Le *Father* non plus puisqu'il m'a fait un chèque de trois mille balles[11]. Et pour ma sœur, Marguerite avait prévu une splendide étole en cachemire bleu canard.

Les trois jours que j'ai passés à Avoriaz ont été plutôt agréables. J'avais pourtant une certaine appréhension, persuadé que le *Father* allait s'arranger pour foutre en l'air l'ambiance. Que dalle !

Pas un cri, pas une crise. Il ne m'a pas cherché des poux dans la tête comme les autres fois. Il ne m'a pas dit et répété que j'étais nul. Il n'a pas critiqué ma situation de petit fonctionnaire minable. Il ne m'a même pas demandé si j'envisageais de préparer et de passer le concours de contrôleur. Rien ! Il était presque humain. Juste un peu rentré pendant le réveillon. Il faut dire qu'on était au moins à quinze et qu'il ne connaissait pas grand monde.

Le 25 à midi, à l'apéritif, alors que nous n'étions que tous les trois, Marguerite a attaqué le sujet de l'achat d'un appart pour moi. Mentalement, je suis rentré sous le tapis du salon. Non prévenu de cette attaque, je n'avais pas eu le temps de me préparer à parer les coups paternels. J'avais le cœur qui battait tous ses records et les mains moites. Sûr ! Le monstre allait envoyer valdinguer sa moitié et moi, j'allais en prendre encore une fois pour mon grade. Sans compter que l'autre allait nous accuser de comploter derrière son dos. Tout faux !

---

11. Environ 450 euros

Rien. Pas un mouvement d'humeur. Pas la plus petite vacherie. Le *Father* a laissé Marguerite exposer qu'il était temps que je quitte l'endroit misérable où je vivais. Il n'a toujours pas pipé quand elle a mentionné une discussion qu'ils avaient eue à ce sujet. Du coin de l'œil, je surveillais le monstre. Pas un rictus annonciateur de catastrophe. Pas un tic des mains ou des pieds traduisant un agacement certain.

Noué, contracté, je n'osais pas bouger, m'attendant à tout moment à une explosion. Il ne s'est rien passé de tel. Au contraire. Quand Marguerite s'est tue, le *Father* a pris le relais.

— Au départ, nous avions envisagé d'acheter un appartement qu'on t'aurait loué. Puis Marguerite a pensé que je pouvais te donner une certaine somme et que tu te débrouillerais. Qu'en dis-tu ?

Abasourdi, complètement assommé, le Paul. Je suis KO au fond de mon fauteuil. Mes doigts sur la flûte de champagne commencent à me faire mal. Marguerite s'en aperçoit.

— Paul, tu vas finir par la briser !

Je repose la flûte et prends conscience des contractures venues dans les épaules. Le *Father* attend quelque chose, une réponse sans doute.

— Alors, Paul ?

Alors, Paul ? Que dire quand on n'est pas certain d'avoir bien compris ? Quand les mots prononcés ne sont pas arrivés jusqu'au cerveau ? Quand on reste sur une position de méfiance ou de défiance ou de je ne sais quoi ? Quand, malgré l'évidente réalité, on reste campé sur des peurs anciennes ?

— Je dois donc choisir entre deux options ?

Question traduisant une position d'attente que le *Father* va balayer avec son mépris habituel.

— On te demande d'opter entre l'acquisition par Marguerite et moi ou directement par toi. Je t'avoue d'ailleurs que j'aimerais mieux la seconde solution.

Non ! Je vais me réveiller ! Non seulement le *Father* ne prend pas ses grands airs méprisants mais il se donne la peine de me faire connaître sa préférence ? C'est à n'y rien comprendre. J'en perds toute faculté de réflexion. Toutefois, je parviens à songer à ma sœur.

— Je ne peux pas accepter la seconde solution. Ce ne serait pas juste pour Florence.

Petit mouvement d'agacement du *Father*. Le monstre se réveille.

— Ne t'occupe pas de ta sœur, on s'en charge. Il est évident que si je te donne une certaine somme, elle aura sa part. Autant que je te le dise, l'argent, que j'envisage de distribuer, je considère qu'il ne m'appartient pas. Il vient de votre mère ou plus exactement de la police d'assurance qu'elle avait souscrite à mon profit. Comme je n'ai pas besoin de cet argent et comme Marguerite et moi estimons préférable de vous le donner, profites-en au lieu de faire la fine bouche !

Inouï ! Pas un cri, pas un geste de colère, pas un soupçon de violence ! Sans parler de la « générosité » dont fait preuve le *Father*, lui si attaché à ses sous ! Je suis anesthésié. Je le regarde. Il est là, assis tranquillement dans son fauteuil.

Pour la première fois, je vois un inconnu en face de moi. Un mec quelconque, fatigué, apparemment.

Il a toujours ses yeux d'un intense bleu foncé, son regard froid qu'il promène sur le monde. Mais, ce regard n'est pas comme autrefois. Quant au visage, il est ridé, tirant sur le gris. Le *Father* serait-il malade ? Poser la question risquerait de réveiller le monstre endormi. Je verrai ceci plus tard avec Marguerite.

— Alors ? Il faut se mettre à genou pour avoir une réponse ?

Ah, voilà ! Ça, c'est le *Father* impatient et agressif que je connais.

— Excuse-moi, je ne sais pas. Comme tu veux.

Là, j'agace.

— Alors, je décide. Tu te trouves un appartement à ta convenance et tu me communiques les coordonnées du notaire. Tout compte fait, je ne te donnerai pas la somme directement, connaissant ta propension à jeter l'argent par les fenêtres quand tu en as. Prix limite, cinq cent mille francs[12], les frais en plus. Et, pour te rassurer, quand ton appartement et les frais seront payés, j'enverrai à ta sœur un chèque du montant total dont tu auras bénéficié. Ça te va ?

Si ça me va ? Je n'en sais rien. Je ne vais pas refuser l'offre, ne serait-ce que pour permettre à Flo de recevoir son chèque. Je vais même remercier parce que ça se fait. Mais je reste profondément choqué par ce qui vient de se passer. L'homme qui est là n'est pas mon père. Du moins, il n'est pas le *Father* que j'ai subi pendant des années. C'est un étranger qui est à mille lieues du mari et du père violent, méchant, méprisant que je connaissais.

---

12. 76 200 euros environ

Se croit-il obligé, pour des raisons qui m'échappent, de jouer les pères-modèles devant Marguerite ? Alors qu'ils sont mariés déjà depuis un temps certain ?

Par moments, ses mauvais penchants semblent vouloir émerger. Mais, il domine très vite son personnage détestable.

Paumé ! Je suis paumé ! Trois semaines plus tard, je revis la scène comme si elle venait d'avoir lieu et je ne comprends toujours pas.

C'est à devenir fou !

# 30

Lundi 15 janvier. Excitation dans la grande maison du centre-ville : le TPG offre la galette à tout le personnel. Plus de cent personnes à régaler. Il paraît même que du champagne est prévu.

D'après le *Father*, il va y avoir du remue-ménage dans la boutique du Trésor public. Surtout chez les grosses légumes dont certaines vont accuser des baisses de pépètes.

Je n'aime pas les grands-messes du Nouvel An. Je ne les aimais pas davantage du temps où je vivais chez le *Father* et où il recevait son « petit » personnel en présence de son épouse et de ses deux mômes. Ça faisait bien, les Soyotte en rang d'oignons. Comme au cimetière, on était. Et les agents défilaient pour nous serrer la pince en présentant leurs vœux. On aurait dû nous filmer pour montrer à la postérité dans quelle comédie ma sœur et moi étions embringués.

Mais revenons au TPG. Donc, galette et champ'. C'est bien ! Il n'est pas obligé. Il est vrai qu'on n'attrape pas les mouches avec du vinaigre. Déjà que du vinaigre il va y en avoir avec tout ce qui se prépare concernant les rémunérations, les trente-cinq heures et j'en passe. Même le *Father* est sur les dents. Il en vient d'ailleurs à souhaiter d'être à la retraite tellement il en a ras-le-bol des réformes et autres inventions de l'administration centrale. On aura tout vu. Le père Soyotte qui a tout sacrifié au Trésor public et qui parle de retraite ! La révolution n'est pas loin.

Ce soir, j'ai décidé d'assister aux vœux du TPG. Pas pour la galette. Encore que j'apprécie celle à la frangipane ! Mais, selon Sainte-Luce et Léau avec qui j'ai mangé ce midi, il paraît qu'on va nous parler du nouveau système de rémunération.

Dans ce cas, pas d'hésitation, pas de principes ! Il faut aller écouter la bonne parole. Je tiens à savoir à quelle sauce je vais être croqué. Surtout que la miss Gentil prétend qu'on va y perdre, qu'en 2001 on ne va pas nous verser tout ce à quoi on aura droit.

Je ne me suis jamais intéressé aux indices, aux primes. C'est un des dadas du *Father*. Pendant des années, je l'ai vu étaler sa science. Je l'ai vu aussi regarder ma mère comme si elle était trop conne pour y piger un iota. Il est vrai qu'elle ne faisait aucun effort pour s'intéresser à la question. Mais, tout de même ! Résultat, ça m'a dégoûté du sujet.

Donc, je me fous des « détails ». J'encaisse sans piper, je dépense sans compter. Au fur et à mesure et même au-delà. Quoique, depuis la dernière perfusion financière du *Father*, je fais gaffe. Mais si des malfaisants pensent nous rogner le revenu à nous les petits AR, je crois qu'il va y avoir du vilain. Maintenant que je commence à m'en sortir, je ne veux pas revenir aux pâtes et aux œufs un tiers du mois.

Campés sur nos deux pattes dans le hall de la trésorerie générale, nous faisons silence. Le TPG est devant son micro, sa femme à sa gauche. Le fondé et sa dame à sa droite. Les directeurs et inspecteurs principaux et leurs épouses à sa gauche. Le photographe de service – un percepteur, me semble-t-il – en position de déclenchement.

— Vise Rodinot, il est dans ses petits souliers. Pas de dulcinée mais présence de Madame. Je ne vois pas Corinne Verlin, lance Sainte-Luce, en dardant de droite et de gauche son regard perçant.

En dépit de ma taille, je ne la vois pas davantage mais dans cette foule ce n'est pas étonnant.

Le *big* chef démarre avec ses vœux. Il passe aux remerciements pour le travail accompli en 2000. Des services sont cités, des noms de chefs de service volent au fil du discours. Tiens ! La miss Gentil n'est pas citée ni notre service. Peut-être qu'on n'a pas assez bossé.

La réforme des rémunérations, à présent. La Direction générale supprime toutes les indemnités, y compris celles qu'on touchait pour les placements en valeurs et en contrats d'assurances dans le public. Ça ne va pas encourager les agents à se battre pour faire acheter les produits de la CNP – la Caisse Nationale de Prévoyance – qu'on continuera à vendre pendant quelques années. Le *Father* va être furax, lui qui adorait placer des assurances de la CNP !

La suite vient. C'est quoi, cette salade ? On percevra un salaire et deux primes remplaçant toute la collection d'indemnités ? Mais, il y a une prime où on ne recevra que 85 % en 2001 et le reste en 2002 ? On sera imposé sur tout, désormais. Mais, on devrait recevoir des compensations. Putain ! Nul ne sait pour le moment ce qu'on va encaisser. Ce qui est sûr c'est que, dès janvier 2001, on va nous verser le salaire et un douzième des primes limitées, modulées et je ne sais quoi encore. Un vrai sac de nœuds !

Des cadres A, chefs de service, posent des questions. Les commerciaux du secteur « collecte de l'épargne » veulent savoir si le système tiendra compte de leurs efforts en matière de placement de contrats d'assurance. Une syndicaliste s'énerve devant le manque de précision. Un vieux chef de service que je n'avais jamais vu s'étonne qu'on puisse mettre en application un dispositif alors que les textes ne sont pas parus au Journal Officiel et même pas encore pondus. Des grognements, des protestations se font entendre ici ou là. Le photographe de service continue son office. Je m'étonne que le TPG ne se soit pas encore énervé à cause du flash.

Avec Sainte-Luce et Léau qui m'expliquent qui est qui, on se marre. C'est le bordel ! Les agents de la TG discutent par petits groupes. Le TPG réclame le silence pour dire qu'il va réunir les syndicats. Qu'il est désolé de ne pas avoir plus de précisions « au jour d'aujourd'hui ». Qu'il ne manquera pas de nous tenir au courant. Qu'il faudra sûrement attendre fin 2001 et même 2002 pour mesurer l'impact des mesures. Aura-t-on alors perdu ou gagné des sous ?

Pour finir, il annonce le prochain départ du fondé, dont le successeur est déjà connu. Zut, alors ! Il était sympa, celui-là. Dans l'administration comme dans le privé, on sait ce qu'on perd et on n'est jamais sûr de ce qu'on gagne.

Tout doucement, Sainte-Luce, Léau et moi nous nous rapprochons de la sainte table. Les galettes, énormes, odorantes, viennent d'être déposées par des agents de service. Au feu vert du TPG, des bouteilles de champagne sont ouvertes. De loin, je vois Annick Gentil qui gesticule. L'oublier, celle-là ! Déguster dans le calme une part de galette…

— Elle se casse, ta cheftaine !

Léau me ramène à la réalité du monde du travail. C'est pourtant vrai qu'elle se fait la malle, la miss. Sans avoir mangé ni bu. Sans saluer qui que ce soit de son service. Sans remercier le TPG.

— Peut-être qu'elle a peur d'être reine ! parvient à articuler Sainte-Luce entre deux bouchées de galette.

— Reine des connes, oui ! lance Léau.

— Reine des pommes en tout cas, balance Ripert, qui est arrivé de l'autre bout du hall. Le patron ne l'a même pas citée dans son discours. Elle va criser ! Demain, ça va être notre fête. Moi, je m'en fous, je ne suis pas là. Mais, gare à ceux qui tomberont entre ses pattes !

Pour un peu, il me gâcherait le plaisir de la galette ! Je termine ma part, j'avale mon champagne et je me casse. Je n'ai pas envie de passer la soirée à délirer sur la cheftaine ou la réforme des indemnités. Demain, il fera jour !

J'ai au moins hérité du *Father* l'incapacité de discuter pendant des heures à propos de choses sur lesquelles je n'ai aucune possibilité d'agir. Ou de choses encore trop floues. Et le moins qu'on puisse dire, c'est qu'on est dans un flou artistique avec la réforme des indemnités.

Il y a dans cette affaire des artistes qui vont entendre parler du pays.

# 31

Ce mardi 16 janvier, miss Gentil est arrivée plus tard que d'habitude. Sans prévenir de son retard. Sans appeler pour rassurer ses agents. J'ai imaginé avec d'autres collègues qu'elle n'allait pas venir. Erreur ! Elle s'amène donc avec sa tête des jours mauvais. Comme prévu hier par Ripert.

Or, ce mardi, je me suis levé, non pas du pied gauche mais mal fichu. Vasouillard. La galette et les quelques bulles de la veille y sont-elles pour quelque chose ? Je n'ai pourtant pas exagéré. Lorsque je me lève avec l'impression de ne pas être dans mon assiette sans oublier un soupçon de migraine et un zeste de nausée, je ferais mieux de me recoucher. Mais voilà, il fallait aller au boulot.

Ce matin, nous n'avons droit à aucun salut de notre chef de service. Elle s'enferme dans son bureau. Passe deux ou trois coups de fil. Vers dix heures, elle sort et débarque près de mon bureau.

— Où en sont les dernières écritures de l'exercice 2000 ?

Pas de bonjour. Pas de « Monsieur Soyotte ». Alors, je fais celui qui n'est pas concerné.

— Vous m'entendez, Soyotte, où en êtes-vous ?

Quoi ? Elle aussi, se met à m'escamoter, à me refuser le droit au respect, à me gueuler dessus ? Qu'est-ce que je leur ai fait à ces bonnes femmes ?

Pour qui elles se prennent avec leur longue tignasse pas toujours très propre et leurs grands airs ? Garde ton calme, mon petit Paul ! Quand tu n'es pas dans ton assiette, tu es irascible. Pense que tu dois gagner ta pitance !

— Soyotte, j'en ai marre ! Dans mon bureau !

Je me lève et la regarde du haut de mon mètre quatre-vingt-dix. Elle a environ vingt centimètres de moins que moi et doit donc lever les yeux. Voilà qui change les rapports !

— Bonjour, Mademoiselle Gentil.

Elle est certainement caractérielle la miss mais pas totalement idiote. Elle pige tout de suite le message.

— Bonjour, Monsieur Soyotte. Vous venez dans mon bureau, s'il vous plaît.

Voilà qui est mieux. Je la suis, sous les yeux inquiets de certains de mes collègues. Je crâne un peu, mais, honnêtement, j'ai le palpitant qui bat plus vite que d'ordinaire.

— Asseyez-vous ! Nous allons avoir une petite conversation, tous les deux.

Je m'assois sur une chaise-visiteur. Elle se laisse tomber sur son fauteuil à roulettes de chef. Un instant, j'imagine le fauteuil refusant de se laisser martyriser par de telles fesses… la miss par terre…

— Pourquoi souriez-vous ? Vous vous foutez tout le temps du monde, Soyotte…

— Monsieur, s'il vous plaît !

De l'autre côté du bureau, on n'a pas l'air de piger.

— Pardon ?

Je précise :

— Monsieur Soyotte, s'il vous plaît.

— Monsieur, si vous voulez ! De toute façon, ça ne change rien à ce que je pense de vous. Vous êtes impossible, Soyotte… Monsieur Soyotte ! Vous n'en faites qu'à votre tête. Vous n'avez aucun respect pour qui que ce soit. Vous vivez dans votre univers sans vous préoccuper des autres. Vous vous foutez de tout. Je ne vous supporte plus, vous et vos silences, vous et vos regards moqueurs, vous et vos complots avec les autres… Je vais demander votre mutation ailleurs.

Je l'ai laissée piailler jusqu'au bout. Une chose apprise avec les rages du *Father* : inutile d'essayer d'arrêter un train en marche ; on laisse filer jusqu'à ce que la pression retombe. Alors, on peut espérer en placer une.

— C'est votre droit de demander ma mutation. Mais, je ne crois pas que vous ayez à vous plaindre de mon travail.

La cheftaine s'avance vers moi et appuie les coudes sur son bureau.

— Certes ! Je n'ai jamais dit que votre travail était nul. Je ne vous supporte plus. C'est autre chose.

Tout à coup, je n'ai plus envie de discuter, de tenter de la convaincre de quoi que ce soit. Je m'en fous de ce qu'elle pense. De ce qu'elle va colporter ailleurs.

Je n'ai pas davantage la moindre envie de rester plus longtemps en face de cette greluche aux cheveux gras. Je pose, comme elle, mes coudes sur le bureau. Nous voici face à face, les yeux dans les yeux. Tiens ! Elle a des moustaches tirant sur le blond. C'est sûrement pour ça que je ne les avais pas remarquées. Elle est très poilue près des oreilles et dans le cou.

— Qu'est-ce que vous avez à me détailler ? Vous avez l'intention d'acheter ?

Tient-on de tels propos quand on est chef et quand on veut se faire respecter ? Car elle tient au respect de ses agents, de ses collègues, de la hiérarchie. Ma petite, tu n'es pas près de l'obtenir ce respect. De plus, tu crées les armes qui vont te blesser.

— Je n'ai pas l'intention d'acheter ni même d'emprunter gratuitement. Vous n'êtes pas mon genre. J'aime les femmes correctement vêtues avec des cheveux propres. Et qui ne gueulent pas pour rien.

Annick Gentil ne s'attendait pas à ça. Elle n'est pas de taille. Elle recule et vient s'adosser au fauteuil. Des larmes lui viennent aux yeux.

— Foutez le camp ! Vous me le paierez !

En ouvrant la porte du bureau de la cheftaine, prenant une voix audible par les collègues les plus proches, histoire de les associer à mon histoire, je balance :

— Attention à ce que vous allez dire ou écrire ! Vous pouvez faire savoir à qui vous voulez que vous ne me supportez pas. Mais sachez que je vais aller consulter les syndicats et leur raconter tout ce que vous nous faites subir depuis des semaines. Je leur parlerai de votre comportement avec Magali. Je leur signalerai que vous avez refusé de me permettre d'apprendre autre chose que la saisie. Je leur dirai aussi que vous m'avez obligé à revenir d'Avoriaz entre Noël et Nouvel An, sous prétexte qu'il y avait des saisies à faire. Or, je suis resté deux jours sans occupation parce que vous aviez permis aux collègues qui devaient m'alimenter en travail de s'absenter. L'injustice, la discrimination, ce n'est pas tout à fait normal.

Je quitte le bureau en refermant doucement la porte. Les trois collègues présents dans la première pièce me paraissent singulièrement occupés. Pas un ne me pose la moindre question. Merde ! J'ai fait une connerie. Pourtant, ce n'est pas faute d'avoir entendu le *Father* et ma mère me prévenir : « Si tu as des problèmes, essaie de les régler par toi-même ! Ne compte sur personne ! Les gens ne sont pas très courageux dans l'ensemble. Ne cherche jamais à les impliquer dans tes histoires. Ils t'en voudraient. Et si, par chance, l'un ou l'autre t'aide spontanément, estime-toi heureux ! »

Bon, je n'aurais pas dû chercher à mettre dans le coup ces trois-là. Tant pis ! Ce qui est fait, est fait. Je verrai demain avec Ripert pour rencontrer un représentant syndical. Revenu à ma place, je suis rejoint par Véronique qui était occupée avec un client, un prof qui refuse de rembourser des sommes perçues à tort et que lui réclame son ministère.

— T'en fais pas ! Elle est encore dans un de ses mauvais jours. C'est la suite d'hier soir. Elle n'a pas digéré le discours du patron. Elle va réfléchir et demain, ça ira mieux !

— Je ne crois pas, Véro. Elle me déteste. Elle a été claire, elle ne me supporte pas. Je lui rappelle peut-être quelqu'un. En attendant, les emmerdes continuent.

Mais, qu'est-ce que je fais pour les attirer ? J'agace tout le temps. Le *Father*, certains profs du lycée, Verlin, Klinghert, Gentil. Même Bastian commençait à s'énerver... Parfois, j'aimerais bien être un mec passe-partout, fermant sa gueule, sans rien d'énervant dans le regard. Qu'est-ce que j'y peux si je suis incapable de faire semblant ? Incapable de m'entendre avec des connards ?

Ce n'est pas que je me prenne pour un génie mais, tout de même, les flèches ça ne court pas les rues. Et passe encore sur l'ignorance mais la lâcheté, la mesquinerie… Non !

# 32

J’en ai tellement assez que ce jeudi 18 janvier, je ne suis pas allé bosser. J’ai décidé de faire grève. Il y a quelques jours, Force Ouvrière a lancé un mot d’ordre sur l’ensemble de la fonction publique. Je l’applique, même si je ne suis pas syndiqué. Une journée sans voir la tronche de Gentil, ça se prend. Même si je perds un bout de salaire. Et puis, il faut bien donner un coup de pouce aux syndicats.

Toutefois, je ne suis pas plus pressé d’adhérer que de m’inscrire sur les listes électorales. Et je ne suis pas tout seul à faire de la résistance passive. Mardi midi, à la cafète, alors qu’on discutait de tout et de rien avec des collègues, on en est venus à parler de syndicats puis de partis politiques.

Sur les sept AR présents, dont deux filles, ayant tous à peu près entre vingt et trente ans, aucun de nous n’est inscrit sur une liste électorale. En dépit des efforts faits par certaines municipalités fin décembre pour tenter d’attirer les « mauvais citoyens ». Une des expressions « fathériennes » parmi d’autres pour désigner les « je-m’en-foutistes », « sans intérêt pour quoi que ce soit en dehors de leur nombril », « égoïstes plein pot » et j’en passe, qu’il exècre.

Qu’il s’agisse de syndicats et surtout de partis politiques, pas plus que les potes, je ne vois la nécessité de m’engager. Pas plus que la plupart des jeunes, je ne crois aux structures à la papa, à ces regroupements de vieilles badernes. Non pas qu'il n'y ait que des vieux là-dedans. Mais, là comme ailleurs, les jeunes sont vite pris en mains, coulés de force dans le moule à fabriquer des notables, des penseurs ou des chefs. L'esprit se perd quand les lettres du pouvoir se dessinent sur le tableau. Et puis, il y a tant de façons d'acheter les gens…

De temps à autre, je rencontre d'anciens copains de lycée ou de la boîte privée où le *Father* a tenu à m'inscrire après mon second échec au bac. J'ai retrouvé quelques anars d'autrefois, endimanchés, mariés, casés dans tous les sens du terme. Les premiers à gueuler contre les structures politiques ou syndicales autrefois sont devenus de bons petits soldats au PS, au RPR, à l'UDF et même au FN. Heureux d'être sur une liste, bienheureux de figurer en position éligible.

Des mois, des années investis en efforts permanents, en corvées détestables, en léchage de bottes quand ce n'est pas de culs. Être remarqué par un notable, être coopté, gravir les échelons du pouvoir, être un jour celui qui choisit, biffe un nom sur une liste. Exister dans le regard des autres. Être entouré, admiré, adulé. Entendre d'autres vous appeler avec déférence « Monsieur le conseiller », « Monsieur l'adjoint », « Monsieur le maire », « Monsieur le président ». Le rêve ! Et les filles ne sont pas en reste. Plus redoutables peut-être car ayant tant à prouver. Du moins, le croient-elles.

Ici, à la TG, j'ai rencontré quelques syndicalistes, comme Ripert ou Baltzer qui semblent convaincus, prêts à s'investir. J'aurais tendance à leur accorder un *a priori* favorable tant il y a dans leur discours et leur façon d'être un respect certain pour les autres et pour eux-mêmes. La parole donnée, la générosité semblent avoir un sens pour eux. Alors, je les respecte.

Par contre, j'en ai vu des syndicalistes qui se déballonnaient devant le *Father*, des chefs syndicalistes qui, pour une promotion, se vendaient et vendaient leurs camarades. Parfois, le *Father* évoquait devant ma sœur et moi certains exemples. Des exemples ? De pauvres types et de tristes nanas, grandes gueules devant les copains et petites bites ou chattes molles derrière ! Tout compte fait, être fils d'IP puis de directeur, puis de RF, ce doit être comme être fils de flic ou de juge, ça peut enlever bien des illusions sur le genre humain. Et parfois, ça tue l'enthousiasme propre à la jeunesse !

Cela dit, il me semble que le pouvoir, le vrai, celui de mettre un frein à la déconnade générale, est de moins en moins confisqué par les structures « officielles ». Quand je vois défiler les gens dans la rue, mouvements de consommateurs par-ci, anti-mondialistes par-là, pro-avantages sociaux ailleurs, il m'arrive de penser que bientôt les syndicats et partis actuels seront bons à jeter.

Et si tout était à réinventer ? Mais qu'y a-t-il encore à inventer ? Dans la mesure où, expériences à l'appui, on est plus forts regroupés, après avoir mis aux orties les syndicats et les partis de papa, les fils et filles en viennent à créer de nouvelles structures. Ils leur donnent d'autres noms – mouvements, confédérations, unions – mais le résultat est le même. Et dans quelques décennies, leurs propres enfants seront confrontés au même désir de réinventer la vie sociale.

Finalement, tout est recommencement. La lutte contre ou pour le pouvoir implique tôt ou tard le regroupement des hommes. L'objectif est toujours le même dès lors que des droits sont bafoués ou perçus comme tels. Seule change l'étiquette sous laquelle la lutte s'organise.

Curieusement, je me sens loin de tout ceci. Pas concerné. Égoïsme ? « Incitoyenneté » ? Je ne sais pas. Dans le monde, puisque né. Mais hors du monde en esprit. Déconnecté. Le *Father* affirme que je suis comme la plupart des jeunes, individualiste, trop gâté.

Parfois, un soupçon d'intérêt semble se dessiner. Juste un soupçon, vite disparu. Une écume balayée par le vent. Une envie, un besoin, un désir. Parfois. Mais point trop n'en faut ! Le plaisir du moment, oui. Sans chercher à le faire durer. Tenter de le prendre, comme il vient. En profiter. Et quand il s'enfuit, essayer de penser à autre chose. Pas de regret, pas de remords, toutes ces conneries qui gomment le moment présent sans rien régler du passé.

Ce qui me fait souffrir : la faim, la soif, le froid, la forte chaleur. Ce qui me fait chier : la méchanceté gratuite, la colère, la passion, la violence sous toutes ses formes. Ce qui me fait débecqueter : la radinerie, la mesquinerie, la jalousie, la connerie. En fait, je vibre plus devant le négatif. Plus nul que moi, tu meurs !

Le *Father* a raison, quand il dit que je suis un « raté ». Je suis un négatif ambulant. Une photo qu'on aurait oublié de développer. Le foncé est clair, le clair est sombre. Pas facile de s'y retrouver pour qui n'a pas l'œil du photographe. Même moi, parfois, je ne m'y retrouve pas.

Une collègue près de la retraite m'a dit récemment que, comme la plupart des jeunes, j'avais tendance à donner dans le misérabilisme. J'ai très prudemment répondu : « Possible ! ». Il me fallait vérifier qu'on avait bien le même code, autrement dit qu'on donnait le même sens au mot. J'ai consulté le Larousse : Misérabilisme : « tendance littéraire et artistique caractérisée par un goût systématique pour la représentation de la misère humaine ». Pas tout à fait ça.

Quoique ! Quelle vision de la vie avons-nous ? De quoi rêvons-nous ? En dehors d'un jeu, d'un ordinateur, d'une bagnole et plus tard d'un logement, de quoi sont faits nos rêves en général ? Mais, peut-on rêver devant une terre pourrie et un ciel vide ? Peut-on rêver quand le mot « valeur » a d'abord un sens matériel ? Quand il n'a parfois que ce sens-là ?

Peut-on encore rêver quand « on » a anesthésié, tué peut-être, l'enthousiasme de l'enfant en le plaçant très tôt, trop tôt à mon avis, devant des enjeux de pouvoir et d'argent ? Quand on ne laisse pas à un môme le temps nécessaire pour comprendre, rêver, créer son propre univers ? Quand on lui laisse peu d'espace dans sa vie ? Quand on veut en faire trop vite un adulte pour se débarrasser de cette encombrante peluche bien trop bruyante ?

# 33

Dimanche 8 avril. Il pleut. Pour changer. Il y a des lustres qu'il pleut. Partout, des inondations. Même chez le *Father* qui a sa cave noyée par une nappe phréatique qui remonte. Ça le rend fou d'inquiétude. « On » touche à ses biens ! Ce qu'il possède est menacé ! Ça me fait marrer.

J'ai froid. Une fois de plus. Je crois que j'aurai toujours froid. « Trop maigre, sans doute », dit Marguerite. « Pas de sang dans les veines », dit le *Father*. Ça, c'est la version à peu près sympa. Il en a une autre : « Du sang de navet, comme sa mère ! » Qu'est-ce qu'il a dans les veines, lui, en dehors de la bière, du vin et du venin ?

Il pleut encore et encore. Un vent dingue secoue des volets mal fixés. Il passe sous les fenêtres. L'office d'HLM s'est senti obligé de rallumer le chauffage. C'est fou. On est le 8 avril et on se les caille comme en plein hiver.

Le 8 avril… Sainte Julie, dit le calendrier… Ma sœur a souvent affirmé qu'elle aurait aimé s'appeler Julie. Ma sœur… Je n'ai plus de sœur.

Le 22 janvier, alors qu'elle était dans la région de Montpellier, la voiture qu'elle conduisait a été percutée par des salopards de jeunes. Trois nases, ivres d'alcool et de fatigue, plus ou moins camés, dans une bagnole pourrie. Ils rentraient d'une rave.

Les flics qui ont trouvé mes coordonnées sur l'agenda de Flo m'ont appelé au petit matin.

Les pompiers ont mis des heures à désincarcérer ma sœur et sa copine Alice. Celle-ci est morte à son arrivée à l'hôpital. Ma sœur a mis des jours à mourir. Treize jours.

Treize jours pendant lesquels j'ai espéré que le cauchemar s'arrêterait, d'abord seul, puis avec le *Father* et Marguerite, enfin avec les parents d'Alice. Attendant, devant les tuyaux et les flacons qu'on m'annonce une bonne nouvelle. Puis redoutant qu'on me balance une saloperie. Enfin, réalisant qu'on ne pouvait que me confirmer l'horreur que je portais déjà en moi.

Treize jours pendant lesquels j'ai maudit les trois assassins en train de souffrir sur leur lit d'hôpital, pas très loin de ma sœur. J'ai refusé d'aller les voir malgré les radotages du prêtre donneur de leçons qui est passé. Pardonner ! Je t'en foutrais ! Qu'ils crèvent ! Non, qu'ils souffrent ! Qu'ils passent le reste de leur vie dans un fauteuil roulant ! Non, qu'ils crèvent, je ne veux pas cotiser pour eux !

Je me suis même associé aux parents de la copine de ma sœur lorsqu'ils sont allés porter plainte contre les trois salauds. Qu'ils payent, qu'ils comprennent les dégâts qu'ils ont faits ! Pardonner… Je t'en foutrais, curé de mes fesses ! Qu'est-ce qu'il connaît de la mutilation affective ce prêcheur ?

Moi qui n'ai pas en général le souvenir des dates d'anniversaires ou de fêtes et qui suis obligé de mettre des pense-bêtes partout, je ne risque pas d'oublier le jour de la mort de Florence. Le 4 février.

Sainte-Véronique. Coïncidence qui fait que je ne peux plus venir au boulot sans y penser.

On a enterré Flo quatre jours plus tard. Le *Father* a décidé de la mettre avec notre mère. Les parents d'Alice auraient préféré que les deux filles soient ensemble. Finalement, ils ont admis le choix du *Father*. Il pleuvait ce jour-là. Il y avait aussi un vent froid, violent par moments. Une couronne de fleurs, mal attachée par les mecs de la société des pompes funèbres s'est d'ailleurs envolée. Ça aurait fait marrer ma sœur. J'espère qu'elle a vu.

J'ai mal. Mal à crever. J'aimais ma sœur. J'avais tant de souvenirs en commun avec elle. Tant de confidences, de luttes contre la sauvagerie du *Father*. Deux soldats contre un ennemi commun.

Elle me laisse seul. Seul avec le monstre. Qui vit toujours, lui. Ma mère, ma sœur… Pas juste ! Vie de merde ! Dieu de merde ! Dieu ! Dieu ? Non, pas de dieu. Juste un croisement entre le hasard et des choix que chacun fait.

En deux mois, je suis devenu enragé. La folle de Gentil a voulu jouer les grandes sœurs. Je l'ai envoyée paître avec ses simagrées. Une frangine, j'en ai eu une. Point à la ligne. Alors, la cheftaine s'est muée en machine à pilonner. C'est souvent ainsi. Lorsque tu refuses la main tendue par un ou une mal-dans-sa-peau, tu dois savoir que derrière la main se cache une rangée de crocs ne demandant qu'à mordre.

Gentil s'est mise à me harceler sous tous les prétextes : les écritures de fin d'exercice 2000, le démarrage des écritures 2001 avec le nouveau logiciel, des erreurs de saisie faites par un collègue en mon absence. Je pouvais dire ce que je voulais, faire de mon mieux, c'était comme pisser dans un violon !

Alors, le matin du 21 mars, j'ai crié un « merde ! » qui a retenti dans tout le service. Gentil est restée clouée sur place pendant au moins trois secondes. Et c'est long trois secondes d'un silence de plomb. Car, c'était toute l'atmosphère du service qui était plombée et bien plombée.

La miss « poils-gras » a repris ses esprits, tourné les talons et regagné son bocal. Une heure plus tard, j'étais convoqué chez le nouveau bras droit du TPG. Faut dire qu'entretemps, le nouveau fondé, annoncé en janvier, était arrivé.

Une des secrétaires m'introduit dans son bureau. Il se lève, juste le temps de me tendre la main et de la reprendre vite fait. Déjà, il se rassoit, oubliant au passage de m'inviter à en faire de même. J'attends. Je peux attendre, à mon avis. En face de moi, un « chef », et même un « grand chef » dont la mission principale, faut-il le rappeler, est la gestion du personnel !

Ce nouveau n'a plus rien à voir avec l'ancien fondé. Grand quand le précédent était petit. Maigre alors que l'autre était rondouillard. Le cheveu brun, frisé, abondant, méthodiquement placé, après un poil grisâtre fuyant le crâne du prédécesseur. Un costume trois pièces de chez X, Y ou Z, en tout cas chérot après des vêtements corrects mais simples.

Le nouveau fait partie de la race des machines.

L'œil déjà ailleurs quand il te tend la main. Indifférent à la réponse que tu vas donner à la question qu'il te pose mécaniquement. Il doit connaître d'avance ce que tu vas dire. Ou il s'en fout.

Il te dit qu'il a autre chose à faire que de s'occuper de toi. Te regarde à peine lorsqu'il affirme que les agents doivent respecter leurs supérieurs hiérarchiques. A déjà un œil dans le dossier qui est devant lui alors qu'il balance :

— Il me paraît inadmissible dans le contexte actuel de laisser aller les choses. Il est temps de remettre de l'ordre dans cette maison. Je dois faire un exemple, montrer au surplus que l'administration ne donne pas dans le passe-droit. Vous ne pouvez que me comprendre vous, un fils de receveur des Finances ?

Comprendre ? Mais, il se fout bien de savoir si je comprends ou pas. D'ailleurs, je n'ai pas répondu, et lui n'a même pas reposé la question. Ce qui montre bien que seule la question compte pour cette mécanique. Je n'ai rien dit. Pas cherché à m'expliquer, à faire savoir qui est la miss Gentil.

J'en ai eu marre tout d'un coup. Marre d'être obligé, une fois de plus de me justifier. Marre d'être là, debout devant… devant qui ? devant quoi ? un juge ? quelqu'un à qui je pose un problème, même indirectement et qui n'a qu'une idée, évacuer le problème de toute urgence ? M'évacuer. D'ailleurs, il me mute ailleurs, au département informatique si je comprends bien ce qu'il marmonne.

Je suis sorti, sans avoir prononcé plus de dix mots, bonjour et au revoir compris. Dialogue… Gestion des effectifs et des emplois… Ressources humaines... Mon cul !

# 34

Dimanche 15 avril. Il neige. Je suis chez le *Father*. Chez le *Father*, puisque c'est dans le logement de fonctions auquel il a droit en tant que receveur des Finances.

Pas de doute, il existe encore des privilégiés dans l'administration. La recette des Finances est installée au milieu d'un petit parc. C'est un superbe bâtiment de briques et de pierres construit au début du vingtième siècle. Enfin, superbe pour qui aime vraiment l'ancien.

Au sous-sol, des caves et d'énormes zones de rangement. Dans l'eau, pour le moment. Avec des parpaings sous des caisses et des meubles. Marrant ! Au rez-de-chaussée, les bureaux, une dizaine de pièces, dont certaines ont des dimensions imposantes. Au premier, le logement de fonction digne d'un sous-préfet. À la différence que ce logement de fonction n'est pas meublé aux frais de la République. Le *Father* aurait pu exceptionnellement faire prendre en charge le changement des papiers peints et le rafraîchissement des peintures. Et encore, il aurait fallu vraiment insister et démontrer que c'était invivable.

Cette fois, il n'a pas eu à se battre avec son administration ni avec la commune propriétaire du bâtiment pour rendre les lieux habitables. Marguerite y a pourvu. Elle a refusé que le *Father* soit réduit à mendier, préférant investir sur ses fonds propres dans la décoration complète des huit pièces, plus trois salles de bains, plus trois WC, plus une cuisine, plus une laverie, plus trois kilomètres de couloirs.

Et il faut dire que pour qui apprécie vraiment le style Louis XV et compagnie, les papiers peints à fleurs et les lourdes tentures, c'est classe. Je préfèrerais plus moderne mais bon, à chacun ses goûts ! C'est propre, ce n'est déjà pas si mal.

Sans compter que je ne vais pas me plaindre de la chambre qu'on me donne : trente mètres carrés, des placards partout, une salle de bains perso et vue sur le parc et la ville. Rien à redire.

Marguerite a embauché une femme de ménage qui vient tous les jours. Donc, tout est nickel. Partout. Il a juste fallu que je me batte pour que la femme de ménage n'entre pas dans ma chambre. C'est mon domaine, et je préfère entretenir moi-même mon antre quand je suis là. Marguerite a compris. C'est impec !

Une fois de plus, j'ai froid. J'ai d'autant plus froid que je me dis qu'il va bien falloir annoncer au *Father* mes dernières péripéties « trésoriennes ». Lui dire avant les mouchards de la grande famille du Trésor public que je suis depuis le 21 mars muté – ou plutôt viré – au département informatique.

Qu'au surplus je suis en attente d'une sanction disciplinaire pour « avoir fait preuve d'un manque de respect envers un supérieur hiérarchique et, d'une manière générale, de comportements non conformes à ce que l'administration est en droit d'attendre de ses agents ». Tels sont les propos tenus par le fondé, devant un pote, au pruneau desséché à qui il a demandé d'instruire mon dossier.

Selon les moments de la journée et les jours de la semaine, je passe de l'envie de me battre et de dénoncer les comportements d'une certaine hiérarchie à celle de tout laisser aller.

Depuis mon départ précipité du service des produits divers, j'ai revu les collègues Ripert et Baltzer à la cantine de la préfecture. Ils veulent prendre prétexte de ce qui m'arrive pour faire bouger les syndicats et amener les directions locale et nationale à prendre conscience des problèmes de « management qui se posent dans les services », selon leurs propres termes.

De toute façon, ils sont décidés à prendre ma défense bien que je ne sois pas syndiqué. Ils estiment que la miss Gentil est allée trop loin. D'autant plus qu'elle continue à mener une vie pas possible aux agents de son service en dépit de mon départ.

Donc, il faut que j'annonce au *Father* les dernières nouvelles. J'en suis malade. Reviennent à toute vitesse des souvenirs de hurlements, de claques, de coups de poing. Si cette fois, il me touche, je l'assassine !

Je vais faire comme ma mère, attendre qu'il y ait un témoin de l'entretien. Tiens, au hasard, Marguerite. De deux choses l'une : ou il se retient pour ne pas montrer de quelle violence il est capable ou il y aura un tiers qui pourra intervenir d'une façon ou d'une autre.

Sitôt pensé, sitôt possible, sitôt fait. J'arrive au salon pour l'apéro pascal. Le *Father* discute calmement avec la belle-doche. Au moment de lever mon verre, comme les deux autres, j'en profite :

— À la santé de la conne de chef de service que je viens de quitter !

Le verre du *Father* s'arrête avant la bouche.

— Quitter ?

— On a eu un accrochage et depuis le 21 mars, je travaille au DI, le département informatique.

La précision est pour Marguerite.

Silence. Le *Father* avale une petite gorgée de whisky. Marguerite, qui n'avait pas encore bronché jusqu'alors, se réveille.

— Et c'est mieux, pour toi ?

Mieux pour moi… Va falloir expliquer.

— Oui et non. On m'a affecté à la CMIB où je donne un coup de main à un collègue.

Devant la tête nettement en point d'interrogation de Marguerite, le *Father* se fait un plaisir de traduire :

— La cellule micro-informatique et bureautique.

Je poursuis :

— C'est le service « pompier ». Tu dois courir au moindre appel des services utilisateurs d'ordinateurs pour les dépanner. C'est vivant, tu vois du monde, tu as l'impression de servir à quelque chose.

Tout en parlant, je garde un œil attentif sur le *Father*. Il déguste son whisky. Pas un geste d'impatience. Pas un regard assassin. Poursuivons.

— Bien qu'il n'y ait que trois semaines et demie que je sois là, j'ai déjà pu constater de sacrées bizarreries.

Le *Father* repose son verre.

— C'est-à-dire ?

Allons-y, avant d'attaquer le problème disciplinaire !

— Le serveur n'est pas très puissant. On a donc sans arrêt des plaintes des services utilisateurs. Les applications tournent mal. L'accès à certains fichiers est long. Il y a des coupures. Le responsable de la CMIB l'a déjà signalé à la direction locale. Mais il paraît qu'il y a d'autres priorités. Alors, les services rament et râlent. En plus, sous prétexte qu'il faut passer par un système de marchés nationaux, les matériels qui arrivent chaque année ne viennent pas des mêmes boîtes. Les dernières livraisons sont plutôt merdiques au point que des services ont fait une liste d'anomalies qu'ils ont envoyée par Internet à la Direction générale à Paris.

Le *Father* se lève. Je m'inquiète.

— Je vois, les années passent et rien ne change, malgré les beaux discours.

Tout de même ! Le *Father* qui se met à critiquer l'administration !

— Non, Jean, ne fume pas. Tu sais que ce n'est pas bon pour toi !

Tiens ! Le *Father* n'a pas le droit de fumer et se fait rappeler à l'ordre par sa moitié.

— Ce n'est pas une cigarette qui va me tuer. Je n'en fumerai qu'une aujourd'hui.

Ça alors ! Le *Father* n'envoie pas Marguerite sur les roses et répond même aimablement. C'est à n'y rien comprendre. Je vais en profiter pour glisser le meilleur.

— Je t'informe aussi que je vais avoir une sanction disciplinaire pour avoir dit « merde » à la miss Gentil.

Le briquet reste inactif au bout de la cigarette. L'orage va venir. J'ai aperçu LE rictus sur le visage du *Father*, ce mouvement que je connais bien et que j'ai appris à déceler depuis des années comme le signe avant-coureur d'une catastrophe.

Du courage ! Affrontons le monstre ! Ma sœur, ma mère, à l'aide !

# 35

Vendredi 20 avril 2001. De retour depuis deux heures dans mon antre. La vue de la pluie qui tombe me rappelle le *Father* et sa cave qui n'en finit pas de baigner dans l'eau. Le *Father*… Il m'en a bouché un coin le jour de Pâques. Le rictus n'a débouché sur rien. En tout cas, pas sur la violence redoutée.

Il a bien râlé un peu, dit que je ne faisais que des conneries, prétendu que depuis que j'étais né, il s'attendait toujours au pire. Mais, quand Marguerite l'a interrompu en affirmant avec vigueur :

— Tu sais, Jean, si les parents pensent qu'un enfant fera une bêtise, il la fera. Pour ne pas les faire mentir. C'est bien connu.

J'ai jeté un cil du côté du paternel, prévoyant la bordée d'injures qui allait ensevelir l'imprudente. Que nenni !

Le *Father* a haussé les épaules et lancé un :

— Oh et puis, pour ce que j'en ai à faire !

Et nous avons superbement déjeuné, Marguerite étant une vraie perle en cuisine et choisissant à la perfection les vins.

Tout de même, je m'interroge. Comment peut-on changer en si peu de temps ? Il y a deux ans, le monstre aurait hurlé, m'aurait injurié. On en serait peut-être venus aux mains. Là, rien ! Marguerite a-t-elle sur le *Father* une réelle influence ?

La suite m'a davantage scié. Exit le problème du conseil de discipline. Revient sur le tapis la question de l'appartement, celui que je devais acheter. Du moins choisir. J'explique au *Father* que je n'ai pas trouvé. J'ose avouer que je n'ai pas vraiment cherché. J'attends l'incendie. Rien. Ou plutôt l'inattendu :

— Ou tu t'en trouves un ou Marguerite et moi, on s'en charge. Tu comprends, je préfère investir dans la pierre plutôt que de laisser dormir l'argent qui vient de ta mère.

Il ne se fâche pas. Il daigne même me donner une explication. Pourrait-t-on enfin avoir des rapports normaux ? Je veux dire des rapports entre adultes ?

— Pour tout te dire, p'pa – je ne parviens pas à dire « papa » depuis de nombreuses années – cette histoire d'appartement me gêne. Maman ou toi avez réglé bien des choses pour moi…

Aïe ! Le *Father* a son rictus :

— Depuis que tu es né, effectivement !

Passons !

— De plus, je ne me sens pas l'âme d'un proprio. Franchement, je ne me vois pas…

De nouveau, le rictus autrefois annonciateur de violences. Et si c'était devenu un tic ?

— N'en parlons plus ! Terminons cette histoire ! Marguerite et moi allons acheter un appartement et nous te le louerons. Ça te va ?

J'ai accepté. Après tout, être locataire du *Father* ou de n'importe quel pelé, c'est kif !

— Nous te demandons juste de faire l'effort de le trouver. Visite les plus récents, de préférence. Ils sont plus petits, moins hauts que les anciens donc moins coûteux en chauffage. En outre, ils ont une bonne isolation phonique.

Marguerite sort de son silence pour ajouter :

— Ton père a raison, le bruit est une des plaies de la vie actuelle. Ne pas pouvoir dormir en paix à cause des voisins, c'est l'horreur !

Le souvenir de cette conversation reste très présent. Le *Father* calmement vautré dans son fauteuil, Marguerite en face, dans le sien. Moi, entre les deux. Touchant tableau de famille. Ça sonnait faux quelque part. Mais je n'avais pas envie de revivre certaines crises. Alors, j'ai laissé filer la scène, accepté de me mettre à la recherche du « cinq-pièces en prévision de l'avenir, avec garage, cave, si possible dans une petite copropriété, entre huit cent et neuf cent mille francs[13] ». Les crédits ont augmenté depuis la mort de Flo.

J'ai commencé à chercher. En jetant un œil sur les affiches des agences immobilières. Dimanche, j'irai acheter le quotidien local et éplucherai les petites annonces. Finalement, ce n'est pas la pire des occupations.

C'est tout de même moins chiant que de courir comme un dératé au boulot ainsi que je le fais depuis mardi, en me faisant engueuler par tout le monde. Surtout qu'il faut parfois passer du bâtiment ancien qui est en centre-ville au DI qui est à la périphérie. Une horreur ce travail ! Les utilisateurs, dont le TPG et le fondé, deviennent dingues : le serveur de la TG est trop juste pour faire tourner correctement les

---

13. Entre 122 000 et 137 000 euros, environ

réseaux locaux. Là-dessus, le serveur Internet du ministère est aux abonnés absents depuis plusieurs jours. Impossible aux services d'accéder aux informations ministérielles ou à celles de la Direction générale.

Cet après-midi, j'ai même senti que la révolution n'était pas loin. Comme il fallait un coupable – il faut toujours un coupable d'ailleurs – plusieurs chefs de service s'en sont pris aux deux pompiers de service, les deux agents de la CMIB qui courent partout : mon collègue Rapin et ma pomme.

Ils ont demandé un rendez-vous au fondé et ont clairement évoqué notre incompétence. Passons pour ce qui me concerne puisque le directeur du département informatique m'a affecté à la cellule sans se soucier de mes capacités. Mais, l'attaque était injuste s'agissant de mon collègue Rapin, un mec doué aux dires des informaticiens chevronnés et très serviable. Peut-être trop, mais là n'est pas la question.

Le fondé a appelé le directeur du DI qui, contre toute attente de Rapin, a calmement mais fermement pris notre défense et mis les points sur les i concernant l'insuffisance des équipements locaux. Le fondé a alors pris la décision d'en référer au TPG, lequel a décidé d'appeler le directeur général de la Comptabilité publique.

Rien de tel qu'un coup de fil d'une grosse légume au Bon Dieu pour faire bouger les choses. Il paraît que nous allons recevoir du renfort en matos dans les plus brefs délais. Dixit le fondé aux agents du DI.

Pas à n'importe quels agents. Agacés par les plaintes des services utilisateurs qu'ils comprenaient à la rigueur et surtout par leurs propos injustes qu'ils n'admettaient pas, plusieurs informaticiens se sont spontanément constitués en représentants du DI et ont demandé audience au fondé. Histoire de renforcer la position du chef du département informatique qu'ils apprécient. De faire comprendre aussi à la direction qu'on est tous dans le même bateau, les services informatiques comme les autres. Enfin, de faire sentir à la hiérarchie qu'à tout moment les agents de base qu'on prend trop souvent pour des moutons peuvent montrer les crocs.

Message reçu et compris. Il est peut-être rigide le fondé mais il est loin d'être con. Il a tout pigé, même le non-dit. On l'a su plus tard par une indiscrétion d'un contrôleur du service du personnel. Ce dernier avait assisté à une conversation entre le fondé et le pruneau desséché. Au cours de cet entretien, le fondé s'est offusqué du culot des collègues informaticiens à qui il a dit réserver un chien de sa chienne. Mais il a aussi précisé qu'il valait mieux être prudent avec le DI. Ce n'était pas le moment d'avoir une grève de plus sur les bras. Les grèves pour la réduction du temps de travail et l'amélioration des conditions de travail suffisaient déjà.

Le fondé a aussi parlé de mon dossier disciplinaire. Mais la mère Klinghert a évoqué son indisponibilité. Elle bosse sur le nouveau système d'indemnisation des agents. Elle gère l'organisation de plusieurs concours. Au surplus, elle est confrontée à une arrivée massive de nouveaux fonctionnaires, dont un gros contingent d'handicapés destiné à rattraper le retard de l'administration en matière d'emploi de telles personnes. Il en résulte une surcharge de travail. Il faut dire qu'elle est persuadée d'être la seule à tout comprendre et ne sait pas déléguer. D'où son indisponibilité pour l'imprévu et même le prévu de moindre importance. Le fondé a compris et décidé de s'occuper plus tard de mon cas.

Tant mieux et tant pis ! J'ai pas très envie d'affronter l'épreuve et en même temps j'aimerais bien en finir avec ces conneries.

# 36

Vendredi 4 mai. *L'Équipe* en main, j'attends à une des tables du bistrot de l'aéroport de Montpellier. Nom du café : *Notre Pays*. Bof ! Pourquoi pas ?

Voilà déjà dix minutes que je poireaute. Personne ne vient chercher ma commande. Ni celle d'une autre table, d'ailleurs. Au bar, un mec, style planton de l'armée, indifférent aux clients. Un autre serveur traverse la salle pour disparaître dans l'aéroport.

Faut-il aller passer commande au bar ? Peut-être. Une jeune femme en revient d'ailleurs avec un sandwich. Par contre, une femme plus âgée se fait renvoyer à sa table avec un « il arrive ! » hargneux.

Un guignol, qui pourrait être le « il » en question, s'amène. En chemise blanche à manches courtes, il traverse la salle, cigarette au bec. Pas un bonjour aux clients. Un zeste de haine pour le genre humain dans le regard.

Incroyable ! Le « il » s'installe au bar à côté d'un client avec lequel il se met à discuter. Merde ! J'ai faim. Il va falloir que je me décide à aller voir les deux énergumènes du bar.

Ah ! Le « il » vient de prendre un plateau qu'il charge avec une dizaine de bières pour un groupe de jeunes attablés à l'autre bout de la salle. Si seulement le porteur de plateau avait la bonne idée de faire une diagonale et de venir jusqu'ici !

Ras-le-bol ! Quarante minutes d'attente, c'est trop ! Je me casse. À l'étage, il y a un restau, un vrai. Pour parvenus en partance comme la plupart des restaurants d'aéroport. J'y suis passé il y a deux jours. Mais je m'en fous. J'y retourne.

Là, au moins, l'accueil est plus sympa et on me demande ce que je veux manger et boire. Deux couples ont fui comme moi le *Notre Pays*. Pas contents du tout du comportement du « il » et du planton.

En face de moi, trois mecs seuls s'efforçant de paraître absorbés par leur assiette, leur bouquin ou le spectacle de la salle. Que ne ferait-on pas certains jours pour ne pas avoir l'être d'être ce qu'on est !

Aujourd'hui, la serveuse, jeune, est moins affriolante de près que de loin. Tenue stricte : pantalon noir, gilet noir. Un brin de fantaisie : un chemisier orange. Des cheveux longs, fatigués, comme leur proprio. Elle n'a pas intérêt à ouvrir trop le bec vu l'état de ses dents.

Aux pattes, les inévitables godasses noires, compensées et bruyantes que la plupart des filles s'obstinent à porter pour suivre la mode. Tac ! tac ! Le bruit des péniches sur le faux parquet du restau a quelque chose d'érotique. Le vin produirait-il déjà ses premiers effets ?

Tac ! tac ! La serveuse m'amène mon plat : morue avec ratatouille. Même ratatouille huileuse qu'il y a deux jours. Tac ! tac ! Elle me livre le dessert : même poire aux vins. Au pluriel, les vins. Des fonds de bouteilles ? Toujours ramollo la poire.

Je voulais voir si on me servirait les mêmes produits que le 2 à midi. Ce jour-là, j'avais accompagné le *Father* et Marguerite qui devaient prendre un avion pour Paris. Lui, devait aller à la Direction générale qui voulait rencontrer ses comptables supérieurs pendant deux jours. Elle, prévoyait de faire les boutiques à Paris. En attendant l'avion de quinze heures dix, on avait mangé dans ce même restaurant.

Tac ! tac ! Sans même me demander si je veux autre chose, la serveuse dépose la note. Se débarrasser du client. Encaisser au plus vite. C'est ici comme ailleurs. J'obtiens quand même un café en plus, ce qui oblige la demoiselle à refaire l'addition.

Après avoir payé, j'avale lentement le breuvage. Pas terrible mais j'ai vu pire. Ça me fait tout bizarre d'être dans cette région. Où ma sœur aurait dû installer son auberge et où elle a été tuée. Pourquoi ai-je accepté de rejoindre le *Father* et Marguerite à Argelès ? Il y a des jours où je ne me comprends pas.

Lors de son séjour dans le coin, en février, au lieu de passer des heures au chevet de Florence, le *Father* a pris l'air, comme il disait. L'odeur de l'hôpital lui donnait envie de vomir. Comme celui où était ma mère. Avec Marguerite, il a roulé pour s'arrêter à Argelès. Pas par hasard.

Marguerite faisait un retour vers les plages de son enfance et de son adolescence. Ses grands-parents avaient une propriété dans les terres, du côté des Albères. Avec ses cousins et cousines, elle a écumé toute la zone pendant des années.

Là où il y avait autrefois la propriété des grands-parents, il y a maintenant un complexe hôtelier avec un centre de thalasso ou de balnéo. Comble de tout ce qu'on voudra, notre mutuelle a une convention avec ce complexe et les agents du Trésor peuvent bénéficier de petites réductions sur les prestations.

Aussi, autant pour faire plaisir à Marguerite que pour s'offrir des vacances à des prix raisonnables – il résiste difficilement au bonheur de faire une affaire – le *Father* a réservé une chambre d'hôtel pour les deux semaines de fin avril-début mai.

Sur le moment, j'ai été choqué par son comportement. Penser à réserver ses prochaines vacances alors que sa fille était en train de mourir… Et puis, quelle importance ! Florence n'aurait pas fait d'histoire pour si peu. Et ce n'est pas un comportement différent de notre père qui l'aurait ressuscitée. Mais, tout de même !

Quand le *Father* m'a parlé après l'enterrement de Flo de la réservation, comme poussé par un mauvais génie, je lui ai dit :

— Une thalasso ! C'est bien, quand on en a les moyens.

Bien sûr, ça a marché. La pomme de Marguerite a tout de suite embrayé :

— Si ça te dit, on appelle l'hôtel et on te fait réserver une chambre et une cure de balnéo. Ça ne vaut pas la thalasso mais ce n'est pas mal.

Thalasso ou balnéo, je ne voyais pas la différence et, en plus, ça ne me disait rien. Mais, une fois de plus, j'ai eu envie de faire casquer le *Father*. De le voir faire un chèque et un gros.

— Merci, Marguerite, mais je ne peux pas. Avec mon salaire, je m'en sors tout juste…

La suite est venue, naturellement :

— Ça va ! On a compris. On t'offre séjour et cure.

Pas con, le *Father*. Il a bien senti la manipulation. Mais, devant sa moitié, il était un peu coincé.

C'est ainsi que, profitant du 1^er^ et du 8 mai, des jours fériés, ainsi que du 7 offert par le ministre, en prenant seulement quatre jours de congés je me suis accordé – ou plutôt le *Father* a banqué pour ça – onze jours de vacances. Avec une chambre pas trop mal dans un trois étoiles, des repas excellents au restaurant, six jours de cure pour le dos et un aller et retour en avion. Le *Father* en a eu au moins pour dix mille balles[14] rien que pour moi.

Vingt-deux heures. Dans quelques minutes, l'avion de Paris va atterrir. C'était bien ces deux jours, sans le *Father* et ses petites remarques à la con. Sans Marguerite et ses envies de maternage. Elle me pompe avec ses façons de se mêler de tout, de me prendre pour son « petit ».

Mais, bon ! Ils paient. Tout. Tout le temps. Ils m'ont même laissé de quoi m'offrir des petits plus pendant leur absence ainsi que la voiture du *Father*.

Tout a un prix. Il faut bien accepter de payer, d'une façon ou d'une autre.

---

14. 1 500 euros environ

# 37

Le *Father* et Marguerite sont rentrés crevés de leur court séjour à Paris. Elle, épuisée par d'innombrables courses et des visites à des amis. C'est fou ce qu'elle a comme amis ! Partout.

Le *Father*, lui, a pesté une fois de plus contre l'Administration avec un grand A, « qui n'en finit plus de partir dans tous les sens après des siècles d'immobilisme », contre la Direction générale « qui cherche à rattraper en quelques années un retard certes réel mais que des hauts fonctionnaires serviles s'empressent de dramatiser ». J'en passe.

Pêle-mêle, il nous a jeté à la figure les trente-cinq heures, la diminution des rémunérations, importante pour certains comptables (comme lui ?), des tas de réformes ou réformettes dans la gestion des comptes (bancaires) des particuliers (supprimés totalement fin 2001), le recouvrement de l'impôt (avec les pôles de je ne sais quoi), le renforcement du contrôle de légalité du préfet sur les marchés publics locaux (avec le concours des services du Trésor public)…

J'en viens à penser que le *Father* est arrivé à un tournant de sa vie professionnelle et peut-être de sa vie tout court. Il aimerait qu'à quelques années de sa retraite, les changements ne soient pas des bouleversements permanents. Serait-il fatigué, lui qui épuisait les autres ?

Voudrait-il retrouver « le bon temps », celui où un comptable public d'un certain niveau avec deux douzaines de petites mains sous ses ordres pouvait profiter de sa position sociale et professionnelle sans se faire trop de cheveux blancs ? Mais, voilà ! Des ministres remueurs de comptables et secoueurs de routine sont passés par là.

Il ne fait pas trop de commentaires sur les uns ou les autres. Obligation de réserve ou trouillomètre en alerte oblige. Mais je sens bien qu'il a une dent contre DSK[15], Sapin, Fabius et tout autre ministre réformateur. Et s'il admet la nécessité du changement, il aimerait ne pas en subir les conséquences.

Réformes ou pas, il a repris possession de SON véhicule dès la sortie de l'aéroport. Il en a fait le tour pour vérifier que son nul de fils la lui ramenait dans l'état où il la lui avait laissée. Sa bagnole fait aussi partie de ses jouets. Je me demande même par quel miracle il me l'a filée. Encore un mystère.

Ce samedi 5 mai, nous sommes partis ensemble vers le centre de balnéo. Touchant tableau vu de l'extérieur que ces trois personnages constituant apparemment une famille ! L'image me donne envie de foutre un coup de pied dans la fourmilière !

Enfermé dans une cabine, le temps de me changer avant le premier soin, je m'imagine noyant le *Father* et la Marguerite… Les jeter dans la piscine… Leur tenir la tête sous l'eau… Qu'est-ce que je fous ici ?

---

15. DSK : Dominique Strauss-Kahn fut ministre de l'Économie, des Finances et de l'Industrie de 1997 à 1999

— Monsieur Paul Soyotte ?

Les trois mots m'arrivent aux oreilles sans faire sens.

— Qu'est-ce que tu fabriques ? Tu n'entends pas qu'on t'appelle ?

Le *Father* vient de balancer un violent coup de poing dans la porte de ma cabine, le même qu'il donnait autrefois dans le dos de ses enfants.

— Je viens.

Le tapeur de porte s'éloigne en maugréant. Sûr que je ne suis pas le fils qu'il aurait aimé avoir. Sûr qu'il… Non, pas sûr. Je crois qu'il n'aurait jamais dû avoir d'enfants. C'est pas son truc.

Mais, je suis là. Et Florence est… était là aussi. Flo… J'ai mal. Des larmes viennent. Serrer les dents, rejoindre la cabine de massage, sourire aux « mammouths » et « pappouths » qui attendent sur une chaise que vienne leur tour d'être massés, baignés, huilés… Il y a vraiment des causes perdues !

À midi trente, en sortant du centre, je tombe sur Marguerite et le *Father* qui viennent de faire une provision de produits pour la peau, le corps, les mains, les pieds. *Et les pieds, et les pieds*… Deux alouettes plumées au grand avantage de la maison distribuant les produits.

— En veux-tu ?

N'importe quoi ! Comme si j'allais me mettre à me badigeonner de la tête aux pieds !

— Non, merci, Marguerite, pas trop mon style…

Je n'ai pas le temps d'en dire plus. Le *Father* me coupe la parole :

— Il est comme sa mère. Il méprise tout.

— C'est mon droit de ne pas…

Ma phrase s'arrête là. Le *Father* est cloué sur place, les yeux rivés sur un groupe de personnes dont une grande femme ressemblant à une girafe.

— Razuk !

Il y a dans la voix du *Father* une émotion grave. Le nom me rappelle vaguement quelque chose.

— Qui est-ce ?

Le regard que le *Father* me balance est un océan de mépris plus vaste que toutes les mers réunies.

— Tu ne connais rien !

Pof ! Catalogué une fois de plus le petit Paul. Rangé au rayon des ignares.

— C'est normal, Jean ! Paul est trop jeune pour connaître une de nos idoles. Razuk est un ancien champion sportif… Il a drôlement grossi. Une cure ne lui ferait pas de mal ! Et ce pantalon de cuir qu'il porte ne lui convient pas !

Voilà Marguerite qui descend l'idole du piédestal où l'avait placée le *Father*. Celui-ci ne va pas aimer qu'on casse son jouet !

Erreur ! Il écarquille les yeux et voit enfin l'homme qui vient de rentrer dans l'hôtel.

— Ce n'est pas faux ce que tu dis. Il a beaucoup grossi. C'est fréquent lorsqu'on arrête de faire du sport de haut niveau. Et il a dû aussi prendre de mauvaises habitudes de table lors de son passage au ministère des Sports.

L'idole « fathérienne », enfin ce qu'il en reste, est entourée d'une petite cour de marionnettes. Razuk pénètre dans le hall de l'hôtel et demande sa chambre. Le *Father* est de nouveau sur son nuage.

La girafe, qui pourrait être sa copine et qui serait plus belle si elle quittait son air méprisant, suit Razuk dans l'un des deux ascenseurs de l'hôtel pendant que le reste de la troupe sort du hall pour prendre la direction du restaurant.

— Tu te rends compte..., il est descendu dans le même hôtel que nous !

Je regarde le *Father*. On dirait qu'on lui a donné la lune. Réveille-toi, *Father* ! Tout Razuk qu'il est, ce type est un mec comme toi !

— Ça te fait une belle jambe !

Ouille ! J'aurais dû fermer ma gueule. Le regard de serpent du *Father* vient me clouer sur place.

— Comme ta mère ! Rien ne t'émeut, tout est banal pour toi ! Je te plains !

Et sans me laisser le temps de répliquer, il pousse Marguerite dans le second ascenseur dont les portes se referment. J'ai juste le temps de saisir les dernières paroles de Marguerite :

— Va t'installer à table, Paul, nous allons ranger les produits dans la chambre et te rejoignons.

Oui, Marguerite, bien sûr. Je vais aller sagement me mettre à table et je vais même me commander un apéro. Puis un deuxième. Et peut-être un troisième. Pour essayer de faire passer la dernière vacherie du *Father*. Pour tenter d'oublier à quel point il méprisait ma mère. Pour tenter d'oublier que je le hais.

Il y a des jours où la haine est comme un puits sans fond dans lequel on ne finit pas de tomber. On croit remonter à la surface. Mais, au premier incident, c'est de nouveau la chute.

# 38

Mardi 8 mai. Me voici de nouveau à l'aéroport de Montpellier. Le *Father* et Marguerite m'ont déposé avant de partir se balader dans la région. Une fois de plus, Marguerite a des amis à voir.

Curieux cette nouvelle habitude du *Father* de suivre son épouse comme un bon toutou ! Du temps de ma mère, tout le faisait chier. C'est simple, il détestait toutes les copines et encore plus les rares copains que ma mère tentait de lui présenter. L'échelle des qualificatifs dont il les affublait allait du « peu intéressant » au « totalement imbécile» ou « carrément idiote ». Bien entendu, les pires reproches tournaient autour du manque d'intelligence. Enfin, ce que le *Father* prenait pour de l'intelligence.

Non content de critiquer les relations de ma mère, il la harcelait de questions du style : « Mais que peux-tu trouver à X ? Quel plaisir as-tu à fréquenter Y ? Comment peux-tu te plaire en la compagnie de Z ? »

Il n'était pas rare que ma mère, fatiguée par les rafales de questions maritales, désireuse de plaire à son bonhomme ou tout simplement par lâcheté, finisse par renoncer à des sorties, des rencontres, des relations.

À présent, le *Father* se trimballe chez les « amis » de sa moitié. Or, pas une seule fois, je ne l'ai entendu critiquer, ronchonner, refuser de suivre Marguerite.

Qu'ont donc les amis de cette bonne femme de plus que ceux de ma mère ? Du fric, toujours. Un pedigree de notable voire de noble parfois. Et alors ? Comme si tous les gens ne se valaient pas !

Finalement, le *Father* est snob. Il a toujours préféré se retrouver dans les milieux de gens friqués, bourges, intellos. Depuis des années, j'entends ses commentaires à la con.

Les gens simples ou n'ayant pas un certain niveau de connaissances : « des imbéciles qui m'emmerdent ». Les pauvres, les smicards, les Rmistes, les mendiants : « des feignants à qui il faut apprendre à bosser ». Les malchanceux : « des crétins qui ne voient même pas les opportunités ».

L'annonce de mon avion m'oblige à oublier le *Father* et sa connerie.

Décidément, Air France, comme la plupart des compagnies aériennes d'ailleurs, ferait bien de revoir les équipements. Alors qu'il y a de plus en plus de grands et de gros qui circulent, les portes, les sièges, les couloirs sont ridiculement inadaptés. Et ne parlons pas du manque de place pour les guiboles. Une horreur ! Après une heure trente de vol, j'aurai les genoux en compote.

Sur le siège voisin du mien, celui du milieu, un autre jeune de mon âge. Très vite, on sympathise. Mon voisin s'appelle Christian. Il est commercial chez un fabricant de ponts roulants. J'objecte que ça doit moins se vendre que les bagnoles.

— Oui, mais chaque vente rapporte un véritable pactole.

Il a laissé sa voiture perso à Montpellier et rentre à toute vitesse chez lui en avion. Sa femme lui a balancé quelques phrases atroces sur la messagerie de son mobile. Il me fait écouter la prose : « Salut Christian. J'ai attendu ton nouveau déplacement pour te faire savoir de loin que les enfants et moi en avons assez de tes absences, de ta fatigue, de ton manque de disponibilité. Et en plus, pour moi, un lit, ce n'est pas fait que pour dormir. Tu comprends ? Alors, je pars. Quand tu rentreras, il y aura juste tes affaires dans l'appartement. Dans quelques jours, le temps que tu retrouves ton calme, je te téléphonerai pour te donner mon adresse et pour qu'on mette au point des rencontres avec les enfants. C'est mieux pour nous tous. Je t'appellerai. Promis. »

Pas de colère. Pas de cri. Juste un ras-le-bol et beaucoup de détermination dans ces phrases. Cette femme-là ne reviendra pas sur sa décision.

Un steward invite mon voisin à éteindre son mobile. Très vite, les moteurs tournent, l'avion se met en place pour le décollage, s'élance. Christian est blanc, les traits tirés, le regard perdu. Il est quasiment de ma taille mais pour l'instant, il est complètement ratatiné dans son fauteuil. Un môme paumé :

— Qu'en pensez-vous ? Vous croyez que j'ai une chance de la faire changer d'avis ?

Je devrais lui dire qu'il est trop tard. Femme et enfants sont définitivement partis. Il va débarquer dans un appartement presque vide. Je n'en ai pas le courage.

— Je ne sais pas. Je ne la connais pas… Jamais, elle ne vous avait parlé de son intention ?

Il fait un signe de dénégation de la tête. Il y a certainement eu des messages, des indices. On ne part pas avec deux mômes sans raison. Mais il est vrai qu'on ne voit et on n'entend les choses que lorsqu'on est prêt à les percevoir. Je l'ai appris à mes dépens.

— Qu'est-ce que je lui ai fait ? Mes déplacements, mes horaires démentiels, c'est pour elle et les gosses. On a pu s'acheter un bel appartement. Elle travaille à mi-temps, elle veut avoir du temps libre. Elle a sa voiture. Elle peut s'offrir ce qu'elle veut. Ingrate ! Et les gosses, ils sont aussi à moi. Elle ne peut pas me les prendre ! Je vais faire venir un huissier pour constater son départ…

Crier, menacer, imaginer des méchancetés pour ne pas sombrer sous l'effet de la douleur. Vieille recette.

— Quel âge ont les enfants ?

Christian me regarde comme s'il découvrait ma présence. Avec un certain décalage, il répond :

— Alexis a dix ans et Romuald huit ans… Ils ont encore besoin de moi. Elle n'a pas le droit de leur faire ça ! C'est une égoïste qui se fout de ses gosses ! Je les reprendrai mes gosses, je prouverai qu'elle est déséquilibrée, qu'elle ne peut pas tenir sans calmant.

Quelques grosses turbulences annoncées puis subies obligent mon voisin à sortir de son malheur. Il se redresse sur son siège, vérifie sa ceinture.

Le voyage se passe entre turbulences et calme, au sens propre comme au sens comportemental.

Lorsqu'on nous annonce l'imminence de l'arrivée, j'hésite entre proposer à mon voisin de l'accompagner jusque chez lui – il habite à quelques kilomètres de mon domicile – ou lui laisser mes coordonnées. La seconde solution me paraît préférable. Il va avoir un choc à l'ouverture de la porte de son appartement. Sûr ! Mais, il doit affronter ce qui l'attend aujourd'hui. Comme il devra affronter la suite.

Une fois arrivé dans ma zone, je trouve une boîte aux lettres pleine de prospectus. Ras-le-bol de ces tonnes de papier qu'on te colle sans te demander ton avis et malgré le refus de pub clairement indiqué ! Ça en fait des arbres qui partent à la poubelle ! Ma voisine de palier, qui devait certainement guetter à sa fenêtre comme d'hab, m'amène des enveloppes, des cartes postales et deux avis de recommandés :

— Enfin, vous êtes de retour ! La prochaine fois, dites-moi que vous partez ; je me chargerai de votre courrier et de la surveillance de votre porte. C'est dangereux de partir sans rien dire, on peut brûler votre courrier ou cambrioler votre appartement ! C'est déjà arrivé !

Je la remercie et me jure bien qu'il n'y aura pas de prochaine fois. Parce que la prochaine fois, je ne vivrai plus dans ce quartier pourri. Depuis des mois, je laisse traîner l'achat de l'appartement par le *Father*. Mais me retrouver dans cette zone avec les boîtes aux lettres bousillées, les immeubles minables, c'est trop ! Dès demain, je pars en chasse.

En attendant, je retrouve sans grand plaisir un petit logement sans confort. Allons ! Avoir de quoi dormir et manger, ce n'est pas rien !

# 39

Mercredi 9 mai. Saint Pacôme. Pas comme quoi ? Pas comme qui ? En tout cas, un jour pas comme les autres. Sur les trois enveloppes que m'a remises la voisine la veille et que je viens d'ouvrir avant d'aller bosser, pas une seule facture pour une fois.

Mais une lettre des parents de la copine de Flo qui m'informent de l'état d'avancement du dossier pénal concernant les trois assassins de ma sœur et de leur fille. Qu'ils crèvent ces trois-là ! Deux cartes postales ensuite, l'une de Véro qui était en stage la semaine dernière à Vincennes et l'autre de Pierre Friseur. Zut ! Je n'ai envoyé aucune carte d'Argelès. Tant pis ! Quant aux deux avis de recommandés que je suis allé chercher à la poste du quartier avant de filer à la TG…

Le premier venait justement de la TG. Le pruneau desséché a eu le temps de s'occuper de mon cas pendant que j'étais en congé. Je préfère ne pas y voir de coïncidence ; faut pas devenir parano ! Résultat : un rapport sur mes « agissements incompatibles avec la déontologie et ce que l'administration est en droit d'attendre de ses agents ». Il en résulte la proposition de me coller un avertissement. Rien à foutre ! Qu'ils se le mettent où je pense leur avertissement !

Le second recommandé vient d'un notaire. Du notaire de ma sœur. Ce monsieur m'annonce que j'hérite, avec mon père, de près de deux millions de francs. Moins les dettes. Moins les droits de succèssion. Reste « à vous revenir » deux cent mille et des miettes[16]. Surpris, peiné, je range le papier que le notaire me demande de signer dans une poche de ma surchemise et je file à la TG.

Salut au concierge en passant, visite à la pointeuse et je grimpe au troisième étage où se trouve l'un des deux bureaux que je partage avec Rapin (l'autre est au DI). Rapin est déjà là, monté sur des ressorts. À ses côtés, un jeune.

— Salut, Philippe. Ça boume ? Comment s'est passée la semaine ?

Le Zébulon du dépannage est à cran.

— Mal ! On n'a pas arrêté d'avoir des pannes un peu partout. Tout seul, je ne m'en sortais pas. Alors, j'ai demandé et obtenu de l'aide. Voilà Régis Szepalski… Il cherchait du boulot. On l'a embauché temporairement. Heureusement, il connaît plutôt bien les bécanes.

Le nouveau a l'air renfermé. Il répond à peine à mon salut. Il y a comme un malaise. Le bureau n'est prévu que pour deux. Forcément, il y en a un qui va rester debout. Ou alors, il va devoir s'installer au DI. Je n'ai pas le temps de m'appesantir sur la question. Le téléphone sonne. Rapin me file le combiné.

— Monsieur Soyotte ? Bonjour. Vous pouvez passer tout de suite à mon bureau ?

Le chef du département informatique. *Quid* ?

Je dois filer en bus jusqu'au DI.

---

16. 30 500 euros environ

— Les vacances furent-elles bonnes, Monsieur Soyotte ? Vous avez fait la connaissance de Monsieur Szepalski ? Pendant vos congés, on a eu de gros pépins. J'ai dû vous remplacer. Le nouveau connaît les ordinateurs, a une formation à la hauteur de nos besoins. Je le maintiens à votre place. Par contre, j'ai absolument besoin de vous ailleurs.

Une mitraillette. Je l'avais, au premier abord, trouvé sympa ce directeur-là avec ses frisettes rousses plutôt marrantes. Finalement, il est comme les autres. Pourvu que ses problèmes soient réglés, le reste…

— Je vais vous affecter à l'exploitation, à l'atelier de saisie très exactement. Nous assurons la paye de milliers de fonctionnaires de l'État. Il y a un gros retard dans la prise en compte de nouvelles données. Bastian m'a dit que vous étiez excellent à la saisie. Venez ! Je vous accompagne dans votre nouveau service.

Entre mon entrée dans le hall d'accueil du département informatique et mon installation à l'atelier de saisie, vingt minutes. Un record ! J'ai l'impression une fois de plus d'être un objet qu'on trimballe ici ou là, selon les besoins des uns ou des autres. Sans me demander mon avis. Et quand on me le demande, de toute façon on se fout de ma réponse.

Salut au chef d'exploitation responsable de l'atelier de saisie, un cadre A. Plus jeune que moi. Salut aux collègues, quatre femmes. Toutes à peu près de l'âge de ma mère. On m'abandonne avec ces femmes. Pas le temps de discuter. Aussitôt, l'une d'elles, sur ordre d'une autre, m'attribue une chaise, un ordinateur et une pile de paperasses.

— Je vais te filer un petit service gestionnaire pour commencer.

Ma nouvelle collègue réalise que je n'ai aucune connaissance de ce qu'est le service dans lequel je débarque et du boulot qu'on y fait. Elle m'explique en vitesse. J'essaie de piger.

L'atelier de saisie qu'on appelle ici « dactylocodage » ne fait que de la saisie pour le compte de deux autres services du DI, la liaison-rémunérations et la liaison-recouvrement. Ces deux derniers services sont les correspondants de services gestionnaires situés dans d'autres administrations que les Finances et qui gèrent des dossiers de paie ou des questions touchant au recouvrement des impôts.

Je finis par comprendre que le dactylocodage est par tradition réservé aux femmes. Pour quelle raisoni ? Michèle prétend qu'aucun mec ne veut effectuer un boulot aussi débile, usant et peu valorisant. Elle est d'ailleurs étonnée que je vienne.

— Si ça peut te rassurer, on ne m'a pas demandé mon avis.

Je regrette immédiatement ma phrase qui pourrait être mal interprétée. Toutefois, Michelle ne semble pas prendre mal les choses.

— Je vais te dire, c'est parfois pénible et il faut être là en cas de coup de bourre. Mais toutes les deux heures, tu fais un break. Tu verras, on a un coin-repos super. De plus, on a des horaires très sympas. On se marre bien et aucun chef ne vient nous emmerder. Ils ont besoin de nous et ils savent que personne ne veut venir dans ce service. Alors, ils nous foutent une paix royale.

Elle poursuit mon information. L'atelier de saisie est un service appelé à disparaître avec la généralisation de la dématérialisation. Mais pour le moment, il existe encore pas mal de documents papier à saisir pour les services de l'État et de certains établissements publics.

Enfin, j'apprends que mon affectation au dactylocodage est due à l'absence de deux personnes, l'une de longue durée pour maladie grave, l'autre de moindre durée pour jambe cassée à la cantine du DI. Une feuille de salade tombée d'un plateau, une chute… L'État étant son propre assureur assume les frais.

Et me voici face à une pile de fiches que les collègues appellent « cartes » en souvenir du temps où des cartes perforées étaient utilisées. D'ailleurs, les filles sont toujours appelées des perforatrices, plus simplement des perfos. Il s'agit pour le moment de saisir pour la liaison-rémunérations. Commence le déchiffrage puis la saisie d'éléments de l'application « paie ». Code type carte : 01, 02, 03… jusqu'à 20, chaque type correspondant à des éléments du dossier de paie du fonctionnaire du genre indice, titulaire ou vacataire, échelon, adresse, caisses de sécu, mutuelle, moyen de paiement du salaire, indemnités. Codes ministère et administration. Code INSEE et lettre clé.

Finalement, les codes changent mais le processus est toujours le même. La saisie est vraiment un travail débile qui n'exige que de la concentration. Je comprends très vite pourquoi la législation impose un arrêt obligatoire toutes les deux heures. Jamais mis en place dans mes précédents emplois, soit dit en passant ! Je mesure aussi la différence de vitesse de travail entre mes collègues qui tapent à une vitesse effarante sans regarder leur écran et moi. Ça te ficherait des complexes.

— T'inquiète ! lance Agnès, une des collègues ; après quelques heures de vol, ça ira. C'est un coup à prendre.

Quant au mépris des collègues masculins pour ce boulot, je ne le comprends pas. Ce que font ces femmes est extraordinaire compte tenu du très faible pourcentage d'erreurs. À moins que ces messieurs ne se sentent pas capables d'être à la hauteur…

Là où il y a mépris, il y a bien souvent une peur…

# 40

Dimanche 3 juin. Le temps passe. C'est dingue ! Il est près de midi. Je viens de me lever, la tête plutôt dans le sac. Hier soir ou plutôt cette nuit, je suis rentré à point d'heure de chez Michelle, la collègue du service dactylo.

Elle m'avait invité, comme plusieurs collègues du DI et même des services traditionnels de la TG, ainsi que leurs conjoints et leurs gosses, dans sa jolie maison, à la campagne. Belle baraque, vaste terrain à moitié occupé par un potager et des arbres fruitiers, l'autre moitié étant réservée aux loisirs. Et pour les loisirs, Michelle et son mari Marc, commercial dans une grosse boîte de mobilier de bureaux, se sont bien équipés. Rien ne manque : piscine avec toit ouvrant, terrain de tennis, piste de pétanque, paniers de basket... Presque une résidence de club de vacances.

On s'est amusés comme des gosses. Sans parler de la bouffe, excellente, et des boissons bien choisies et servies à profusion. De plus, tous les collègues invités étaient sympas. Enfin, j'ai eu un bon contact avec Katia, la fille de Michelle, une jeune de vingt-six ans, pas fière malgré ses diplômes ; elle est avocate-stagiaire. On a promis de reprendre contact. Bref, une journée super !

C'est fou comme une telle journée peut vider l'esprit de toutes les conneries du boulot et des autres sources d'emmerdes. Ça m'a rappelé le temps de ma jeunesse où, chez mes parents, il y avait toujours des tas de copains avec qui je m'amusais. On ne s'amuse plus assez. Du moins, je ne m'amuse plus.

Le seul petit hic a tourné autour de la connerie télévisuelle du *Loft*[17]. La plupart des collègues et de leurs gosses étaient des fans d'une fille appelée Loana. Il y a eu plus d'une heure de discussion, enfin, de bêlements débiles à propos des seins, des lèvres, du cul de la fille, de ses chances de gagner, du scénario… Chiant !

On était quatre à ne pas s'intéresser à *Loft Story*. Quatre à n'avoir rien à cirer des démêlés de Loana, Julie, Steevy ou Kenza : Katia, Michelle, Marc et moi. À un moment, la discussion a failli tourner à la foire d'empoigne.

Finalement, Marc a trouvé la solution pour mettre fin à un échange stérile et arrêter un conflit naissant entre sa fille et une toute jeune ayatollah du *Loft* : il a lancé un concours de pétanque. Katia et moi avons fait équipe. Entre deux lancers, on en a profité pour échanger sur l'émission. Ce qui nous a confirmé qu'on était bien sur la même longueur d'onde : chacun fait ce qu'il veut, regarde ou montre ce qu'il veut, même ses fesses, même ses orgasmes. Mais, tout de même, on vit dans une société décadente.

En moins d'un mois, ma situation a bien changé. J'ai trouvé un appart sympa dans un quartier correct, avec une ligne directe de bus pour la gare. Tout est

---

17. *Loft Story* : émission de téléréalité diffusée à partir d'avril 2001

neuf, la cuisine est équipée, il y a des placards partout. Les pièces ne sont pas très grandes mais, seul dans cinq pièces, j'ai de quoi me retourner.

Le *Father* est venu avec Marguerite. Plusieurs fois. Pour visiter l'appart dont l'aménagement démarrait. Des fois que j'aurais été nul pour le choisir. Puis chez le constructeur et le notaire pour négocier et payer. Là, je n'ai pas regretté le déplacement du *Father*, vu que, prévoyant de payer cash, il a posé ses conditions : appartement complètement terminé et livré dans les trois semaines, choix de la couleur des peintures et papiers peints dans les pièces non terminées, balcon carrelé, électroménager de chez *Miele*, moyennant un petit supplément.

Bien que le logement ait finalement été mis à mon nom, j'ai laissé faire. Je me fous des marques. La couleur des boiseries ou des papiers, ça se change. Le balcon, je ne passerai pas ma vie dessus. Mais, j'ai trouvé marrant de voir comment des professionnels réagissaient face à un client qui a des ronds. Des carpettes pour ainsi dire. Lamentable ! Quoique ! Il faut se mettre à leur place.

Ensuite, le *Father* m'a tanné jusqu'à ce que je lui précise quand et comment je comptais déménager. Je lui ai dit que je pensais faire appel aux collègues du boulot. Mais il a décidé que mes collègues n'avaient pas à être au courant pour mon logement merdique et mes meubles rarissimes et ridicules.

— Imagines-tu ce qu'on va dire de moi dans le milieu ?

Je n'ai rien imaginé de tel. J'ai laissé le *Father* s'empêtrer tout seul dans ses idées et ses peurs.

Résultat, il est venu le dernier week-end de mai avec Marguerite. J'ai loué une camionnette et on a déménagé tous les trois.

Ensuite, Marguerite a fait du ménage dans mon appart tout neuf. Les traces de doigt, les restes de colle, les marques sur les moquettes, tout ce qui la dérangeait, a disparu sous les coups de chiffon, de grattoir ou d'aspirateur. Plutôt que de me battre contre les manies ménagères de la belle-doche, une fois de plus, j'ai laissé faire. Ça lui faisait plaisir de se rendre utile et de voir disparaître des traces qui l'indisposaient. Et moi, je suis pratique : c'était ça de moins que j'aurais à nettoyer.

Bien évidemment, les deux ont trouvé que mon mobilier était ridicule dans le cinq-pièces. Misérable, même. J'étais de leur avis mais je m'y serais fait. Le *Father* et sa moitié ont décidé de rester une nuit de plus dans un hôtel qui était près de chez moi. Le lundi 28 mai, ils m'ont traîné chez *Fly*. Ou plus exactement, j'ai réussi à les convaincre d'aller là où je pensais trouver des meubles modernes plutôt sympas. Vu que les meubles de style…

Comme de bien entendu, si le *Father* a condescendu, le mot n'est pas trop fort, à mettre les pieds chez *Fly*, il m'a fait comprendre qu'il tenait à ce que je choisisse des meubles de belle qualité. Là, j'étais d'accord, surtout que ça me démangeait encore de le faire casquer un max.

Je suis sorti avec une chambre à coucher, un bureau, une salle à manger et un salon, plutôt chouettes, livrables le mercredi. Le *Father*, lui, est sorti avec une belle facture.

Là-dessus, Marguerite a estimé qu'il fallait penser à renouveler mon stock de draps, couvertures, serviettes, torchons, plutôt minables dans tous les sens du mot. On est partis chez *Descamps* en centre-ville. C'est plus fort qu'eux ! En dehors des marques, point de salut ! Je me suis retrouvé avec un tas de choses fort jolies certes, mais trop chères à mon goût, livrables aussi le mercredi. Mais de quoi peut-on se plaindre quand on ne paie pas ?

Enfin, et j'insiste sur le enfin, parce qu'ils en avaient plus qu'assez, les deux olibrius ont décidé qu'il me fallait une vaisselle plus fournie et moins ordinaire que l'actuelle pour les fois où ils me rendraient visite.

— Et puis, je ne tiens pas à ce que tes collègues fassent circuler je ne sais quels bruits sur mon fils !

En avant vers le Printemps où j'ai pu choisir une vaisselle, des verres et des couverts modernes, surtout pas ringards ; sans oublier les petits équipements que Marguerite a ajoutés.

Une fois de plus, le *Father* a fait un chèque pas triste et exigé, vu qu'il était le payeur, que le tout soit livré le surlendemain également. J'ai remercié mes généreux donateurs, surtout, le *Father*. Je les ai même invités au restau.

— Tiens, tu deviens vivable, fut le commentaire du *Father*.

Pour un peu, je l'aurais planté là, prêt à renoncer à tout. Mais ma petite voix intérieure m'a recommandé d'être pratique, de fermer ma gueule. Ne vais-je pas disposer à présent d'un appartement correct ? Qui devrait plaire à Katia…

Et puis, tout ce fric, c'est normal que je le pique au *Father* qui n'a pas à profiter des largesses de ma mère qu'il a bafouée, méprisée, trahie. Ni de la partie de l'héritage de ma sœur qui devrait lui revenir, compte tenu des beignes qu'il lui a filées dans le temps.

Les comptes des autres sont les comptes des autres. Mais, tout de même…

# 41

Ce lundi de Pentecôte, il pleut de nouveau. Pénible la météo cette année ! D'habitude, le temps n'a aucune influence sur mon humeur. Mais là, c'est trop.

Mes meubles comme le reste des achats ont été livrés le mercredi. Il a fallu que je prenne congé, ce qui a contrarié Gaby, la monitrice des perfos. Je venais à peine d'arriver, je ne connais sais quasiment rien au boulot mais ma présence était indispensable ! J'allais répondre lorsque j'ai croisé le regard de Michelle. Visiblement, j'avais intérêt à la fermer.

Plus tard, Michelle m'a expliqué. Gaby se prend de temps en temps pour un *big* chef. Probablement les jours où les choses ne se passent pas au mieux entre son mari et elle. Ces jours-là, il faut la laisser criser. Après, ça va mieux, elle redevient vivable. J'essaierai de m'adapter. En attendant, Gaby a signé ma fiche de congé et j'ai pu réceptionner mes affaires en toute régularité.

C'est chouette chez moi, maintenant. Autre chose que mes meubles minables de la zone. On a beau dire, même quand on prétend se foutre de tout, on est sensible au décor.

En plus, Marguerite a veillé à ce que j'aie un lave-linge faisant sèche-linge. Je n'aurai plus besoin de laisser mes affaires sécher sur un fil pendant des jours. Il paraît même que le repassage sera moins dur.

Le *Father* a aussi insisté pour un lave-vaisselle. Je lui ai dit que pour moi tout seul, c'était inutile, que ça irait plus vite avec les gants *Mapa*. Mais, il a estimé qu'il valait mieux tout prévoir tout de suite.

Après tout, pourquoi pas ? Quand je serai seul, il suffira d'oublier l'engin et de faire ma vaisselle dans l'évier comme avant. Par contre, si j'ai du monde, je serai sûrement content de pouvoir compter sur le *Miele*. D'ailleurs, je l'ai mis au boulot. Je ne me voyais pas laver toute la vaisselle neuve ni les couverts. Par contre, vieux réflexe hérité de ma mère, j'ai lavé tous les verres à la main. Peut-être que dans cinq ans je me foutrai de l'état de mes verres mais présentement, je ne veux pas d'usure prématurée.

Depuis hier, je suis le tournoi de Roland Garros à la télé. Pas mal le Kuerten. Encore qu'il lui a fallu cinq sets pour s'en sortir. Quant au cœur qu'il a dessiné sur la terre battue, il a plu au public. Grosjean m'a aussi surpris en bien. Tout comme Agassi qui me fait marrer avec ses petits pas précipités ; on dirait un personnage de BD. Par contre, je ne m'explique pas pourquoi, aussi brillante qu'elle soit, Hingis ne me plaît pas. Elle a parfois des regards méprisants, des sourires forcés… Enfin, je les perçois comme ça…

Seize heures. Allongé sur mon canapé en alcantara bleu, je me sens bien. Tout bien considéré, c'est cool la vie quand on a le nécessaire, pas de dettes… et pas de corvées professionnelles comme mes parents.

Ma mère et mon père ont toujours eu l'habitude de ramener du boulot à la maison. Des piles de dossiers qu'il fallait contourner habilement lorsqu'on voulait leur dire bonsoir dans leur bureau respectif. Un jour, je devais avoir dix ou onze ans, j'ai fait tomber un gros dossier qui était ouvert et qui s'est répandu aux pieds du *Father*. Grave ! Le monstre a hurlé. Je lui ai juste répondu :

— C'est pas d'ma faute, c'était trop près du bord.

Il m'a filé une claque qui m'a fait voler sur le mur du fond, en criant :

— Comme d'habitude ! Quand cesseras-tu de dire que ce n'est pas de ta faute, espèce d'irresponsable ?

Ma mère et ma sœur se sont interposées. Ce qui a accentué la rage du *Father*.

— Comme d'habitude, vous vous liguez tous contre moi ! Puisque c'est ça, je fous le camp !

Il a pris quelques affaires et sans même ramasser le dossier, il s'est barré. On ne l'a revu que le lendemain. Comme si de rien n'était. Sans dire où il était allé. Ayant apparemment oublié l'incident, les cris, la baffe. Presque charmant. Mais nous, surtout ma sœur et moi, on n'avait rien oublié. Et, dans nos petites têtes, s'empilaient les souvenirs des mots et des coups.

Ma mère, elle, une fois de plus, a tout fait pour aplanir les choses. Par crainte de nouveaux hurlements ou pour je ne sais quelle vraie raison. Pour lui faire plaisir, Florence et moi avons fait semblant d'oublier. Semblant, seulement. Parce qu'entre nous, on en parlait souvent et on se jurait de présenter un jour l'addition au *Father*.

Le téléphone me sort de la sieste dans laquelle je commençais à m'installer.

— Allo, oui ? … Non, je ne vois pas. … Ah si ! Christian Barbet, le mec de l'avion.

— Comment vas-tu ?

Il va. Plus ou moins bien. Il m'appelle juste pour me donner des nouvelles et me remercier de l'avoir écouté dans l'avion. Sympa ! Il propose qu'un de ces soirs, on aille bouffer ensemble.

— OK, pour demain soir.

À peine repositionné sur le canapé dans la perspective d'une nouvelle sieste, retéléphone ! Quelle invention !

— Oui !

Aussitôt, je regrette le oui grognon. Katia ! Ça va, elle se marre ! On papote cinq minutes, plaisantant sur la journée du 2, les passionnés de *Loft* et la pétanque où on a perdu lamentablement.

Elle propose :

— Ça te dirait un ciné ?

Voilà une affaire qui marche. On se donne rendez-vous pour le mercredi soir. Objectif : *Pearl Harbor*, bien reconstitué, paraît-il.

Petit Paul, attention, cette fois ! Pas de précipitation, pas de rêves stériles. Tu laisses venir. Ça marche, c'est bien. Ça foire, tant pis ! Ne pas oublier la claque avec Peggy la salope. Au début, tout est rose. Et quand tu t'y attends le moins, paf ! tu prends des coups sur la gueule.

Bien sûr, elle n'y peut rien la jolie Katia… C'est vrai qu'elle est jolie ! De beaux cheveux blonds et propres, des yeux sombres entre marrons et verts. De l'allure. Des rondeurs juste où il faut. Un sourire charmeur. Une voix bien posée. De la discussion, sans se prendre pour un génie ni penser qu'elle a toujours raison… Bien ! Rien d'autre à dire.

Mais, soyons prudent. Après tout, je ne sais rien d'elle, de ses idées, de ses goûts, de ses projets. Il y a parfois tant de distance entre la première impression et la suite. Tu crois avoir rencontré un ange et tu te retrouves avec un démon. Tu crois avoir trouvé la perle rare et tu finis par constater que tu as en face de toi l'être le plus ordinaire qui soit.

Par exemple, au début, elle se pomponne, se lave les cheveux X fois par semaine, se maquille, même si tu n'en demandes pas tant. Tu ne demandes d'ailleurs rien. Puis, au fil du temps, le lavage de cheveux s'estompe, le maquillage se fait la malle. Officiellement, par manque de temps. Tu gobes tout puisque tu l'aimes. Jusqu'au jour où tu comprends. Pourquoi continuerait-elle à se fatiguer quand elle est sûre de te tenir ? Et, un jour, pourquoi en ferait-elle des tonnes pour un mec qu'elle aime moins puis, qu'elle n'aime plus ?

Que les sentiments diminuent ou disparaissent, je peux comprendre. Enfin, je crois. J'ai vu trop d'adultes vivre ça, Et je l'ai expérimenté. Par contre, quand on vit avec quelqu'un, je trouve normal de faire des efforts pour ne pas donner en permanence dans le laisser-aller. L'autre mérite un minimum de respect, d'attentions.

Sans compter qu'accepter de donner durablement une image déplorable de soi traduit un manque de respect à l'égard de soi-même. Enfin, il me semble.

# 42

Lundi 2 juillet. Fin d'une journée pas trop épuisante. Au moment de quitter le bureau, j'ai reçu un appel du *Father*. Il est prêt à péter les plombs.

D'abord, à cause d'un notaire qui attend une réponse de ma part. Bon, je vais voir de quoi il s'agit. Je ne me souviens pas d'une lettre qui traîne.

Ensuite, les trente-cinq heures. Le *Father* sort d'une réunion avec son personnel ; il sait déjà qu'il va devoir jongler pour affronter tout le boulot vu qu'il n'y aura pas de d'embauches pour compenser la mesure. L'État montre l'exemple !

Enfin, des orages ont encore inondé sa cave alors qu'il commençait à voir plus clair dans ses caisses et ses bouteilles de vin. Et voilà ! Il faut recommencer le nettoyage. Il paraît que le maire de la commune propriétaire du petit château où crèche le paternel en a ras la casquette des intempéries qui fâchent ses administrés. En plus, ça la fout mal un receveur des Finances, donc une grosse légume pour une ville moyenne, qui vit les pieds dans l'eau. Sans parler des paperasses que le maire doit remplir ou signer pour les assurances.

Marguerite commence aussi à saturer. Alors, pour se remonter le moral et changer les idées du *Father* qui donne dans la déprime, elle finance un voyage au Maroc. Circuit des villes impériales, séjour dans un hôtel super-luxe, bref ! deux semaines pour penser à autre chose qu'à la nappe phréatique qui a pris goût aux jouets du *Father*. Les deux tourtereaux vont partir dans huit jours. Grand bien leur fasse !

Comme le *Father*, j'ai eu droit à ma séance « trente-cinq heures ». Ce matin, en effet, on a eu une réunion avec le directeur du département informatique. « On », c'est-à-dire tous les agents du DI. Sujet : application des trente-cinq heures dans le Trésor public et plus particulièrement dans les services informatiques. Plusieurs options sont prévues.

Selon que tu choisis trente-cinq heures ou trente-huit heures trente de boulot par semaine, tu passes de trente-deux jours de congés à quarante-neuf. MAIS ! Il est de taille le mais. Si tu écoutes bien et si tu saisis bien le discours, tu te rends compte que tu n'as pas le choix. La direction locale a décidé d'imposer le même régime à tous les cadres B et C qui ont les mêmes contingences. Pas de cas particuliers. Pas de mesures de souplesse. Ainsi, pour les perfos dont je fais partie, ce sera trente-sept heures par semaine et trente-sept jours de congé, si j'ai bien compris.

Inutile de dire que ça a gueulé. Les temps partiels, les horaires variables, les besoins des mères de famille avec jeunes enfants, les impératifs particuliers de certains services informatiques, les droits acquis, les mauvaises habitudes, les bonnes questions, la mauvaise foi…, tout y est passé. À la fin de la réunion, le directeur était au bord de l'apoplexie et les syndicalistes prêts à mettre le feu.

Quant aux cadre A… J'écoute les discours des inspecteurs. Certes, pas de pointeuse pour eux. Pas d'horaires imposés. Mais obligation d'être présents en cas de problème. Or, en informatique, à tout moment une bombe peut te péter à la gueule. En outre, ils auraient droit à moins de jours de congés. Je me mets à leur place. Déjà, on n'arrête pas de dire que les cadres A de la TG n'en foutent pas lourd, en tout cas, bien moins que dans les postes comptables de base ! Mais, va mesurer ce que font les uns et les autres ! En plus, de mauvaises langues prétendent que les horaires en TG sont plus « légers » qu'ailleurs dans le réseau. Là-aussi, il y aurait beaucoup à dire.

D'accord, il y a des cadres A de TG qui ont pris l'habitude d'une pré-retraite. Mais, c'est de moins en moins vrai. Ensuite, on pourrait parler des cadres A de certaines trésoreries locales qui « oublient » de déclarer des jours de congé. Ou qui profitent d'une réunion à la TG pour prolonger sur des courses. Ou qui prétendent être en mairie pour une rencontre avec le maire alors qu'ils sont… ailleurs.

Avec cette histoire des trente-cinq heures, dixit un des chefs de service du DI, on va créer un fossé encore plus grand entre les agents. On va même tuer le peu de solidarité qui existe entre les cadres A. D'abord, entre la TG et les autres postes dits non centralisateurs, il va y avoir des différences. La TG aura son régime et chaque trésorerie locale mettra en place son propre système horaire. Encore, ça, c'est acceptable, l'essentiel étant que le boulot soit fait.

Mais il va y avoir des perceptions qui vont être dans la merde là où il n'y a que trois ou quatre agents dont le chef de poste. Les agents cadres B ou C qui ne sont tout de même pas cons vont opter pour le maximum de congés annuels, soit quarante-neuf jours ouvrés autrement dit presque dix semaines. Ils vont donc bénéficier d'un max de congés alors que les cadres A, apparemment libres, vont faire les frais de la réforme ; car, il faudra bien que quelqu'un soit là pour répondre au téléphone ou terminer un dossier.

En plus, entre les cadres A des postes non centralisateurs et ceux de la TG, outre les différences d'indemnité au bénéfice des premiers, il va y avoir une différence dans les droits à congés. Or, si le syndicat des comptables est tout prêt à défendre les chefs de postes, si les autres syndicats sont prompts à se battre pour les cadres B et C qui sont les plus nombreux, qui va monter au créneau pour les cadres A des TG ?

J'ai écouté les propos de l'un et l'autre des chefs de service. Je comprends un peu leur malaise. Mais, à chacun sa merde ! Il faut qu'ils se remuent.

Pour les perfos dont je fais partie, on devrait être gagnants sur toute la ligne : primes, congés, droits acquis… Mais, laissons venir, on verra bien.

De retour dans mon immeuble, quel plaisir de trouver de jolis espaces verts, une entrée impeccable, une boîte aux lettres en bon état ! Comment ai-je pu tenir des mois dans ma zone ?

Une lettre du notaire de ma sœur me ramène à d'autres préoccupations. Voilà l'histoire dont m'a parlé le *Father*. Il est vrai que j'ai oublié de répondre au premier courrier du maître. Je ne sais même plus où je l'ai mis. Le notaire tient vraiment à savoir si j'accepte le partage tel qu'il le propose. À défaut, il parle de consignation, de litige…

Qu'est-ce que j'en ai à cirer ? L'autre héritier, c'est le *Father*. Voilà un moyen de lui casser les pieds à celui-là, d'autant plus que je trouve scandaleux qu'il hérite de Flo à qui il en a fait baver presque autant qu'à moi. Mais à quoi bon déclencher une guerre pour des sous ! Qu'il le touche son pognon, qu'il les amasse les ronds si ça lui fait plaisir ! Je vais répondre au notaire.

Mais, tout de même, je trouve ça immoral les héritages. Tu récupères ce qui ne t'a demandé aucun mal ; ce sont d'autres qui se sont crevés et parfois privés pour ça. Il arrive même que tu hérites de parfaits inconnus vu le peu de rapports que tu avais avec certains membres de ta famille. Pire, tu peux avoir fait chier quelqu'un pendant toute sa vie et toucher quand même le pactole lorsqu'il clamse.

Pas joli-joli, tout ça !

# 43

Mardi 24 juillet. Je suis rentré tôt. Depuis quinze heures, il n'y avait plus rien à saisir. Je me fais au boulot, au rythme irrégulier des arrivages de données, aux horaires parfois démentiels suivis de journées cool. Sans atteindre la vitesse de mes collègues féminines, je ne m'en sors pas mal. En plus, on m'a déjà félicité pour le peu d'erreurs que je fais. Tout de même, c'est agréable de voir son travail apprécié !

Le temps est lourd ; on aura sûrement de l'orage. C'est sans doute pour cette raison que les collègues sensibles à la météo étaient énervées. Il est vrai aussi que le chef d'exploitation est venu râler pour je ne sais quel motif. La monitrice des perfos s'est accrochée avec lui ; Michelle s'en est mêlée. Comme d'hab, je suis resté dans mon coin. Pas concerné.

Une carte du *Father* et de Marguerite est arrivée du Maroc. Un chameau sur fond de désert. Bof ! On s'attendrait à autre chose de touristes visitant les villes impériales. Mais, bon ! Ils devraient rentrer aujourd'hui, normalement.

Un courrier du notaire avec un chèque. Pas mal ! Jamais je n'ai vu un chèque aussi gros libellé à mon nom. C'est tout de même triste qu'il faille en passer par la mort de ma frangine pour ça ! Mais je pense que, là où elle est, elle doit être contente de voir que ça me fait plaisir.

J'enverrai le joli papier à la banque. Non. Je vais demander rendez-vous au chef d'agence. Pour voir la tête qu'il va faire lui qui, il y a encore quelques mois, exigeait que je rende ma carte bleue et mon carnet de chèques. Une fois de plus, je verrai certainement un sourire là où j'avais droit à une grimace avant. Et encore, je n'avais même pas droit à un rendez-vous. Juste à un courrier recommandé.

Je vais donc m'offrir le petit plaisir mesquin du mec qui a trois sous, comme le *Father* lors de l'achat de mon appart. Non pas pour faire comme lui, non pas pour paraître ce que je ne suis pas. Je vais le faire pour me venger tout bêtement des humiliations que cet empaffé de directeur d'agence m'a fait subir. Et, quand j'en aurai assez de ses simagrées, je lui annoncerai que j'ouvre un compte ailleurs. Je suis sûr que ça me fera oublier bien des misères qui me restent sur l'estomac.

Ce soir, relâche. Je suis beaucoup sorti ces derniers temps. Avec Christian Barbet, d'abord. Deux fois, depuis la Pentecôte. La première fois, j'ai apprécié. D'autant plus qu'il m'a invité pour me remercier. J'ai eu beau insister pour payer ma part, il n'a rien voulu entendre. Il avait pas mal maigri. Il paraissait plus dur, vieilli même. Il prétend que sa femme lui en fait voir des vertes et des pas mûres et l'empêche de rencontrer ses gosses sous toutes sortes de prétextes.

La seconde fois, j'ai moins aimé. En fait, j'ai fini par comprendre que le mec poursuivait un objectif : obtenir mon accord pour une attestation de témoin dans son affaire de divorce. Il voulait que je raconte des horreurs sur sa femme : elle aurait cherché à me draguer, elle sortirait tout le temps, laissant les enfants seuls… J'en passe. L'entretien a vite pris fin.

D'abord, je n'ai pas pour habitude de me mêler des affaires des autres. Ensuite, j'ai trouvé que le procédé était moche ; on peut se séparer sans se faire des saloperies. Enfin, je n'aime pas les mensonges ; il y a déjà tellement de choses naturellement laides sans en rajouter. Donc, fin de la relation avec Barbet.

Je suis aussi souvent sorti avec Katia. Au cinéma, au restau, en forêt. On s'est aussi retrouvés dans mon appart le 14 juillet. Mais, sages. Peu à peu, derrière les sourires, les rires, la jolie frimousse, j'ai senti venir un personnage qui ne me plaisait pas trop.

Une fille plutôt autoritaire, souhaitant un mec toujours prêt à bêler d'admiration devant son minois, son intelligence et le reste. Pas mon genre. Alors, j'ai dit à Katia que nous pouvions être copains mais pas plus. Et j'ai rangé mes rêves et mes désirs au rayon des accessoires. Dommage, mais c'est mieux que de prendre une mauvaise route !

La monitrice des perfos m'a fait savoir qu'il était souhaitable que je prenne au moins deux semaines de congé avant le 15 août. Sur le coup, j'ai failli râler. Puis, je me suis dit qu'étant le dernier et n'ayant pas de charges de famille, il fallait faire un effort. Seulement voilà ! Je ne sais pas quoi faire. Des vacances seul, non merci. Aller chez le *Father*, ras-la-casquette ! Des copains, j'en ai bien ici ou là mais ils sont casés avec femme et enfants…

Le cousin… Si j'appelais Sébastien…

Un raz-de-marée au bout de la ligne :

— Tiens, un revenant ! … Excuse-moi, après ta mère, ta sœur. Je comprends que tu aies eu envie de faire le point … Comment vas-tu ? … Des vacances ? Oui, on part le 28 prochain en Bretagne avec ma sœur, son copain et ma copine. On a loué pour deux semaines, une vers Guingamp, l'autre près de la mer. De grands logements, comme d'habitude. Et si tu venais avec nous ? Ça nous rappellerait le bon vieux temps, quand on partait tous les trois, enfin, quatre parfois avec ta sœur. Y-aura les autres, mais on fera avec ! … Amène donc ta copine si tu en as une. … Amène-la, même si ce n'est pas ta copine ! Je te rappelle pour mettre au point la suite. Salut !

Je n'ai quasiment pas placé un mot. En moins de cinq minutes, mes vacances étaient organisées. Reste à savoir si Katia, qui m'avait parlé de son absence de projet, sera intéressée pour venir en Bretagne. Reste également à régler la question de la voiture. Car le cousin part de Lyon, la cousine viendra de Bordeaux. Katia n'a pas de voiture perso et emprunte de temps en temps celle de sa mère. Solution… Je vais acheter une bagnole. Avec l'argent de Florence, je vais m'offrir la 307 qui me plaisait. Non. Soyons raisonnable, une 206 fera aussi bien l'affaire.

Avant de me faire à manger, je vais appeler Katia.

— Allo, miss ? Comment vas-tu ? … As-tu trouvé une idée pour tes vacances ? … Non ? Et si je te proposais quinze jours en Bretagne ? … Départ ce vendredi en fin d'après-midi … Tu vois avec tes confrères … Non, on ne sera pas seuls. Il y aura mon cousin Sébastien, sa copine dont j'ignore le nom vu qu'il change tous les quatre matins, ma cousine Christine et son copain Guillaume. Ils ont loué quelque chose de grand. On partagerait les frais. … Demain, je vais chez *Peugeot* pour acheter une voiture … Pourquoi, un problème ? … Possible qu'il n'y en ait pas de disponible mais je ne suis pas exigeant sur la teinte. Tu sais, une fois qu'elle a six chevaux et la clim. Réfléchis et rappelle-moi. Bisou.

Tout en préparant la bouffe, je laisse filer mes méninges. Je suis certain que Katia viendra. Une intuition. Sûr que le cousin va la draguer. C'est plus fort que lui. À moins que sa nouvelle copine ne fasse barrage. Ou qu'il soit mordu, cette fois. Mais je ne le sens pas. Quant à Katia, ça l'occupera.

Ce sera sympa de se retrouver avec Christine et Séb. On a fait pas mal de conneries ensemble quand on était plus jeunes. On s'est un peu perdus de vue depuis quelques années. Le boulot, la mort de ma mère, le peu d'entente entre le *Father* et son beauf, le frère de ma mère. Le père de mes cousins, mon oncle, a toujours dit que mon père était trop dur avec ma mère et avec nous. Plus d'une fois, il a essayé de convaincre sa sœur de se casser. Mais elle tenait tellement à son bourreau…

Je me suis fait une superbe omelette aux herbes, baveuse, juste comme il faut. Une salade verte. Un bout de fromage. Deux tranches d'un excellent pain de seigle. Une part de tarte de la pâtisserie voisine.

Que vouloir de plus en cet instant ? Et si c'était ça le bonheur…

# 44

Lundi 30 juillet. Je suis seul pour une heure ou deux. Sébastien, Christine, Guillaume et Katia sont partis faire une balade à pied. Estelle, la copine de Sébastien doit être en train de bouder dans leur chambre. Quant à moi, j'ai de nouveau une migraine carabinée suite à une contrariété. Comme il y a un soleil de plomb, ce n'est pas le moment d'aller faire le zouave dehors.

Comme prévu, j'ai eu ma voiture, une 206. D'un chouette bleu. J'adore cette couleur. Katia a fini par accepter de m'accompagner. Sauf qu'il a fallu attendre le samedi après-midi pour partir. En effet, après avoir tardé à se décider pour la Bretagne, la miss a dû terminer en catastrophe trois dossiers. Elle ne voulait pas laisser ses confrères dans le binz pendant son absence, ce que je comprends.

On a dormi dans un *Ibis* au centre de Chartres. Accueil sympa. On a pris une chambre pour deux afin de faire des économies. Mais on a dormi comme frère et sœur. D'ailleurs, on était tellement crevés que libido et libida auraient été aux abonnés absents.

Entre-temps, dès le samedi soir, mes cousins étaient arrivés à la ferme. Je dis « la ferme » parce que la maison louée par Christine et Sébastien est une ancienne longère rénovée située dans une ferme qui n'est plus en exploitation. Il y a de la place : une pièce énorme en bas et trois chambres en haut. De quoi loger sept-huit personnes sans problème. Pour le confort, ça va.

Une cour de ferme d'au moins cinq cents mètres carrés dessert la longère et d'autres locaux en pierre qui mériteraient d'être réhabilités. Mais le ou la proprio n'en a sans doute pas les moyens ou le désir. Dommage ! C'est joli ces vieilles bâtisses en pierres.

Pas un chat à moins de trois cents mètres. Bref ! C'est le pied pour qui aime la solitude ou des gens qui voudraient profiter à fond de l'isolement pour faire la fête. Ici, tu ne risques pas de déranger le voisin du dessous. Ou du dessus. Ou d'en face.

Le tout se situe dans un trou au nom difficile à prononcer : Lein Beuz. Quant au village, il s'appelle Moustéru ou Mousteruz en breton.

C'est dingue tous ces bleds dont on ignore tout, jusqu'à l'existence même. Ça me fascine ces endroits, ces gens qui sont là et dont on ne sait rien. On passe souvent par la force des choses à côté de bien des rencontres.

Sur place, question magasins, il n'y a quasiment rien. Juste des mini-solutions de dépannage. Il faut donc faire toutes les courses à Guingamp, à huit kilomètres. Ce matin, on est allés à cinq sans l'Estelle fatiguée, au *Carrefour* local.

Pousser un caddy entre des rayons débordant de produits industriels stéréotypés, voilà ce qui change de la vie habituelle ! Et choisir ces produits, c'est ce qui s'appelle opter pour l'authentique breton ! Mais le copain de la cousine veille au grain !

Dimanche, alors que nous arrivions en Bretagne, Katia et moi avons eu une énorme faim vers onze heures. On a décidé de s'arrêter au pif et on a choisi de sortir à Quédillac. Là, on est tombés sur le *Relais de la Rance*. Vieille bâtisse, des fleurs partout. Sympa.

Comme il était trop tôt pour manger, j'ai appelé Sébastien pour le prévenir qu'on faisait une halte casse-croûte. Le cousin a convaincu les autres zèbres de venir nous rejoindre. Le temps d'une courte balade puis qu'on nous installe, Katia et moi, à une table ronde pour six, que nous prenions l'apéro ou plutôt deux apéros, les cousins étaient là.

Tous ont trouvé comme moi le restau très chouette. Enfin, quand je dis « chouette », c'était plus pour la bouffe que le décor. Vu que les décors style Louis quelque chose avec lustres qui pendouillent, ce n'est toujours pas mon truc.

Mais j'ai apprécié les jolies nappes et les serviettes en tissu. Ça change des serviettes en papier des *McDo* et autres *Quick*. Pour en revenir à la bouffe, pardon, le repas… c'est insultant pour une telle cuisine de parler de bouffe. Donc, on a très bien mangé. Et goûté un vin extra. Pour une fois, le *Father* aurait été fier de son rejeton.

J'étais tellement content d'avoir si bien mangé que j'ai décidé d'inviter toute la tribu. Ça m'a fait tout drôle d'être dans le rôle du payeur. Comme le *Father*, habituellement. Sauf que là, je me suis tout de suite rappelé le côté insupportable du monstre. Alors, pour ne pas jouer la star brandissant sa carte bleue de parvenue, je suis allé à la caisse où j'ai demandé à payer en toute discrétion. Je me suis fait plaisir grâce à ce qui me vient de ma sœur. Merci, Flo. Dommage que tu ne sois pas avec nous ! Il est vrai que tu n'appréciais plus les cousins qui te le rendaient bien, d'ailleurs. Trop de décalage en âge, sans doute.

On a fait ou refait connaissance pendant le repas. Tout de suite, j'ai vu que Katia était adoptée par les cousins et Guillaume. Mon instinct m'a aussi redit que quelque chose serait possible entre Séb et elle. Je me suis d'ailleurs arrangé pour mettre le cousin à l'aise en lui confirmant ce que je lui avais dit mardi dernier : « Katia et moi, on est juste copains. »

Par contre, la belle Estelle a tout de suite détesté Katia. Jeune, dix-neuf ans depuis peu, elle a vu en elle une concurrente. Faut dire que Katia, sans être aussi bien roulée que la nouvelle copine de Sébastien, a ce qu'il faut où il faut. Et en plus, elle est intelligente. Je n'en dirais pas autant de l'autre. Une coquille vide ! Je me demande pourquoi le cousin se rabat si souvent sur des pétasses de ce genre. Un mystère !

Toujours est-il qu'on a failli avoir un scandale en plein repas. À un moment donné, Estelle a posé ou plutôt claqué son couteau sur le bord de l'assiette. Tout le monde a sursauté. Même les gens des tables voisines. La honte !

N'ayant pas suivi le scénario, je n'ai compris de quoi il s'agissait qu'après le départ provisoire de Sébastien et de sa copine. La demoiselle commençait à en avoir assez de la discussion interminable entre son mec et sa voisine de droite…, Katia. Marre aussi, étant à la gauche de Sébastien, de n'avoir personne à qui parler. Là, je me suis senti un tantinet responsable, vu que l'autre voisin de table de la pétasse, c'était moi. Or, comme j'ai trouvé très vite que la conversation de la miss Estelle tenait de la marée basse, je me suis centré sur ma cousine et son pote qui étaient à ma gauche. À l'avenir, il faudra que je fasse des efforts pour la paix du groupe.

Les deux tourtereaux sont revenus main dans la main. On a tous fait comme si rien ne s'était passé tout en se disant, du moins pour ma part, que ça recommencerait. Katia n'allait pas se mettre une peau d'âne pour plaire à la miss Estelle. Sébastien n'allait pas perdre ses habitudes de Don Juan. Et sa copine…

Bien évidemment, ça a repris. Ce midi, au repas, nouvelle crise. Katia, qui trouve que le coin est magnifique – et c'est vrai qu'il l'est – a proposé une balade à pied. Tout le monde a approuvé, chacun ayant besoin de s'aérer et ne disposant pas de temps pour le faire le reste de l'année.

Tout le monde sauf… Estelle. Qui aurait voulu « autre chose ». Sans pouvoir dire quoi. Sébastien a tenté patiemment de lui faire exprimer un souhait cohérent. Que dalle ! Alors, le cousin a commencé à monter le ton. La miss s'est mise à hurler comme une forcenée. Christine a tenté de ramener le calme ; elle s'est fait jeter par Estelle. Guillaume a voulu intervenir ; il a été prié de rester en dehors par Sébastien. Katia et moi avons opté pour le silence et la vaisselle. Finalement, le cousin a saisi sa pétasse par le bras et lui a fait grimper à toute vitesse l'escalier avant de la pousser sur leur lit et de l'abandonner.

Les vacances en groupe, c'est bien. Mais sous réserve… Ça peut donner la migraine. La preuve !

# 45

Mardi 31 juillet. Katia et moi nous sommes levés tôt, afin de profiter d'un bon café dans le silence et de zieuter la nature avant l'arrivée du soleil. Deux petits lapins s'enfuient de la cour lorsque j'ouvre la porte. Un brouillard léger est posé sur toute la campagne. Il fait frisquet. Ici, la chaleur de la journée disparaît vers dix-onze heures du soir. C'est bien ainsi puisque les nuits sont agréables. Le calme est inouï. Katia me rejoint dans la cour pendant que le café passe.

La nuit dernière aurait été mouvementée, selon Katia. Il paraît qu'il y aurait eu des explications et des pleurs dans la chambre voisine et même des allées et venues. Je n'ai rien entendu. Après tous les cachets pris la veille pour tuer la migraine, rien d'étonnant.

Hélas, contrairement à ce que nous avions espéré, en rentrant de notre balade, nous tombons sur Guillaume et Christine, d'une humeur moyenne.

— Encore une nuit ou une journée comme ça et je rentre à Bordeaux. Ce ne sont pas des vacances reposantes pour nous !

Je partage l'avis de Guillaume, sans le dire.

— Je vais parler à mon frère. Ou il trouve le moyen de calmer Estelle ou ils partent tous les deux. On ne peut pas se payer le luxe de quinze jours de crise. Nous avons besoin de repos. Et nous n'aurons pas d'autres congés avant longtemps.

Ceci me rappelle vaguement une scène ancienne avec mes parents. Curieux comme la vie se répète !

Ce matin, nous sommes quatre autour de la table, ou plutôt deux par deux sur les bancs de chaque côté de la table, à laisser refroidir le café dans nos tasses.

— Ce n'est pas la peine de dramatiser, sœurette ! Le problème sera réglé aujourd'hui.

Mince, Sébastien ! Il a dû nous entendre…

— Ne me regardez pas comme un martien. Estelle a décidé de partir. Je la dépose à la gare de Guingamp tout à l'heure. J'ai commis une erreur en emmenant cette fille alors que nous avions déjà eu des accrochages à Lyon. Je répare en la réexpédiant tous frais payés chez papa-maman ou ailleurs, comme elle veut. Maintenant, on prend un jus et on fait comme si tout allait bien. D'ailleurs, tout va bien. Ai-je l'air d'aller mal ?

Revoilà le cousin que j'ai toujours connu. Réglant ses problèmes en deux temps trois mouvements. Virant ses copines comme d'autres jettent leurs godasses inutilisables. N'oubliant jamais de payer le billet de retour et, parfois, la valise. Sortant de ses « aventures » sans bobo apparent. Je me demande s'il a un jour été vraiment amoureux.

Nous commençons à petit-déjeuner lorsque la belle Estelle descend en pantalon et tee-shirt blancs de chez je ne sais qui, avec valise et sac Hermès. Jeune et déjà snob ! Mais belle, il faut le dire. Elle le serait sans doute plus encore si elle ne passait pas son temps à en vouloir à l'humanité entière, à son amoureux en particulier.

Aucun regard pour qui que ce soit sauf Sébastien.

— Tu m'emmènes tout de suite ! Je n'ai plus rien à faire ici avec…

On est quatre à laisser notre tartine, notre tasse ou notre cuillère en l'air en voyant Sébastien se lever brusquement de table.

— Stop ! Tu ne recommences pas. Tu files dans la voiture. J'avale mon café et je viens. Profites-en pour décider où tu vas et appeler la SNCF pour demander l'heure de ton train. Tiens, voilà mon mobile puisque le tien serait en panne.

L'air méprisant, Estelle prend le téléphone, la clé de la voiture de Sébastien et sort sans un mot.

— Les p'tits loups, je vous propose de me rejoindre à Guingamp. On pourrait visiter la ville et se faire une crêperie ce midi. Je vous invite, pour fêter… ça.

On est quatre à observer la scène sans oser se regarder ni dire un mot.

— Je file à la gare. J'y resterai jusqu'à ce qu'elle parte sauf si elle devient impossible. Mais, je préférerais voir le train l'emmener. Après, je me sentirai libre. On s'appelle. N'oubliez pas d'emmener un mobile pour me joindre. Tchao !

On est quatre à se regarder cette fois mais gardant toujours le silence. Subjugués par l'avalanche. Capitulant devant le cyclone.

— Je propose qu'on finisse tranquillement le p'tit-déj puis on avisera.

Le conseil de Christine paraît plein de bon sens. Surtout, il va dans un sens qui nous arrange compte tenu de la faim qui nous titille.

Mais « tranquillement » ne veut pas dire *no comment* (sans commentaires).

— Quelle chieuse, cette fille ! Une pimbêche qui se prend pour le centre du monde !

— Une fille impolie, trop gâtée de toute évidence !

— Une jeune qui n'a aucune idée des limites.

— Faut dire que Sébastien a le chic pour choisir des cas. Tu te rappelles Pierrette la coléreuse ?

— Et Muriel la radine ?

— Et Véronique la lunatique ?

— Et Sandrine la collante ?

— Et l'hystérique de Josiane ?

— Il en a eu combien ? finit par demander Katia.

Sans nous concerter, Christine et moi répondons en chœur :

— Un certain nombre !

Éclat de rire généralisé.

Sans y toucher, nous avons donné à Katia des informations. Ainsi, elle sait sur quel olibrius elle risque de tomber si elle décidait de draguer Sébastien ou ce qui pourrait lui arriver si, d'aventure – le mot est tout à fait approprié ici – le cousin se mettait en chasse.

La vaisselle du petit déjeuner est à peine faite que le mobile de Christine sonne.

— Sébastien ! Déjà arrivés ? … Ah ! Et tu fais quoi ? … Bon ! Effectivement, c'est mieux que tu rentres. On avisera ensuite.

Katia, Guillaume et moi échangeons des regards, une vague inquiétude dans l'œil et sur l'estomac.

— La grognasse revient ?

Je n'ai pu m'empêcher de questionner ma cousine.

— Pas de panique ! Alors que Sébastien et Estelle étaient au guichet de la gare de Guingamp, ils sont tombés sur deux copines de lycée d'Estelle qui venaient prendre le train pour Paris. Les trois filles ont décidé de voyager ensemble. De ce fait, Séb est libre plus tôt que prévu et il revient. Ensuite, si on veut se balader, on partira dans une seule voiture.

Sans pousser un ouf, on a tout de même ressenti un grand soulagement. Finis les crises et les cris. Enfin des vacances au calme !

Quand Sébastien revient, il décide que lui et moi, occuperons la chambre à deux lits que j'ai partagée avec Katia. Cette dernière pourra ainsi s'installer dans la chambre voisine que le cousin occupait avec sa copine.

— Plus tard, on verra…

Dans l'œil du cousin prononçant cette phrase, j'ai vu toute la promesse d'une autre… D'une autre quoi au fond ? Une aventure de plus ? Et si cette fois, il tombait sur un bec !

Et si toutes ses aventures s'expliquent par le fait qu'il n'a jamais rencontré la femme qui lui convient ! Et s'il était à la recherche de son idéal. Va savoir !

En tout cas, ce qui est certain, c'est qu'en quelques minutes, le phénomène Estelle dans sa dimension négative a été définitivement évacué. Disparu.

C'est comme lorsque tu jettes un caillou dans une mare. D'abord, tu as des ronds de plus en plus grands. Tout le petit monde de la mare s'agite. C'est la panique. Puis, plus rien.

Le calme revient. Ce moment-là est privilégié.

# 46

Mercredi 1er août. Dix-huit heures. Pour la première fois depuis dimanche, de gros nuages s'amoncèlent au-dessus de la région. Il fait nettement moins chaud tout à coup. Les quatre autres olibrius sont de nouveau en balade. Le petit Paul a préféré une fois encore rester sagement à la ferme.

Je n'ai pas eu à trouver une excuse bidon. Mes cousins savent très bien que de temps en temps, j'ai besoin d'être seul. Quant aux deux éléments rapportés, ils ont compris ce qu'ont expliqué les cousins. Donc, tout baigne. Je vais profiter de ce temps libre pour préparer le repas de ce soir. J'aime bien cuisiner lorsque je peux en faire à ma tête, sans X ou Y dans mes pattes.

Quand je constatais que le phénomène Estelle avait pris la tangente, ce n'était pas une erreur. Les deux journées se sont déroulées à la perfection, sans accroc. Et dans la déconnade la plus extrême. Les cousins et moi avons retrouvé des automatismes de notre jeunesse. Il est vrai que nous sommes tous les trois du même âge. Séb et Chris, des jumeaux, des faux peut-être, mais des jumeaux tout de même, sont nés en 1970 et moi, quinze jours après eux.

Malgré nos trente ans passés ou à cause, va savoir, on a déliré. Guillaume, le plus vieux avec ses trente-cinq ans et Katia, la plus jeune, ont bien suivi. Ça fait du bien de rigoler sans se poser de questions, sans un ou une malade qui s'interroge sur le pourquoi et le comment, le pourquoi surtout, d'un éclat de rire.

Merde ! La laitue toute prête achetée lundi est foutue. Quelqu'un a placé le sachet sur la paroi du fond du frigo et la salade a gelé. Faut faire gaffe avec ces vieux frigos ! Bon ! Entrée : je vais couper des melons ; un vert et un jaune. Une tranche de chaque en alternance, avec une chiffonnade de jambon de parme. Simple.

Plat principal : pain de poisson sur coulis de tomate avec des haricots verts. Super recette pour accommoder un reste de poisson d'hier avec quelques patates en purée et des œufs. Sans oublier des herbes.

Dessert : salade de fruits frais rouges au vin rouge saupoudré de cannelle. Du fromage pour les morfales. Du vin pour les quatre loustics. De l'eau plate pour moi ; méfiance avec la migraine ou plutôt ma vésicule. Table dressée. Une petite heure de boulot, l'esprit totalement absorbé par la création. Moment de plaisir…

Un mobile sonne. Le professionnel du cousin. À tout hasard, je vais répondre. Merde ! La grognasse !

— Passe-moi Sébastien !

Le ton ! On dirait un adjudant en jupon.

— Il est absent.

Silence au bout du fil. Puis :

— Tu lui dis que je viendrai chercher les quelques affaires restées chez lui à mon retour des vacances.

— Qu'appelles-tu ton « retour des vacances » ?

— Il verra bien.

Elle m'emmerde.

— Tu ne peux pas être plus précise ? Je n'aime pas servir de relai quand c'est flou.

À l'autre bout de la ligne, un soupir et :

— Qu'est-ce que t'en as à foutre ? Ce n'est pas ton problème !

Elle me les brise menu.

— Écoute, Estelle, que tu te sois accrochée avec mon cousin, je m'en fous. Que tu m'aies gâché deux jours de vacances, là, c'est beaucoup. Mais que tu continues à polluer mon atmosphère en me demandant de transmettre un message qui ne veut rien dire…

Et pof ! Elle a raccroché.

À jeter, cette pétasse ! Sous prétexte qu'elle a une belle gueule, un beau cul, de fines chevilles et des cheveux splendides, il faudrait être à ses pieds ! Tout compte fait, elle et Katia sont de la même race. Sauf que la seconde est intelligente, bosseuse et n'attend pas qu'un mec lui amène de quoi vivre sur un plateau. De plus, elle a de la conversation. Tu ne t'ennuies pas avec elle comme avec l'autre pisseuse.

— Je peux entrer ?

Qu'est-ce ? Une sorte de tête de belette apparaît à la fenêtre.

— Bonjour, Madame. Entrez ! Que puis-je pour vous ?

Les yeux de la belette partent dans tous les sens.

— J'interviens pour le compte des propriétaires des lieux qui sont absents. Je passais voir si tout allait bien ou si vous aviez besoin de quelque chose. À tout hasard, je vous ai amené des haricots verts de mon jardin. On en a tellement cette année... Si ça vous intéresse…

Le visage de la belette s'éclaircit. Quand elle sourit, il irradie de cette femme toute la bonté du monde.

— Merci. Tout va très bien ici. Combien vous dois-je pour les haricots ?

Le visage de la belette se ferme.

— Je vous en prie, Monsieur, on peut bien s'entraider sans qu'il soit question d'argent !

— Excusez-moi. Je ne voulais pas vous froisser. Mais…

Le sourire revient comme un soleil.

— Ne vous en faites pas. Si ça peut vous être utile, ça me fait plaisir. Vous ne vous ennuyez pas à la campagne ? Vous allez à la mer je suppose…

Elle va être surprise, la belette.

— Pas du tout. Nous sommes venus ici pour avoir la paix, pas pour faire tous les jours soixante kilomètres aller-retour et rencontrer des centaines de vacanciers ne pensant qu'à la bronzette. La mer, on la verra dans quelques jours. Cette semaine, c'est repos loin du bruit.

La femme me regarde avec circonspection et dit :

— C'est bien qu'il y ait encore des jeunes qui aiment le calme. C'est rassurant. Allez, je m'en vais. Je reviendrai samedi pour vous rendre la caution.

Et hop ! Partie ! Je reste sur le seuil de la porte me demandant si j'ai rêvé. S'il n'y avait les haricots, je pourrais penser qu'il n'y a jamais eu de belette.

L'image du petit visage en pointe aux yeux très rapprochés s'installe. Cette femme a quelque chose des Korrigans, ces farfadets bretons qui apparaissent ou disparaissent sans crier gare. Tantôt gentils, tantôt facétieux voire méchants. Là, c'était un gentil.

Il y a belle lurette que je n'ai rencontré un tel personnage exceptionnel. Il faut bien parler d'exception quand en ville, on ne croise quasiment plus à longueur de journée que des gens obsédés par le fric. Ou qui te regardent de travers dès que tu vas vers eux et les salues. Peut-être qu'ils s'imaginent qu'on en veut à leur porte-monnaie ou à leur petite personne.

Pour la première fois, je prends vraiment conscience de l'absence de rapports simples et gentils entre les humains. Tout le monde se méfie de tout le monde. Certes, y a parfois de quoi. Et ce n'est pas ce que montrent les journaux qui arrange les choses. Triste !

On vit dans un monde plutôt moche. Nous, les jeunes, n'avons pas de chance d'être venus dans ce monde-là. Un monde sans espoir, sans rien ni personne vers quoi ou qui se tourner.

Si je me fie à ce que disait ma mère, il me semble que la génération de nos parents a eu une jeunesse plus agréable. Non pas que les loisirs et les moyens financiers étaient plus importants, loin de là. Mais les jeunes alors avaient la certitude d'avoir du boulot, avaient des projets. Ils avaient aussi les idées claires sur ce qu'ils pouvaient faire, sur les limites à ne pas dépasser. Parce qu'il y avait bien des parents qui ne rigolaient pas avec les principes, la religion ou une autre autorité qui comptait davantage.

Pour les jeunes de maintenant, sauf cas exceptionnel, il n'y a que le vide autour d'eux. Sur tous les plans. Et quand il y a le vide, il faut le combler. À tout prix. Par tout et n'importe quoi. Chacun à sa façon. C'est le royaume de la démerde individuelle. Simple constat.

Je ne vais pas plus loin. Je me sens de moins en moins l'âme missionnaire. J'essaie de vivre comme je peux. D'y trouver mon compte sans emmerder mon voisin. Pas si mal ! Que chacun en fasse autant !

# 47

Samedi 4 août. Vingt heures trente. Je suis claqué. Pourtant, je n'ai pas fait grand-chose en dehors de mon sac et conduire pendant deux heures tout au plus.

On a quitté Moustéru ce matin vers dix heures trente. Nous avons pris la direction de Perros-Guirec que nous avons renoncé à visiter faute de trois places de parking et compte tenu du temps pluvieux. De là, on a filé sur Trégastel. Les cousins et moi nous faisions une joie de revoir la station et surtout la maison que nos parents louaient autrefois à la plage de la Grève blanche.

Pendant douze ans, de soixante-seize à quatre-vingt-sept, nous sommes venus ici en vacances, à huit, toujours au mois d'août. Pas de route à traverser. Dès le réveil jusque tard le soir, les cousins et moi étions sur la plage. Sauf les jours de pluie et encore. C'est là que nous avons appris à nager, à faire de la planche à voile, à manœuvrer un *optimist* avant un petit voilier.

Nous retrouvions également tous les ans les mêmes copains de notre âge : Philippe de Vienne, Pierre de Marseille, Frédéric de Lille, Sylvain de Bellegarde, Martin de Strasbourg et Gilles de Paris. De temps à autre, les parents de l'un ou de l'autre organisaient un repas. On était facilement à trente et parfois plus sur une terrasse ou, les jours de pluie, dans un garage transformé en salle à manger. Parfois, au restau. Je crois qu'on a fait le tour de toutes les crêperies de la région. Que de souvenirs !

Mais en quatre-vingt-huit, le *Father* a pété les plombs. Il a trouvé que ça suffisait la routine estivale annuelle. Il a prétendu qu'il avait toujours détesté la mer et qu'il préférait la montagne. Il a décrété que le tour du Mont-Blanc était un projet autrement plus intéressant pour des jeunes que de batifoler sans cesse sur le même sable et dans la même flotte.

Flo, qui était plus vieille, était ravie. Elle détestait Trégastel qu'elle qualifiait de ville de bourges. Il est vrai que la plupart des gens qu'on y rencontrait étaient tous d'un milieu aisé : chefs d'entreprise, professions libérales, universitaires, hauts fonctionnaires. En tout cas, des gens qui avaient les moyens de s'offrir une superbe villa donnant direct ou presque sur la plage.

Flo détestait aussi Trégastel parce qu'elle n'aimait pas les cousins « trop cons » et nos copains « trop bêtes ». Surtout, elle ne pouvait ignorer que notre mère aurait aimé que le courant passe entre elle et Rémi, le frère de Philippe. Même nous, les plus jeunes la taquinions à ce sujet. Maintenant, je comprends mieux pourquoi l'idée d'une idylle avec un mec, Rémi ou un autre, mettait ma sœur en rage.

Donc, mes parents, Flo et moi ne sommes jamais revenus à Trégastel. Les cousins y sont retournés l'année suivante puis leurs parents ont trouvé que le loyer était élevé pour eux seuls. C'est ainsi que depuis des années, aucun de nous n'avait remis les pieds à Tréga.

Il y a des erreurs à ne pas commettre. Sébastien, Christine et moi faisons une tête d'ici à demain en découvrant la villa de notre jeunesse, volets fermés, à l'abandon, complètement écrasée par deux immeubles de béton construits de chaque côté. On a même l'impression que la villa a rétréci. En tout cas, le grand jardin qui l'entourait a quasiment disparu au profit de parkings pour les immeubles voisins. Deux villas appartenant à des copains, du moins à leurs parents, ont disparu du paysage, remplacées par des HLM pour vacanciers moyennement riches. Triste !

Nous partons tous les cinq faire un tour dans les rues avoisinantes à la recherche d'autres villas que nous fréquentions assidûment. Fermées la Ker Maria, la Ker Cado, la Ker Awel. Fermées et souvent non entretenues, d'autres villas. Le parc de la Ker Maria, qui appartenait aux parents de Gilles, a été coupé en deux pour permettre la construction d'un machin moderne en béton et fausses ardoises, sans rapport avec le style de la villa ancienne.

La Grève blanche et les quartiers proches n'ont quasiment plus rien à voir avec les souvenirs de notre enfance et de notre adolescence. Même les quelques jeunes qui sont sur la plage détonnent dans le paysage de nos souvenirs.

Pour nous remettre de nos émotions, nous décidons d'aller manger au *Roof*, un petit restau où nos parents nous emmenaient assez souvent quand les mères n'avaient pas envie de faire la cuisine. Même là, une surprise nous attend. Des tables situées près de la fenêtre, on avait autrefois une vue splendide sur la plage et la mer.

Horreur ! On a construit au bord de la plage un machin appelé « Forum de la mer », comprenant piscine et je ne sais quoi. Pour des raisons que le serveur du restau ne peut nous expliquer, au lieu d'enfoncer suffisamment le bâtiment dans le sous-sol, les architectes ont prévu des murets qui dépassent au moins d'un mètre. Résultat : du restau on ne voit plus que du béton.

— Putain ! Ils auront tout détruit ces salauds ! Tout ça pour le fric !

— Ça n'a plus rien à voir avec le Trégastel classe d'autrefois. C'est devenu quelconque !

— La villa est complètement foutue !

Les cousins vomissent des commentaires désabusés, à la mesure de leur déception et de leur colère.

Je ne dis rien mais n'en pense pas moins. La vue de la villa m'a plutôt donné le cafard. C'est comme si ma jeunesse et une partie de mon adolescence avaient disparu. Pour la première fois, je prends conscience de la fuite du temps. En venant à Trégastel, j'avais cinq ans, dix ans, quinze ans et plus. En y revenant, je me revoyais aux mêmes âges. En repartant, j'aurai trente ans. Pire, j'ai l'impression que c'était un autre qui était là, autrefois.

— Les choses évoluent, c'est normal ! Sans parler des gens qui divorcent, perdent leur boulot et ne peuvent plus entretenir leur villa. Il y a aussi le ras-le-bol qui joue ; à un moment donné, on peut en avoir marre de toujours venir au même endroit, dit Katia qui voudrait bien nous faire sortir de notre nostalgie.

— Je suis contre le béton et même les villas en pierre, si près de la mer. Ce n'est bon ni pour l'écosystème ni pour les relations sociales. De toute façon, un jour ou l'autre, la nature finira par reprendre ses droits. Prenez la Seine-Maritime où des gens commencent à réaliser concrètement que les falaises ne sont pas garanties à vie. Partout où il y a de l'eau, tôt ou tard, des constructions vont souffrir.

Guillaume, un brin écolo, un brin moralisateur, met des pendules à l'heure.

— Tu as raison. Il n'en reste pas moins que nous trois ne digérons pas ce qu'ils ont fait de Trégastel. On n'aurait jamais dû y revenir. On avale le repas et on se casse ! En attendant, on parle d'autre chose, grogne Christine qui a sa tête des mauvais jours.

La pluie qui tombe dru pousse de nombreux vacanciers à entrer au restaurant. Un groupe de jeunes arrive. Avec leurs bermudas trop grands qui tombent, leurs baskets et leurs tee-shirts aux dessins débiles, ils sont loin des jeunes gens « bien comme il faut » qui n'aimaient pas toujours leurs fringues mais se pliaient le plus souvent aux goûts de leurs parents.

Pas de doute. J'ai trente ans. Je ne suis plus le jeune d'autrefois. Aujourd'hui, à Trégastel, j'ai compris ça. Mais, j'ai aussi compris qu'on n'attache pas assez d'importance au temps présent. On le gaspille en actes et en pensées débiles. Et, pendant ce temps, le temps passe. On a beau revenir sur des lieux ou des évènements, ce n'est qu'une illusion. Le temps a filé. Ce qui est passé est passé. Irrémédiablement.

## 48

Samedi, nous avons quitté Trégastel sous la pluie. Le temps a eu l'air de s'arranger vers Morlaix. Quand on est arrivés sur notre nouveau lieu de vacances, Cléder, il y avait un soleil potable mais un petit vent frisquet. On a pris possession de l'appartement, enfin, du quatre-pièces situé au premier étage d'une maison indépendante. Nous avons de la place. Guillaume et Christine ont leur chambre. Katia en a une avec un grand lit. Une fois encore, Sébastien et moi dormons dans des lits jumeaux dans la troisième chambre.

Comme nous sommes arrivés avec les restes des courses faites à Guingamp, il n'a pas été nécessaire de courir les magasins. Nous en avons donc profité pour filer au bord de la mer. Huit cents mètres et ce fut la découverte.

Des dunes avec des tas de plantes qui ont ravi Guillaume. Du haut de l'une ou l'autre dune, des vues magnifiques sur une côte rocheuse découpée qui ont enchanté Katia et Sébastien qui rêvent de grands espaces. Moi, j'ai apprécié l'étendue de la plage à marée basse, la beauté des lieux, l'absence de béton ; mais pas le vent.

*Tout le monde, il était content*, comme dirait Jean Yanne. Sauf que l'eau était froide. À te couper les pattes. Quoique ! Il y avait des foldingues, rares mais bien réels, qui se baignaient.

Dimanche et lundi, on est allés voir la mer deux fois par jour. Nous avons même essayé de faire trempette. Katia, Séb et Guillaume ont réussi à se baigner le temps de quelques éclaircies. Mais, ma cousine et moi avons juste offert nos petits arpions aux vagues mourantes. À moins de vingt-cinq degrés dans l'eau, je renonce. Christine, c'est pareil.

Nous avons déjà pas mal arpenté le coin. Cléder, d'abord. Un village ? Une ville ? En tout cas, un rassemblement d'un nombre impressionnant de lieux-dits.

Le centre-ville n'a rien d'exceptionnel. À part une église au clocher spécial. On dirait un montage de feuilles d'artichauts. Il est vrai que c'est la région. Autour de nous, il y a beaucoup de champs d'artichauts avec, ici et là, des choux et des carottes.

On a poussé jusqu'au bled voisin, Plouescat. Pareil au même, une collection de lieux-dits. Le centre-ville est très avenant. Des fleurs partout, des magasins coquets, des halles qui datent de quelques siècles. Sympa. Là, on a mangé dans une crêperie : *La Dentellière*. Excellentes, les galettes. Le cidre aussi. Le personnel, hyper sympa.

À une table voisine, il y avait un couple et leurs deux enfants. Il y a longtemps que je n'avais vu un couple se faire autant la gueule. La femme est entrée sans saluer qui que ce soit ; une vraie furie. Les enfants suivaient sans moufeter. Le mec est arrivé plus tard, sombre comme un jour d'orage. Pendant que les jeunes se lavaient les mains à l'étage, le couple a échangé quelques propos aigres-doux. La mère et les mômes ont mangé. Le père n'a rien pris.

Ils m'ont rappelé l'époque où tout n'était pas rose entre mes parents. Même en pleine dispute, ma mère ne manquait jamais un repas et se comportait avec nous comme si de rien n'était. Mais le *Father*, lui, ne pouvait avaler une bouchée et restait à table sans parler. Souvent, il explosait parce que rien ne coupait l'appétit de sa femme. Ou parce que rien n'empêchait sa femme de dormir. Il aurait sans doute voulu qu'elle fût, comme lui, contractée de partout.

Comme d'habitude, lundi, on est partis avec une seule voiture. La mienne cette fois. Comme d'habitude, un des cinq s'est auto-désigné pour servir de chauffeur après le repas. Guillaume, cette fois, a limité sa consommation de cidre.

Après la crêperie, on a fait de nouveau un tour en ville. Christine ayant repéré à l'Office du tourisme un festival local de théâtre, on a acheté des billets pour une pièce prévue le soir même. Je suis assez méfiant avec les théâtreux amateurs ; mais, pourquoi pas ?

Guillaume a ensuite proposé de nous emmener vers une plage de Cléder qui lui paraissait intéressante. On a atterri à Crac'h Zu. Un bled au nom marrant qui ne s'invente pas. Un coin sympa. Nous étions seuls dans une crique de sable tout fin, avec la mer à quelques mètres.

Un chapeau ou une serviette sur la tête, bien protégés du vent par des arbustes, on a fait une petite sieste avant de se baigner. Enfin, je dis « on » ; mais, même scénario que d'hab, vu que Christine et moi avons renoncé à nous baigner à cause du fort vent frisquet. Nous avons marché dans l'eau en discutant pendant que les trois autres barbotaient.

Hier soir, nous sommes retournés à Plouescat pour la pièce : « Un air de famille » d'Agnès Jaoui et Jean-Pierre Bacri. Ça se jouait au cinéma « Le Dauphin », dans une salle qui comporte environ trois cents places. Tout était occupé.

La pièce était vraiment bien, avec de bons dialogues. Les comédiens… ça allait, sauf une qui nous a paru manquer de punch alors qu'elle portait l'essentiel de la pièce. De ce fait, le rythme a pris un coup. Mais, on a passé une bonne soirée malgré tout.

Ce matin, Sébastien s'est levé tôt. Il voulait courir sur la plage, histoire de se remettre en jambes. Il trouve qu'il commence à rouiller. Moi aussi, mais je préfère la rouille aux sinusites provoquées par le vent.

Séb est sorti discrètement pour rentrer dix minutes plus tard, ramené au bercail par une pluie diluvienne. On a préparé le petit-déjeuner et on a commencé à manger sans les trois autres qui roupillaient encore.

Ils sont arrivés une heure plus tard. Repas, toilette, vaisselle terminés, nous avons décidé de partir en voiture jusqu'à Roscoff.

— S'il pleut là-bas, on fera le tour de la ville en voiture pour la polluer un peu plus, lance Séb.

Guillaume réagit comme à son habitude :

— Pas du tout. Nous laisserons la voiture sur un parking et nous marcherons. Nous devons avoir un comportement citoyen.

Katia allait s'en mêler. Je lui ai fait signe de la boucler. Christine a estimé devoir intervenir :

— *Peace*, Guillaume ! Séb plaisantait.

Sébastien a cru devoir préciser :

— Ben oui, quoi ! Je n'étais pas sérieux.

Mais Guillaume devait être levé du pied gauche ou avait été touché à un point particulièrement sensible :

— Il y a des choses avec lesquelles on ne doit plus plaisanter. Parfois, l'humour est une forme d'irresponsabilité.

Oups ! Compte tenu de la tournure des évènements, sentant que tout pouvait basculer, j'ai fait signe à Katia de prendre son coupe-vent et son sac et on est sortis de l'appart pour se planquer dans ma voiture. Après vingt minutes au moins, les cousins sont arrivés... sans Guillaume. Christine nous a mis au parfum et à l'aise :

— Il est fâché. Il préfère rester seul. Je prends sa voiture et on file à Roscoff. Allez, qui m'aime, grimpe dans mon char !

Comme prévu involontairement par Sébastien, on a fait un tour dans Roscoff... en voiture. Il pleuvait. En plus, il y avait une foire à la brocante. Donc, pas une seule place de parking n'était libre. Après un bref aperçu d'une ville apparemment magnifique tant elle a su préserver un patrimoine architectural ancien et de qualité, on a opté pour la visite de Saint-Pol-de-Léon. Et en route Simone !

Là-bas, même cirque. Pire, plutôt. Pour cause de marché, tous les accès au centre-ville étaient interdits. En désespoir de cause, la pluie continuant à tomber, on a roulé dans la campagne. Jolie. Des champs, des serres, des légumes, des fermes, partout. Un peu plat à mon goût, le pays. Mais bien vert et bien vivant.

On est rentrés en rigolant : écolo et météo, c'est pas toujours le grand amour.

## 49

Jeudi 9 août. Comme hier, pluie et vent au programme matinal, avec des températures dignes d'un début d'automne.

Malgré tout, hier après-midi, les quatre autres mousquetaires ont décidé d'aller au camping voisin louer des vélos. Ils sont partis faire un tour dans la campagne environnante, comme des dizaines de Hollandais et d'Allemands en vacances dans le coin. Lorsqu'ils sont passés devant la maison, le vent faisait gonfler leurs coupe-vent. On aurait dit des baudruches ambulantes.

Le petit Paul, lui, a capitulé devant le vent et la pluie. Depuis trois jours, je me trimballe une sinusite carabinée avec vertiges et perte complète d'odorat. Je n'allais pas en rajouter. De toute façon, même sans sinusite, je pense que je n'aurais pas accompagné les autres loustics. J'avais envie et besoin d'être de nouveau un peu seul. J'en ai profité pour lire et dormir, vu que ces derniers temps, on veille tard le soir.

Ce matin, on est allés à Morlaix. Que dire de ce patelin, mis à part que c'est la ville de Madame Lebranchu, la ministre de la Justice ? Il y a quelques belles maisons très anciennes. Les rues n'arrêtent pas de monter et de descendre. Le centre-ville, si on peut appeler ça un centre-ville, est bizarre : des rues pas vraiment organisées autour d'un pôle, genre église ou mairie. Et surtout, un énorme viaduc, d'au moins trente mètres de haut, qui coupe tout. Et sur ce viaduc, une voie de chemin de fer. Imagine qu'un train déraille… Horreur et panique sur la ville, garanties.

Cet après-midi, de retour de Morlaix après un excellent repas dans une crêperie, on a constaté le déclin du vent et le retour du soleil. Enfin ! Sébastien et Guillaume ont décidé de se baigner. L'eau est tout au plus à 15 °. Je ne te dis pas…

Christine et Katia ont préféré faire un tour de vélo. Je les ai conduites jusqu'au camping où elles ont de nouveau loué des bécanes. Laissant ma voiture sur place – puisque nous avons convenu que je viendrai rechercher les filles dans deux heures –, je me dirige, vers les dunes voisines pour faire des photos.

Depuis des années, je promène un vieux *Minolta* que m'avait offert ma mère et avec lequel j'ai réalisé parfois de jolis coups. J'aime bien la photo. Pendant que tu cherches un sujet ou un cadrage, tu oublies tout le reste. Selon l'objectif que tu utilises, tu as parfois la surprise de découvrir dans ton viseur des choses et des gens étonnants.

Le soleil étant toujours au rendez-vous, en me baladant sans but précis, je photographie une série de très jolis paysages de mer, de rochers, de dunes. Je crains fort qu'il n'y ait quelques ratés, vu que, de temps en temps, un vent violent vient me secouer le bras.

Au téléobjectif, je surprends Séb et Guillaume jouant dans les rouleaux. Quelle horreur cette eau froide ! Je caille rien qu'à regarder les deux phénomènes. Ils ne sont d'ailleurs pas bien nombreux les zozos qui se mettent à la flotte.

Au hasard de mes balades, j'arrive sur le bord de la Grenouillère, une sorte de pataugeoire naturelle créée par la mer dans les rochers, près de la plage de An Amiet. L'eau qui reste là en permanence est plus chaude qu'ailleurs ; de nombreux mômes et même des adultes barbotent au milieu des algues. Beurk ! J'ai horreur des algues. Ça s'enroule autour de tes jambes…

La vue sur la Grenouillère et, plus loin, Sibiril, est magnifique. Plus haut, sur une haute dune, un ancien corps de garde au milieu des rochers, surprend. En me retournant, je tombe sur un magnifique ensemble de petits chardons d'un bleuté ravissant mis en valeur par des fleurs jaunes. Le temps de calculer la distance, l'angle… et hop ! *In the Minolta.*

Des gosses courent partout. D'autres font du VTT. Parfois, mais rarement, des adultes les accompagnent. Je ne sais pas si je laisserais mes enfants se promener seuls dans ces dunes où il existe pas mal de coins retirés. Ni sur les rochers d'ailleurs ; une chute est toujours possible. Il y a des parents qui ne s'inquiètent de rien. Ou qui imaginent peut-être leurs rejetons ailleurs. À moins qu'ils ne fassent le choix du risque… Va savoir.

Ça me rappelle une fois encore ma jeunesse et celle des cousins. Si les parents avaient su toutes les conneries qu'on a pu faire alors qu'ils nous croyaient sagement installés ici ou là… Entre les visites de souterrains, les escalades en tout genre, les fouilles de maisons inhabitées… Sans parler des cigarettes, puis de l'alcool… Je préfère oublier. Si mes gosses en faisaient autant un jour, je me demande comment je réagirais…

En remontant vers la plage de Kerfissien je franchis toute une zone de dunes qui offrent des aperçus magnifiques sur un chapelet d'îlots. Deux jeunes, aussi blonds l'un comme l'autre, des nordiques apparemment, se poursuivent au milieu des oyats, m'obligeant à renoncer provisoirement aux photos envisagées.

Je repars vers la Grenouillère. Au téléobjectif, je cherche la meilleure vue d'un groupe de rochers qui s'enfoncent dans la mer. Dans le viseur, apparaît une petite fille aux longs cheveux blonds, en pantalon et tee-shirt blancs. Une fée en miniature. Elle est debout sur un rocher et regarde obstinément en direction de la mer. Machinalement, je cherche ce qu'elle observe. Un plongeur, vêtu de noir, avec des lunettes de plongée, apparaît.

Le contraste entre l'enfant en blanc sur le rocher et l'autre silhouette en noir sortant de l'eau a quelque chose d'intéressant mais aussi d'inquiétant. Je les prends en photo. Le plongeur attrape les jambes de la gosse qui tombe assise sur le rocher. L'enfant se relève, semble vouloir retenir l'adulte qui s'éloigne dans la mer.

Finalement, le plongeur revient et sort de l'eau. Il me semble qu'il oblige l'enfant à s'asseoir à côté de lui sur le rocher. Étrange couple que ces deux silhouettes aux teintes contrastées. Nouvelle photo qui devrait donner quelque chose.

Il est temps de repartir vers le camping où les deux miss doivent attendre. Elles poireautent effectivement après avoir restitué leurs vélos. Katia a pris un sérieux coup de soleil sur le pif et le front. Elle sait pourtant qu'elle a la peau sensible et doit se protéger. Tant pis ! C'est son affaire.

— Sébastien et Guillaume ne sont pas encore revenus ? interroge Christine.

Je note qu'une fois encore, Katia ne demande rien. Depuis onze jours que nous vivons en groupe, j'ai constaté qu'elle s'entendait très bien avec Sébastien, qu'il existait entre les deux une bonne complicité mais sans pouvoir en dire plus. Pas un geste, pas un mot qui laisserait supposer… Ou Katia s'en fout, ou…

Quant au cousin, il n'a pas son comportement habituel. D'ordinaire, il drague ouvertement tout ce qui lui tombe sous la main. Il déconne à longueur de journée avec toutes les gisquettes qui passent, qu'il soit ou non déjà accompagné d'une fille. Or, là, rien. Silence radio. Bizarre ! On me l'a changé le cousin. Ou alors…

Avant même que je réponde à Christine, les deux baigneurs en eau froide s'amènent, rouges comme des homards. C'est n'importe quoi ! Ils vont déguster la nuit prochaine avec le soleil qui tape malgré le vent parfois frisquet.

Comme quoi, on peut avoir plus de trente berges, se prétendre près de la nature (ça, c'est pour Guillaume) et faire des conneries.

# 50

Dimanche 12 août. Seul dans la petite 206, je roule peinard, respectant les vitesses prescrites. Dans moins d'une heure, je devrais être chez moi.

Pas de Katia avec moi. Ce que j'avais pressenti est en bonne voie.

Hier donc, samedi, on a quitté tous les cinq la location vers dix heures, après avoir chargé les valises et sacs et fait un brin de ménage. En file indienne ou presque, les trois voitures se sont dirigées vers Saint-Brieuc. Nous avions décidé de faire route ensemble jusqu'à Rennes. Là, Christine et Sébastien partiraient vers Bordeaux. Ensuite, Katia et moi dans la 206 et Sébastien dans sa 607, direction Paris, lieu de la deuxième séparation.

Des braderies et marchés ici et des travaux là nous ayant fait perdre du temps, nous sommes arrivés à Saint-Brieuc vers midi, pensant y manger. Toujours pas de place pour trois voitures. Finalement, on a débarqué par le plus grand des hasards à la *Crêperie des Grèves*, près d'Iffignac.

Décor plus ou moins moderne, genre imitation bateau. Des matières naturelles : bois, lin. Un choix de crêpes mesuré. Menu en breton et en français. Jusque-là, rien de bien spécial. Mais, lorsque les crêpes sont arrivées et surtout, lorsqu'on a commencé à manger, on a compris que nous n'étions pas arrivés chez un simple marchand. Une présentation personnalisée, artistique même... Des crêpes goûteuses, délicates au palais... Simple : le bonheur.

Pendant le repas, un changement d'attitude chez Katia et Sébastien m'a sauté aux yeux. Assis côte à côte, l'un et l'autre parlaient peu. À la sortie de la crêperie, la miss est venue me dire qu'elle trouverait sympa de faire un bout de chemin avec Séb, qui devait se sentir un peu seul.

— Pas de lézard, ma grande. Sûr qu'il doit trouver le temps long, lui qui aime la compagnie !

Réponse diplomatique ; toutefois, mes sensibles antennes vibraient. Arrivés près de Rennes, on s'est tous arrêtés sur un parking, histoire de bisouter les deux Girondins qui nous quittaient. Puis, en route vers l'Est ! Toutefois, avant de repartir, j'ai demandé au cousin que chacun roule sans s'occuper de l'autre, pour éviter tout accident. J'ai demandé aussi qu'on fasse un arrêt un peu avant Paris et que Katia me prête son mobile, faute d'en avoir un.

Sébastien m'a appelé vers dix-sept heures. Il souhaitait poursuivre bien après Reims afin de nous faire connaître un hôtel-restaurant meusien qu'il adorait. Tiens donc ! Ce n'est pas sa route ! Il se chargera de la réservation. Pourquoi pas ? On s'est ainsi retrouvés vers vingt heures à Futeau, à *L'Orée du bois*.

Et là... Séb tenait à nous inviter pour fêter la fin des vacances. On a mangé. Superbement. Le patron, qui est breton, cuisine comme un grand chef. La patronne, qui est vosgienne, est de très bon conseil pour les vins. Tout était parfait.

Au moment d'aller au lit, je découvre le nombre de chambres réservées : deux pour trois. Admettons qu'il n'y en avait pas d'autres disponibles. Ou que le cousin envisageait de dormir encore avec moi. Mais devine qui a dormi avec qui ! Un peu gênés, mes deux tourtereaux ou supposés tels m'ont avoué leur souhait de passer la nuit ensemble. Ils avaient, paraît-il, beaucoup de choses à se dire. Je n'ai pas pipé, contrairement à mon habitude de charrier les gens. Mais ce n'était pas l'envie qui manquait.

J'ai donc bifurqué vers une chambre et les deux oiseaux vers une autre, située à l'autre bout du couloir. Entre nous, les chambres étaient superbes. : décor personnalisé, original, un peu vieillot à mon goût mais classe tout de même. En plus, très bien équipées en sanitaires, téléphones, prises pour fax et portable, télé. Bien, quoi.

Ce dimanche matin, à huit heures tapantes, mes deux phénomènes se sont pointés dans ma chambre avec deux énormes plateaux et le petit-déjeuner pour trois. Ils avaient une tête de noceurs mais aussi un je ne sais quoi qui m'a titillé.

— Bien dormi, espèce de lézard ? demande Séb.

Il faut lui répondre sans avoir l'air de chercher des infos ou de penser à…

— Pas mal. C'est calme ici, vous ne trouvez pas ?

Tout en installant la table pour nous trois, Séb réplique et ajoute :

— Très… Malgré tout, Katia et moi n'avons pratiquement pas dormi. On a discuté sans arrêt jusqu'à plus de quatre heures du matin. Ensuite, on s'est reposé un peu avant d'aller chercher le p'tit-déj.

Ne pas les regarder, faire comme si tout était normal. D'ailleurs, je m'en fiche. Quoique ! J'aimerais tout de même savoir si mes antennes fonctionnent ou non.

— Vous avez refait le monde, je suppose !

Katia me lance un regard en coin :

— Pas du tout. On avait des choses personnelles à se dire.

Petit Paul, restons-en là !

Le petit-déjeuner est à la mesure du repas d'hier soir : petits pains frais avec diverses graines, pain de campagne, beure d'Échiré, confitures maison… Une merveille. Plus, couverts en argent, serviettes en tissu, vaisselle clean. Bref ! Tout est nickel, chez les Aguesse. Pour un peu, je m'installerais ici et n'en bougerais plus tant je me croirais revenu chez ma mère.

Il y en a deux autres qui ont eu la même idée. Mais, qui concrétisent, eux.

— J'ai bien réfléchi. D'ici au 15 août, je n'ai rien de spécial, pas de rendez-vous avec des clients ; Je vais donc m'accorder deux jours de congés supplémentaires.

Ça, c'est la version du cousin.

— Moi, pareil. Demain, j'appellerai le cabinet pour prévenir que je rentrerai jeudi.

Ça, c'est la suite donnée par Katia qui ajoute :

— Paul, ça te dérangerait de poursuivre seul ?

Tiens, tiens, tiens !

— Mais pas du tout, miss. Si je pouvais, je ferais comme vous. Il faut profiter tant que c'est possible… Et vous allez où, si je ne suis pas indiscret ?

Un clin d'œil sur mes deux loustics et je constate un peu plus de couleur sur les joues de Katia et un œil brillant chez Séb.

— Nous restons ici. C'est calme. La cuisine est divine…

Ils ont raison, finalement. C'est vrai, ça. Ils ont une opportunité, dans tous les sens du terme. Qu'ils en profitent !

Tout à coup, le petit démon qui m'habite de temps à autre, refait surface.

— Alors, on s'est enfin décidés ?

Tout de suite, le cousin réagit :

— Décidés ? À faire quoi ? Nous avons juste envie de discuter, marcher, profiter de cet hôtel et de son restaurant… Rien d'autre. Ne cherche pas plus loin !

Oh là ! Voilà un ton auquel le cousin ne m'avait pas habitué. Lui qui, d'ordinaire, se fout quasiment de la pétasse qui l'accompagne, qui n'hésite pas à draguer tout joli cul ou beau minois qui lui tombe sous les pattes, qui ne craint aucune allusion à son passé « amouristique »… On dirait qu'il a peur de ce que je pourrais faire ou dire. Le regard qu'il pose sur moi… Paul, tu la fermes. Cette histoire te dépasse.

— Les p'tits minous, je vais donc vous abandonner. Si vous permettez, je prends une douche, règle ma chambre et file.

Sébastien sort son plus beau sourire, celui qu'il utilise lorsqu'il a décidé de séduire :

— Stop ! La note est pour moi. C'est moi qui ai eu l'idée de venir ici, j'assume.

Ne contrarions pas une bonne volonté. Je me rattraperai lors d'une prochaine rencontre.

Et c'est ainsi que ce dimanche en fin de matinée, je suis seul en route dans ma petite voiture. Puisque le petit-déjeuner fut copieux, je vais rentrer directement sans faire de halte. Je trouverai bien de quoi grignoter dans mon congélo.

Tout de même, cette histoire entre Sébastien et Katia... Ce n'est pas que je sois curieux mais j'aimerais bien savoir ce que ça veut dire. Je suis certain qu'il se passe quelque chose entre les deux. Sûr que ça va plus loin qu'une banale histoire de cul. Je connais trop mon cousin. Quant à la miss, elle est différente...

J'ai besoin de savoir, pas pour le plaisir de l'information qui n'aurait aucun intérêt en elle-même. Uniquement pour vérifier le fonctionnement de mon radar.

Important de tester de temps à autre son intuition.

# 51

Vendredi 17 août. J'ai repris le boulot sans grand enthousiasme. Il est moins de quinze heures. Je n'ai plus rien à faire. Les quelques saisies que la cheftaine avait préparées sònt terminées.

C'était probablement une des dernières fois que je faisais ce boulot. On va encore m'expédier ailleurs. Non pas, cette fois, parce que j'ai déplu mais la collègue à la jambe cassée doit reprendre son service.

J'ai demandé à la monitrice plus de précisions. Que dalle ! Le chef d'exploitation et le directeur du DI étant absents, personne ne peut dire ce que je vais devenir. Tout ce que la cheftaine a pu préciser c'est que le congé maladie de la collègue s'arrête le 21. Elle a droit ensuite à ses congés annuels. Mais elle souhaiterait reprendre avant de les consommer. Donc, je peux m'attendre à être affecté dans un autre service rapidement.

Bof ! Là ou ailleurs, quelle importance. ! Ce qui me gêne, c'est d'être utilisé comme un pion. On a besoin de toi au dactylocodage, on te place au dactylocodage. On a besoin de toi ailleurs, on te place ailleurs. Sans te consulter. Sans préavis.

Dans le privé, je ne crois pas que ça se passerait ainsi. Quoique ! Cela dit, il paraît que dans la fonction publique, on a la chance d'avoir un job sûr. De quoi se plaint-on, alors ? Mais, tout de même, fonction publique ou pas, menace de chômage ou pas, un être humain reste un être humain. Est-ce que la sécurité de l'emploi justifie le peu de cas qu'on fait des salariés, parfois ?

Tout compte fait, je ne suis pas mécontent de quitter le dactylocodage. Rester des heures le cul sur une chaise à taper des chiffres et des lettres sans toujours comprendre vraiment le pourquoi du comment. C'est tout aussi con que de faire la saisie à la comptabilité ou aux produits divers.

J'espère qu'on va me mettre sur un boulot plus intéressant intellectuellement. À force de ne pas faire tourner mes méninges, je vais finir par souffrir d'une tendinite neuronale au prochain effort.

Et puis, je commence à avoir des fourmis dans les guiboles. Voilà bientôt deux ans que je passe le plus clair de mes journées assis sur une chaise. Plus ou moins adaptée au poste de travail, soit dit en passant. C'est à se demander à quoi ça sert d'avoir des cannes. Des culs-de-jatte feraient aussi bien l'affaire.

Avant de rentrer chez moi, comme convenu tout à l'heure au téléphone, je vais faire un crochet par les autres bâtiments de la trésorerie générale afin de récupérer Sainte-Luce que je n'ai pas vu depuis un bail. Nous irons boire un pot dans un pub irlandais. Il paraît que le collègue a des informations intéressantes à me communiquer.

Imagine deux mégères attablées devant deux bonnes bières et cancanant.

Début août, me dit le collègue, le chef des vérifs, le sieur Rodinot, devait remplacer le fondé parti en vacances. Le vendredi 3, la miss Verlin est allée lui rendre visite dans le bureau directorial. Ces deux connards, car à ce niveau-là on ne peut pas dire autre chose, se sont fait épingler en plein exercice de fornication par le TPG qui, lui, n'était pas en congé.

Le *big boss* a poussé une gueulante monumentale qui a ameuté du monde : la secrétaire de direction de permanence, le chef du matériel, un vérificateur et un agent du courrier, qui passaient dans le couloir. Ne plaisantant pas avec ce qu'il estime être en droit d'attendre des agents du Trésor public et surtout d'un chef des vérifs sensé rappeler aux autres la déontologie, le TPG a immédiatement pris des sanctions.

Rodinot a été prié de dégager du bureau du fondé et de prendre des congés. Pour le remplacer, un IP vérificateur a été réquisitionné en attendant le retour du directeur des études économiques dont le grade est plus en adéquation avec la fonction aussi temporaire soit-elle. Verlin a également été priée de prendre des congés.

Le patron a précisé que les choses n'en resteraient pas là. Il allait faire un rapport téléphonique puis écrit à la Direction générale à Paris pour demander le déplacement de Rodinot. Il insisterait pour qu'aucun poste à responsabilité ne lui soit confié pendant un certain temps, histoire de lui rappeler le Code de déontologie qu'il semble ne pas s'appliquer à lui-même.

Quant à Verlin, elle serait mutée dans un poste comptable du coin, ce qui serait bénéfique pour sa formation. Bien entendu, elle ferait un courrier dans lequel elle solliciterait cette mutation. Les syndicats ne seraient pas mêlés à cette affaire et le patron « oublierait » l'incident.

Je reste comme deux ronds de flanc devant un Sainte-Luce rigolard. Jamais je n'aurais imaginé que Rodinot, qui paraît si soucieux des apparences et du qu'en-dira-t-on, se serait ainsi laissé aller à ses pulsions en plein service. Comme quoi…

— Et ce n'est pas tout !

— Comment ça ?

— Figure-toi que la femme de Rodinot s'est pointée le lendemain à la TG. Elle a demandé rendez-vous au TPG. Celui-ci a fait savoir à sa secrétaire qu'il ne voyait pas à quel titre il recevrait cette personne. En conséquence, fin de non-recevoir. Folle de rage, la mère Rodinot a fait un scandale, d'abord chez la secrétaire du TPG, puis dans le service du personnel situé en face des bureaux du *big boss*.

Résultat : le TPG qui a quasiment tout entendu de son bureau est sorti pour tenter de raisonner la harpie. Il l'a emmenée dans son burlingue et ne l'a relâchée qu'une fois calmée. Plein de collègues ont vu repartir la mère Rodinot en larmes mais ne cherchant plus à agresser qui que ce soit.

— Incroyable !

— Là-dessus, Gilles Bastian est allé pleurer chez le patron, espérant le faire revenir sur sa décision de muter la môme Verlin. Peine perdue. Il a alors demandé qu'on lui affecte un autre contrôleur, vu qu'il est déjà en sous-effectif. Comme quoi, le côté pratique l'emporte sur l'affectif. Le TPG a renvoyé Bastian sur le fondé qui verrait le problème à son retour de vacances.

Depuis le scandale érotico-débile, toujours selon Sainte-Luce, mille et un cancans circulent sous le manteau et même ouvertement dans la TG.

— L'un ou l'autre aurait vu, entendu, soupçonné, déploré... Tu peux facilement imaginer ce que la rumeur peut se mettre à véhiculer. Surtout, quand il n'y a pas de risque.

Rodinot est critiqué de tous les côtés. Il est devenu le mouton à cinq pattes, le vilain petit canard. On s'interroge sur la qualité de son travail. On prétend qu'il n'était pas équitable dans ses rapports de vérification. On dit que ce n'était pas une flèche, qu'il comptait beaucoup sur ses collègues et subordonnées en quelque sorte, les inspecteurs principaux. On va jusqu'à laisser entendre que sans les adjoints de vérif, de simples inspecteurs, il aurait rendu des procès-verbaux de vérification quasiment vides...

Quant à Corinne Verlin, ceux-là mêmes qui collectaient des fonds et couraient pour lui faire un cadeau il y a encore quelques semaines, en viennent à casser du sucre sur son dos. La « pauvre » est devenue une « ambitieuse », une « coureuse », quand ce n'est pas une « obsédée sexuelle ».

Comme tu vois, selon les circonstances, un jour, tu es un génie, le lendemain un âne. Un jour, on t'adore, un autre, on te déteste. Toi, tu n'as pas changé. Ce sont uniquement les circonstances qui ont évolué. Ou simplement le regard que les autres portent sur toi.

Il faut vivre avec ça et comprendre le plus vite possible que ce n'est pas le regard des autres qui fait ce que tu es.

# 52

Dimanche 19 août. Il est dix-huit heures. Il fait sombre comme en plein automne. Sûr qu'il va encore nous tomber des orages pas tristes sur le râble.

Ce week-end, je pensais être pénard deux jours chez moi à mettre à jour mes lessives et à regarder de temps en temps un match de foot à la télé. Mais, Katia en a décidé autrement. Samedi matin, elle a débarqué sans prévenir et m'a demandé de passer la journée avec elle. En fait, on s'est offert un peu plus d'un jour ensemble à Metz. En copains, toujours.

La miss avait besoin d'un changement de lieu et d'idées. Pour ma part, j'ai eu tout à coup envie de revoir la région messine où j'ai passé des années au hasard des mutations paternelles. Alors, j'ai mis quelques affaires dans mon sac de sport. On a filé ensuite chez les parents de Katia pour prendre des vêtements et le nécessaire de toilette de la miss. Puis, en route ! Je ne te dis pas la tête de la mère de Katia quand elle nous a vus partir ensemble. Sûr que des idées fausses lui ont traversé l'esprit à notre sujet !

Une certaine curiosité me démangeait à propos du cousin et de la miss. Mais, je m'étais promis de ne pas questionner la demoiselle. Une fois encore, l'éducation maternelle prévalait. Toutefois, j'espérais que Katia finirait par se confier. Ce qui est arrivé.

— Je ne comprends rien. Nous avons passé un merveilleux séjour à Futeau. Nous nous étions découvert beaucoup de points communs. Nous avons ri comme des fous. Notre entente était parfaite sur tous les plans. Nous avions conscience de vivre quelque chose d'exceptionnel. Le mercredi, Sébastien m'a ramenée chez moi. Avant de partir vers Lyon, il m'a demandé de venir le voir le week-end suivant. Ce que j'ai fait. Le jour de mon départ de Lyon, il a promis de venir chez moi ce week-end. Il a appelé tous les jours qui ont suivi mais a fini par dire vendredi qu'il ne pourrait pas venir.

Donc, ça marche entre les deux. Du moins, ça a marché. Mon radar avait bien fonctionné.

— Il t'a donné une raison ?

La miss est en larmes :

— Trop de boulot… un prétexte, c'est évident !

Connaissant le cousin et sa faculté de trouver des arrangements avec le travail, c'était bizarre. Cependant, il fallait rassurer la miss, temporairement :

— Une très grosse affaire lui est tombée dessus.

Katia dit avoir senti une hésitation dans la voix de Séb. Je connais le cousin et ses mensonges. Aussi, les doutes de la miss ne me paraissaient pas extravagants.

En attendant, on manquait d'éléments. Un seul était en mesure de nous en donner ; néanmoins, il me semblait délicat de le questionner dans l'immédiat. En attendant, on n'allait pas passer le week-end dans les mouchoirs.

— Je te propose qu'on essaie de profiter un peu. On va se trouver un hôtel sympa. On ira manger où tu veux. On fera une balade dans la région. Et je te promets d'appeler le cousin ce soir, histoire de discuter de tout et de rien ? Ça te va ?

Pourquoi ai-je promis ceci ? Pourtant, j'ai pour principe de ne pas me mêler des histoires des autres. Mais, elle me faisait pitié avec sa petite figure de môme blessée.

Je n'ai pas eu à joindre Sébastien. Il a appelé le mobile de Katia un peu après treize heures alors qu'on était attablés dans un restaurant de Metz. La miss a eu l'intelligence de ne pas se lamenter et de faire comme si de rien n'était. Je ne sais trop de quoi ils ont parlé, mais j'ai vu Katia, d'abord sourire aux anges, puis faire une drôle de tête. Après, elle m'a passé le cousin :

— Salut, fonctionnaire. Ça va ? Tu n'as pas entendu les infos, ce matin ? Figure-toi qu'une gosse de huit ans a été retrouvée morte, violée et étranglée dans les rochers vers la Grenouillère. Tu te rappelles l'endroit ? Ce midi, à la télé, la police a lancé un appel à témoins… Si j'ai bien compris, ça remonterait au jeudi 9. Tu te rends compte, on y était !

Katia et moi avons repris notre repas. Mais, je ne te dis pas l'ambiance. La miss était aux anges, le moral revenu au beau fixe. Par contre, l'histoire de la petite fille me faisait froid dans le dos.

Je n'aime pas qu'on fasse du mal aux enfants. Surtout, de cette façon. Si je tenais le salaud qui a fait ça… Je n'irais pas jusqu'à remettre en route la guillotine, vu qu'un mort de plus ne ferait pas revenir l'autre. Et puis, je ne crois pas beaucoup à l'effet préventif de la chose. Mais, je serais assez pour des solutions radicales du genre lobotomiser le salopard.

Un temps, je pensais qu'on pouvait peut-être soigner des malades de ce type. Mais, à présent, vu le nombre de récidives, je crois qu'il faudrait être plus radical.

— Tu te rends compte, on a très bien pu croiser le salaud qui a fait ça.

Katia, revenue de son extase, m'a brusquement sorti de ma réflexion.

— Va savoir. Avec le monde qui traînait partout et les coins et recoins existants dans les dunes et les rochers…

Je revoyais les mômes qui couraient partout, seuls bien souvent.

— Écoute, miss, on finit le repas puis on part se balader et ce soir, on se fait une petite bouffe en chambre en regardant la télé. On verra ainsi directement de quoi il s'agit.

Le soir, nous étions devant la télé avec des sandwichs et des fruits. Les images des parents de la gosse étaient dures à supporter. Des gens simples, très dignes, voulant juste comprendre et qu'on retrouve le monstre. Ils auraient voulu verser une somme pour qu'on aide la police à trouver des indices mais ils étaient trop pauvres. J'avais aimé les dunes, la Grenouillère, les rochers. Un salaud avait pollué le paysage. Pire, une ordure – même malade, il n'en restait pas moins une ordure – avait décidé de disposer du corps et de la vie d'une gosse. La photo de la fillette apparut. Elle était mignonne avec ses cheveux tout blonds.

Désormais, des gosses auraient peur d'aller là-bas. Et des parents allaient se mettre à craindre pour leurs rejetons. Remarque, ce n'est pas un mal avec tous ces cinglés qui circulent. Mais, c'est dommage tout de même de voir au fil du temps et des générations la liberté et la tranquillité d'esprit se réduire comme une peau de chagrin.

La météo ayant décidé de virer au frisquet malgré le soleil, Katia et moi avons repris tout doucement la route du retour le dimanche matin. Comme la miss ne voulait pas rentrer trop tôt chez ses parents, on a mis chauffer des petits plats surgelés chez moi. Puis, on s'est fait un petit ciné, le dernier Eddie Murphy, *Docteur Dolittle 2*. On s'est bien marrés avec les bestioles.

La miss déposée chez ses parents, j'appelle Séb pour lui parler du crime. Pas seulement, bien sûr. Notre petite conversation me permet de sentir un mec plus amoureux qu'il ne le voudrait. Ce qui lui fout les boules. Le travail à faire ce week-end n'était qu'un prétexte. Le cousin s'est rendu compte qu'il était mordu et voulait lutter contre le courant. Tout ce qu'il a compris, c'est qu'avec ses états d'âme et sa stratégie à la noix, il a passé deux jours épouvantables.

— Merde ! C'est la première fois que quelqu'un me manque autant ! Je n'ai même pas envie de sortir pour rencontrer d'autres filles. Tu crois que je vieillis, mon Paulo ?

Fais chier avec ce surnom ! Il sait pourtant que je déteste. Mais je pardonne, vu l'état du Don Juan.

— Tu ne vieillis pas, pomme ! Tu aimes !

J'avais envie de lui dire « tu aimes, ENFIN ! » Mais, silence !

— Je ne vais tout de même pas devenir gâteux, comme les autres ? Passer mon temps à déplorer l'absence de Katia ? Dis-moi ce qu'elle a de plus que les autres !

Alors là… Si lui ne le sait pas…

— Cherche, Séb, mais n'oublie pas de vivre ! C'est trop con de perdre son temps à se demander pourquoi on aime !

C'est vrai, ça. À quoi ça sert ? Surtout, que la plupart du temps, on se dit que c'est pour ceci, ou cela mais qu'en fait, on n'en sait trop rien. Ou alors, si on en est sûr, à la première crise lorsque le ceci ou le cela disparaît, on n'aime plus.

Finalement, je pense qu'il vaut mieux tout prendre en bloc, dès le départ. Aimer, sans raison précise. Aimer, malgré les défauts… qu'il vaut mieux voir tout de suite.

# 53

Jeudi 23 août. En dépit du retour de la collègue à la patte cassée, je suis toujours en poste au dactylocodage. La monitrice des perfos a refusé de prendre une décision « qui ne m'incombe pas » a-t-elle dit. Je me mets à sa place. Ses supérieurs, le chef d'exploite et le directeur du DI, sont partis en vacances sans lui laisser de consignes. Dans ce cas-là, si tu ne veux pas ramasser une baffe pour plates-bandes écrasées ou décision « maltapropos », rien de tel que le statu quo.

Après avoir quitté le boulot vers seize heures, je file dans les autres locaux de la TG, au service de la dépense pour récupérer Gaston Sainte-Luce. Ce soir, sa femme est absente, pour cause de virée chez sa « manman ». Alors, on va s'éclater en célibataires. Surtout lui, vu que moi, je fais tout en célibataire tout le temps.

En passant dans les escaliers qui mènent du rez-de-chaussée au premier étage, je suis puis dépasse toute une collection de grosses légumes « trésoriennes » du département : fondé, receveurs des Finances, directeur des études économiques, inspecteurs principaux, tous accompagnés de leurs épouses.

Tout ce beau monde se rend à la grande salle de réunion. Pour fêter je ne sais quoi, vu la tenue des dames. Sainte-Luce, venu à ma rencontre, me dit que les chefs sont invités par l'un des leurs qui part dans un autre département pour occuper un poste de fondé. Jolie promotion ! Rodinot aurait été prié de ne pas venir pour ne pas créer un incident diplomatique ou plomber l'atmosphère.

Ça me rappelle les fiestas du temps où je vivais chez le *Father* ou quand je passais à son bureau. Les grosses légumes se faisaient des risettes, des mamours. Leurs dames se complimentaient, échangeaient des informations, des recettes. Ils s'invitaient les uns chez les autres. Une famille !

Une vraie famille, avec tout ce que ça comporte de médisances, de vacheries, de coups en douce, bref, d'hypocrisie. D'accord, il y a des exceptions. Mais, elles ne sont pas la majorité.

Il faut bien comprendre qu'arrivés à ce niveau hiérarchique, les super A sont tous en compétition. Les uns veulent terminer trésoriers principaux, d'autres veulent finir receveurs des Finances, d'autres encore ont l'ambition d'être un jour trésoriers-payeurs généraux. Il est important d'y arriver le plus vite possible et, en cours de circuit, de bénéficier de postes intéressants. Financièrement, s'entend.

Donc, on s'apprécie, comme dans toute bonne famille. Mais on se surveille aussi. Et on aime particulièrement les collègues qui ont la bonne idée de quitter le réseau. On raie leur nom sur la liste des « TPGeables ». Des concurrents en moins !

Quant aux épouses – je ne parle que des épouses, dans la mesure où je n'ai rencontré chez mes parents comme ici que des inspecteurs principaux, directeurs et fondés masculins –, pour une qui a sa propre carrière, ses propres soucis professionnels, tu en as quatre qui vivent par procuration. C'est la même chose dans beaucoup de milieux professionnels publics ou privés, d'ailleurs.

Ainsi, ces dames, sont tout sourire, bisent les épouses des collègues de leur mari. Mais, n'oublient jamais de se renseigner sur le pourquoi du comment lorsqu'un des collègues prend du galon plus vite que prévu. J'en ai vu de ces dames pâlir de rage ou verdir de jalousie. Passer un savon aussi à leur époux piétinant trop longtemps à leur goût au même grade ou au même échelon.

Un jour, à une réception du Nouvel An chez les parents, j'ai même assisté à une volée de bois vert donnée par une « gentille » épouse à son mec : « si tu n'étais pas aussi mou, il y a longtemps que tu aurais eu une promotion ». Vu le public qui assistait au spectacle, je ne te dis pas la gueule du mari. M'est avis que la bonne femme a dû s'en prendre plein la tête après la réception.

Avec Sainte-Luce, on se dirige vers le bistrot du quartier. Assis autour d'une table, quatre jeunes rigolent bien. Il me semble en reconnaître trois que j'ai déjà vus quelque part.

— Mais si, tu en connais au moins trois, couine Gaston. Philippe, Laurent et Hélène qui bossent au service des collectivités locales.

Ah *yes* !

Mais par contre, je ne connais pas une bien jolie demoiselle du groupe.

— Je me présente. Sandra. Je fais mon stage de contrôleur au service des collectivités locales.

Jolie fille, souriante, bien dans ses baskets, apparemment.

— Salut. Paul Soyotte, agent de recouvrement mais plutôt touriste vu le nombre de services que j'ai déjà faits en peu de temps. Sans compter ma prochaine mutation…

Ils sont cinq à me zieuter comme un objet rare.

— Tu t'es encore fait virer ? demande Sainte-Luce

Halte-là ! Ça me dérange tout à coup de donner une vilaine image de mézigue.

— Pas du tout. J'effectuais un remplacement. Mais la collègue revient. Donc, lundi prochain, au retour des grands chefs du DI, je serai fixé sur mon nouveau port d'attache.

Très vite, Sainte-Luce et moi sommes intégrés dans le cercle des collègues attablés. L'ambiance est à la franche rigolade. Entre deux gorgées de bière, tout y passe : les manies des chefs, les conneries des collègues, les malheurs de Rodinot et Verlin, tous deux assez mal perçus dans les services.

Sandra est une marrante, une fine mouche qui pige vite à qui elle a affaire. Il paraît même qu'en à peine un mois de stage, elle a déjà assimilé plein de choses dans son service.

L'heure passant, trois collègues partent. Sandra, Hélène, Gaston et moi, décidons d'aller manger.

— Un endroit pas trop cher, si possible, dit Sandra. Je ne suis pas très riche, surtout que je dois penser à faire des économies pour m'acheter un manteau et des chaussures pour l'hiver.

On opte pour une crêperie qui répond aux exigences financières de Sandra ainsi qu'à la gourmandise de tout le monde. De plus, elle me rappelle les vacances bretonnes, déjà bien loin.

Après le repas, Sainte-Luce et moi proposons aux filles qui ne crèchent pas très loin l'une de l'autre, de les raccompagner chez elles à pied. Histoire ne pas les laisser rentrer seules dans des quartiers où la caillera est souvent de sortie. Et puis, ça aidera à la digestion des crêpes.

Pendant le repas comme sur le chemin, on se marre bien. Tout est simple. Les deux filles sont sans chichi ; directes, même. Et surtout, absolument pas obsédées par l'impression qu'elles produisent sur les mecs. Gaston, contrairement aux conneries que certains balancent sur les Antillais, est du genre sérieux. Il dit d'ailleurs que les mecs devraient être plus fiers et se montrer plus souvent maîtres de leurs fantasmes et de leur queue. Ça les rendrait moins dépendants de n'importe quelle femelle. Quant au petit Paul, ce n'est pas son style de sauter sur tout ce qui ressemble à une meuf. Faut savoir se tenir. Et il y a un temps pour tout.

Pourtant, je dois dire que Sandra me fait de l'effet. Elle est intelligente – déjà relevé –, se dit volontaire, obstinée et courageuse. Elle a beaucoup de charme. Un sourire qui réchauffe. Un rire qui te ferait oublier toutes les emmerdes de la terre. Une certaine distinction. Des mains superbes, fines, avec de longs doigts comme j'aime. Elle a aussi de l'ambition. Reçue troisième au dernier concours de contrôleur du Trésor public, elle veut poursuivre sur sa lancée. Sa maîtrise en philo lui donne le droit de tenter directement le concours d'inspecteur. Ce qu'elle envisage de faire en 2002. Elle a d'ailleurs commencé à le préparer. Elle parle de tout ça sans chercher à t'en foutre plein la vue. Uniquement parce qu'Hélène voulait en savoir un peu plus.

Une fois les deux filles rentrées chez elles, Gaston et moi mettons le turbo pour revenir vers le centre-ville où le collègue a sa bagnole. Puis, je rentre gentiment chez moi. En prenant l'ascenseur, je me retrouve seul face à un miroir. Et, tout à coup, le mec dans la glace me balance comme un coup dans la gueule : « Sandra, c'est la femme de ta vie ».

Ça me fait tout bizarre. Je sens venir un grand calme. Celui des certitudes.

# 54

Vendredi 31 août. Seize heures trente. Et voilà ! Un fois encore, les grands chefs de la grande famille du Trésor ont disposé de moi.

Le directeur du département informatique et le chef d'exploitation sont rentrés de vacances lundi. Aujourd'hui, à dix heures, j'étais convoqué chez le premier avec le second et la monitrice des perfos.

Là, le chef du DI nous a annoncé sans cérémonie que je terminais ce soir chez les dactylocodeuses et que lundi, je devrais réintégrer les services traditionnels. Plus exactement, je devrais me présenter à neuf heures dans le bureau du chef de la division des correspondants.

Je me demande une fois de plus si c'est bien réglo cette façon de me faire valser de cette façon. À l'occasion, j'irai consulter Ripert, mon ancien collègue. Après tout, les chefs ne mettent pas de gants avec moi, pourquoi en mettrais-je avec eux ?

Je quitte donc une fois de plus un service pour un autre. Avant de partir, vers quinze heures, j'ai offert un pot aux collègues du dactylocodage pour finir sur une bonne impression. Elles ont été sympas avec moi. Ça me faisait plaisir de leur payer un coup.

Donc, lundi, en route pour les « correspondants ». C'est quoi, ça ? Je n'ai que de trop vagues souvenirs de propos paternels et pas de copains dans la division.

Des services traditionnels d'une trésorerie générale, je connais ceux que j'ai visités : celui de la compta qui centralisent toutes les écritures (et les pièces qui vont avec) du Trésor public, des Impôts et des Douanes et le service des produits divers qui gère les recettes de l'État, sauf les impôts et les amendes.

J'ai approché, grâce aux liens existant avec les services où j'ai bossé, le recouvrement qui, lui, prend en charge les impôts (impôt sur le revenu, impôt sur les sociétés, impôts locaux…) et les amendes. Grâce à Sainte-Luce, j'ai aussi survolé les attributions de la dépense qui s'occupe des dépenses de l'État sur le plan local.

J'ai entendu parler, et pour cause, de l'affreux service du personnel ou des ressources humaines, comme on veut ; peu importe l'étiquette vu qu'ici, le service est géré par un chef qui ressemble plus à une machine à plaire à la direction et appliquant mécaniquement les textes. En fait, ce n'est pas le service qui est affreux mais le pruneau desséché.

Restent ensuite le service des collectivités locales lequel en particulier supervise et conseille les trésoriers de base dans leur rôle de comptables des communes. Le service où bosse une certaine demoiselle… Ne pas oublier le service du matériel dont on voit tout de suite la compétence.

J'ai failli passer à la trappe la direction des vérifications, redoutée de tous les comptables publics et des chefs de service, celle d'un certain Rodinot en vacances forcées. Et aussi, le département (ou la direction, je ne saurai jamais) des études économiques et financières (DEEF) qui devrait normalement travailler en tandem ou en complémentarité avec la mission également d'expertise (ou des études ?) économique et financière (MEEF) ; comment se répartissent-ils les études à réaliser pour les élus locaux, le préfet, les receveurs des communes ? Mystère !

Enfin, il y les services qui gravitent autour de l'épargne. D'abord, la gestion des comptes de fonds particuliers, sorte de service bancaire en voie de disparition, la cour des comptes et l'Union européenne ayant décidé de lui faire la peau. C'est du moins ce que j'ai retenu des explications du *Father*, notablement énervé le jour où il a évoqué la question.

Ensuite, il y a le service de la caisse des dépôts et consignations ; j'ai cru comprendre qu'il s'occupait des dépôts des notaires, des administrateurs judiciaires, des comptes d'organismes sociaux, de mutuelles, de consignations diverses…

Enfin, le service des placements des produits de la Caisse nationale de prévoyance réalise, pour le compte de la caisse, des contrats d'assurance-vie et d'autres placements.

Michelle, à qui je demandais ce qu'étaient les correspondants, a fini par me dire que c'était tous les services de l'épargne. Donc, c'est là qu'on m'expédie. Pour quelle raison ? Qui l'a décidé ? Mystère !

Ce qui est sûr, c'est qu'une fois de plus, on m'envoie dans un service inconnu sans même me demander si ça m'intéresse. Pire, on ne cherche même pas à savoir si j'y connais quelque chose. À noter : je n'y connais que dalle.

Je me demande si c'est une spécialité locale ou du Trésor public ou de la fonction publique en général cette façon de balancer n'importe qui n'importe où. Est-ce régulier, d'ailleurs ? Et est-ce rentable pour l'administration et le service concerné de voir débarquer un gugusse qui ne connaît rien au boulot et ne pourra devenir opérationnel qu'en cassant les pieds de ses collègues pendant un certain temps ?

Sans compter, à ce propos, qu'il y a de fortes chances qu'on me refasse le coup de la formation sur le tas. Avec des collègues peut-être sympas mais stressés par le boulot et n'ayant pas le temps de m'expliquer grand-chose et surtout pas le temps de me montrer les textes à appliquer.

J'ai même vu un service où le chef gardait enfermées dans ses armoires quasiment toutes les instructions et circulaires de la Direction générale. La miss Gentil, pour ne pas la nommer. Imagine que ses agents en sachent plus qu'elle ! Et après, on s'étonne que le personnel ne respecte pas les textes.

Ça me rappelle le temps où le *Father* était vérificateur et faisait la chasse à ce type de comportements. Combien de fois l'ai-je vu prêt à massacrer un chef de service ou un comptable qui planquait dans son bureau les instructions et notes de services !

Franchement, c'est nul ! Quel intérêt y-a-t-il pour un chef à cacher des informations primordiales pour la bonne marche de ses propres services ? Qu'est-ce qu'il gagne à dormir sur les instructions pendant que ses agents continuent à reproduire des procédures dépassées ? Sans compter que, lorsqu'un vérificateur débarque dans le poste comptable ou le service, le chef de poste ou de service se fait allumer pour non-respect des instructions par ses agents !

Avec la venue d'Internet et le possible accès de tous les agents aux textes, ça va changer et je connais des petits chefs qui vont attraper des boutons.

En attendant, va expliquer à un malade, un complexé, un chef qui a peur de ne pas être à la hauteur, que sa boutique tournerait cent fois mieux s'il partageait l'information avec ses collaborateurs ! Va lui faire comprendre et admettre que c'est dépassé, néfaste pour le service public, des enfantillages pareils ! Pourtant, tous les chefs ont suivi des formations au management !

Quand tu vois ça, tu te dis qu'il faudrait parfois envoyer tous ces guignols se faire soigner. Une cure de psy leur remettrait peut-être les idées en place. Je suis sûr que Monsieur Fabius n'y a pas songé.

Remarque dans le privé, c'est pareil. J'en ai vu ou entendu des belles quand j'étais caissier, agent de sécurité ou vendeur. Faut pas croire qu'il n'y a que dans l'administration que ça existe, les malades. La connerie, c'est plutôt universel.

# 55

Ce samedi 1er septembre n'est pas génial. Il y a des jours où rien ne va, où les nuages te tournent autour quand ils ne te tombent pas sur la gueule.

Primo, j'ai reçu une lettre recommandée du TPG, accompagnée d'un avertissement. Je n'ai même pas lu jusqu'au bout tellement ça m'a agacé d'y voir la patte malfaisante du pruneau desséché et de la miss Gentil. Après tout, je m'en fous. Au fond d'un tiroir, les bafouilles !

Deusio, une enveloppe assez épaisse accompagne ce premier courrier. Elle est d'ici. Qui peut bien m'écrire aussi longuement ? Signature : Sandra ! Pour quelle raison m'écrit-elle, et une si longue bafouille en plus, puisqu'on peut se voir à la TG ? Lisons…

J'ai lu et relu. Ce n'est pas une fin de non-recevoir mais un *stand-by*. Sandra ne tient pas à amorcer une relation trop intime avec moi tant qu'elle n'a pas tourné définitivement la page d'une autre histoire. Avec un mec marié, père de deux mômes, qui lui a laissé croire qu'un jour… Elle y a cru, sans imaginer que le provisoire allait durer des années.

Au fil des espoirs déçus, des rires toujours arrosés de pleurs, elle a fini par comprendre que le mec n'était pas capable de quitter femme et enfants. Alors, elle a pris la décision d'une séparation. Définitive.

Il a bien tenté pendant quelques semaines de se faire ouvrir la porte. Sans succès. Mais on a beau prendre une décision, on ne guérit pas de ses blessures d'un simple coup de baguette magique. Aussi, Sandra me demande-t-elle de comprendre.

Comprendre, je peux. Attendre, je peux aussi. De toute façon, c'est une chose qui s'impose à moi.

Bien sûr, je ne peux pas dire que ça me fasse plaisir de mettre fin pendant je ne sais combien de temps à une relation amoureuse qui débutait. Cela dit, je continuerai à l'appeler de temps à autre. Afin de voir comment elle va et où elle en est. J'aimerais qu'elle ne m'oublie pas. Elle finira bien au fil du temps par se remettre de son expérience malheureuse et prendre un autre chemin. Autant que ce soit vers chez moi.

Tertio. Un appel de Marguerite. Je l'avais oubliée, comme le *Father*. Elle prend à peine le temps de dire bonjour. Ça ne lui ressemble pas.

— Paul, ton père est hospitalisé… Un accident cérébral, hier soir…

— Grave ?

— On l'ignore. Il est dans le coma. Les médecins sont réservés pour le moment…

— Que s'est-il passé ?

— Il se plaignait depuis quelques temps de maux de tête bizarres, disait-il. Et de problèmes oculaires. Je lui avais demandé de consulter. Mais, tu le connais, moins il voit le médecin, mieux c'est.

— Comme toujours !

— Tout de même, j'aurais dû insister davantage. Il aurait fini par céder à la longue…

— Vous n'avez rien à vous reprocher, Marguerite. Vous ne pouviez pas voir le médecin à sa place ! Mon père fait partie de ces gens qui ont toujours raison, qui se croient les plus forts, invulnérables…

— Arrête ! Tu te trompes ! C'est un homme qui a peur de beaucoup de choses. Pour ne pas céder à la panique, il choisit le plus souvent une voie qui n'est pas vraiment idéale, les mots cruels, la violence. Ses maladresses ne sont jamais que la conséquence de la peur qu'il ressent.

— Voulez-vous que je vienne ?

— Si tu veux. Mais, ce n'est pas indispensable. Tant qu'il est dans cet état…

— Est-ce qu'il est bien suivi ?

— Oui. Il a tout de suite été dirigé sur le centre hospitalier régional de Lille. Là-bas, ils sont bien équipés et les médecins sont très compétents. J'y vais. Je t'appellerai dès qu'il y aura du nouveau.

Marguerite a raccroché. Je l'ai sentie très meurtrie, inquiète. Ce qui se comprend. Mais tout de même ! Le *Father* peureux ! N'importe quoi ! Ce monstre de dureté, ce distributeur de gifles et de coups de poings. Le voici malade ! Connaissant sa résistance, je suis sûr qu'il va s'en sortir.

Le *Father* par terre ! Ça alors ! Même les statues se cassent la figure. Même les despotes, les violents, les monstres pour tout dire, en viennent à succomber devant une bactérie ou une tuyauterie défectueuse. Même le *Father* que rien ni personne n'a jamais pu mettre à terre se trouve coincé dans un lit d'hôpital !

Bizarrement, je ressens cette nouvelle comme une rupture. La statue du commandeur est tombée. L'infaillible, l'invulnérable, celui qui se croyait plus intelligent, plus fort que les autres a atteint ses limites. Il est comme les autres.

Je l'imagine sur le sol, ayant perdu la maîtrise de ses gestes, de ses réactions. Je l'imagine dans son lit, dépendant des autres et de machines. S'il est quelque part conscient de ce qui lui arrive, il doit être furax.

Le *Father* à terre ! Combien de fois, quand j'étais petit et même adolescent, j'ai souhaité la mort du bourreau. « Qu'il crève ! ». Mots jetés avec rage, crachés avec le sang des claques. Mots d'un môme qui n'en pouvait plus de ne pas comprendre la raison des gifles, des coups de poing, des mots si durs.

Il pourrait finir comme un légume tout en restant conscient de ce qui lui arrive. Si j'étais méchant, je dirais que ce serait une juste punition, un juste retour des choses. Mais, ça changerait quoi aux vacheries qu'il m'a faites ? Ça réglerait quoi ? Je continuerais à vivre avec le souvenir des horreurs.

Et ma mère l'a souvent dit, je ne suis pas méchant. Qu'il s'en sorte, le monstre ! Qu'il retrouve toutes ses facultés ! Qu'il recommence à emmerder le monde ! Le tout, c'est que je lui échappe. Du moins, que je ne subisse plus ses coups ! D'ailleurs, il ne s'y risque plus depuis un an.

Il me reste juste à soigner quelques plaies et bosses. Comme Sandra, finalement. On a tous des blessures qui doivent cicatriser. En attendant, il faut vivre. Du moins, essayer.

# 56

Lundi 3 septembre. Je suis assis en face de Claude Denoix, le chef de la division « correspondants ». Drôle de bonhomme. Avec ses cheveux bouclés et sa barbe poivre et sel, il me fait penser à un satyre. Il me rappelle je ne sais trop quel conte de mon enfance.

Un peu brusque peut-être. Non, direct, c'est plus exact. Il est au téléphone et pourtant, je sens qu'il ne m'oublie pas. D'ailleurs, il m'observe en douce, l'air de rien. Fin de la communication téléphonique.

— Monsieur Soyotte, avant de voir avec vous ce que vous pourriez faire chez moi, je souhaiterais vous poser quelques questions…

— Si vous voulez tout savoir de mes problèmes dans les autres services de la TG…

— Je me fous de ces problèmes. Ce qui m'intéresse, ce n'est pas ce que vous avez fait mais ce que vous êtes capable de faire.

Bien ! Enfin quelqu'un avec qui je me sens tout neuf. Pas de passé, pas d'étiquette.

— Que voulez-vous savoir ?

C'est vrai ça, qu'est-ce qu'il peut me vouloir ?

— Vous êtes agent de recouvrement. Avez-vous une idée de la carrière que vous pourriez avoir ? Avez-vous des projets ?

— Pas du tout. Autant que vous sachiez que je ne tiens pas à passer de concours.

— Connaissez-vous le nombre exact de jours de congés auxquels vous pouvez prétendre ?

Pris à froid, je réponds que je n'en sais trop rien.

— Avez-vous des exigences pour les horaires ?

— Non. Je me suis toujours adapté aux circonstances. Sans charges de famille, je suis plus libre.

Le téléphone sonne. Claude Denoix me présente ses excuses et répond. Que veut dire cet interrogatoire bizarre ? Quel but poursuit ce petit bonhomme qui ne doit pas faire plus d'un mètre soixante-quinze ? Ce serait étonnant qu'il pose ces questions pour occuper le temps… Il doit penser que je me moque de tout. Pas très bon dans l'administration ! Ne pas avoir de projet de carrière. Se foutre des concours. Ne pas être capable de connaître ses droits à congé. J'aurais dû être moins franc. Mais, tant pis. Pas envie de tricher.

— Reprenons, Monsieur Soyotte. Avez-vous des dispositions pour des activités commerciales ?

— Je ne comprends pas.

— Avez-vous déjà occupé un emploi de vendeur dans votre vie ?

— Oui, une fois, dans une grande surface.

— Vous vendiez quoi ?

— Hifi, CD, disques…

— Cela vous plaisait ?

— Assez. J'aimais bien le contact avec les fournisseurs et les clients. Sauf…

— Sauf ?

— Je trouvais qu'on manquait d'espace pour des initiatives. Et aussi d'une vraie formation. Je me sentais à la fois trop encadré et pas assez.

— C'est-à-dire ?

— Par exemple, j'aurais aimé avoir la possibilité d'organiser mon rayon, ma publicité. J'aurais aussi aimé avoir une formation plus poussée pour aborder le client, mieux présenter mes produits enfin, ceux de la boîte. Il y a des trucs qu'il faut savoir, des erreurs qu'il ne faut pas commettre, il me semble. Mais, pourquoi ces questions ?

— Savez-vous quelles sont nos activités dans cette division ?

— Un peu. Vous gérez des comptes bancaires, plus pour longtemps d'ailleurs. Vous vendez des produits de la Caisse nationale de prévoyance…

— Entre autres. C'est bien, vous savez donc que nous avons des activités commerciales. J'ai pensé que vous pourriez peut-être nous être utile. De toute évidence, d'après ce que j'ai entendu de vous dans cette maison, vous n'êtes pas un fonctionnaire ordinaire. Quand j'ai appris incidemment que vous deviez quitter le dactylocodage, j'ai demandé que l'on vous affecte chez moi. Ici, j'ai besoin de gens atypiques qui ont d'autres préoccupations que leur carrière, leurs congés, leurs horaires, leur chaise. Je cherche des personnes qui ont un certain tempérament. Il est possible que vous correspondiez à ce que j'attends. L'expérience va nous le dire. Pour le moment, voici ce que je vous propose. Je vais vous affecter auprès de Michel Tournus, le responsable de l'Épargne-animation. Vous aurez accès à toute la documentation que vous souhaiterez. Vous pourrez poser toutes les questions que vous voudrez. Je vous demande une seule chose : accepter tous les postes que Tournus vous indiquera.

— OK.

— Bien ! Allons-y, je vais vous présenter à tout le monde.

Nous faisons le tour de la division. Il me plaît d'entendre parler, non plus d'inspecteurs, de contrôleurs, d'agents de recouvrement, mais d'animateurs, de vendeurs, de gestionnaires.

Au hasard des rencontres, on évoque des clients, des produits, des stratégies, des objectifs. Pour la première fois, je n'ai pas l'impression d'être dans la même administration mais dans un autre univers. Et pourtant, c'est bien le réseau du Trésor public qui offre aussi ce type de boulot.

Après une heure de va-et-vient dans la division, Tournus décide, en accord avec le chef du service Épargne-placement, de me mettre rapidement au guichet. Auparavant, il me donne une rapide formation et un ensemble de fiches utiles pour répondre aux questions les plus basiques des clients. Il me laisse jusqu'à la fin de la journée pour potasser les fiches et poser les questions utiles. Je peux m'installer dans son bureau, ce qui lui permettra de me répondre en cas de besoin. Et il va effectivement me répondre à plusieurs reprises. De façon intéressante, du moins pour moi. Sans jamais me faire sentir mon ignorance, mes insuffisances. Bref ! Loin des méthodes du *Father*.

En une journée, je vais aborder à peu près tous les tenants et aboutissants de la réforme des fonds particuliers. Je vais piger l'essentiel des réponses à apporter aux clients qui sont autorisés à avoir un ou des comptes bancaires chez nous et tiennent au sérieux et à la sécurité offerts par le réseau du Trésor public. Je vais aussi aborder la philosophie des contrats de la CNP. Tournus manifeste une patience surprenante pour moi qui ai eu à faire à un père tout le temps au bord de la crise de nerfs avec ses gosses. Il va prendre le temps de m'expliquer les éléments de base de l'assurance et des placements.

Je rentre chez moi totalement vidé, la tête au bord de l'implosion, mais heureux. Oui, heureux. Pour la première fois depuis… toujours, je ne me sens ni stupide ni bon à rien. Ni nul… Je ne serai plus jamais un nul, *Father*. Quoi que tu en penses.

Aujourd'hui, j'ai l'impression de venir au monde. Tu crois qu'à plus de trente piges, tu es nul, vieux, au bout du chemin. Tu te rends compte que tu n'existais même pas mais commences à être.

# 57

Mardi 11 septembre. Je ne peux pas croire ce qu'on m'a dit avant de quitter le travail. Il me faut vérifier en allumant la télé chez moi.

Putain ! C'est donc vrai ? J'ai beau regarder les images des deux avions qui percutent les tours, je songe à une mauvaise plaisanterie faite par un lamentable rigolo ! On dirait un film catastrophe. Je passe et repasse les mêmes images. Mon cerveau ne parvient pas à admettre l'évidence.

Pourtant, peu à peu, je dois me rendre à l'évidence. Des fous ont osé. Des mecs prêts à tout, même à y laisser leur peau, pour détruire ce qui représente le symbole de tout ce qu'ils détestent. Quelle haine faut-il ressentir pour en arriver là ?

Tous ces morts ! Ces milliers de gens qui ne se doutaient de rien ! Ces vies brutalement arrêtées parce que des criminels ont décidé que c'était l'heure et le lieu d'en finir. Car, ce sont bien des criminels ces assassins qui ont choisi froidement, méthodiquement, de voler puis jeter des avions, leurs personnels et leurs passagers sur des tours bourrées de monde.

Je veux bien faire preuve de tolérance, admettre la liberté de penser. Comprendre qu'il y a toutes sortes de systèmes de pensées. Que toutes les idées se valent. Mais, putain, la tolérance a des limites. En tout cas, la mienne vient de se heurter aux siennes.

De telles horreurs aux États-Unis, un pays obsédé par la sécurité ! Avec autant de moyens pour se protéger ! Mais alors, tout est possible, partout, n'importe quand. Plus rien ne sera pareil. Plus jamais.

Quand je pense que je me foutais de ma mère lorsqu'elle parlait de sa trouille de recevoir tout et n'importe quoi sur la tête. Quand elle disait qu'on était à la merci de n'importe quel malade qui pouvait s'octroyer à tout moment un droit de vie ou de mort partout sur la planète.

Les tours se sont effondrées. Inouï ! Des films nous avaient montré des images comme celles-là. C'était du cinéma. Du faux. Là, ce n'est pas du virtuel. Les tours sont devenues des mille-feuilles extra-plats avec des gens au milieu du béton. Sans parler de ceux qu'on ne retrouvera jamais, réduits en cendres, explosés ou volatilisés.

Sébastien m'appelle pour échanger sur cette monstruosité. Katia, qui l'a rejoint pour quelques jours, pleure. Elle dit qu'elle ne peut pas faire autrement. Je ne pense même pas leur demander comment ils vont, où ils en sont. Ni leur parler de mon nouveau job.

Je raccroche avec un sentiment mitigé. Ce soir, on est tous trop marqués par la catastrophe vécue par les Américains pour parler de notre petite vie. Mais, cette petite vie, c'est la seule que nous ayons et demain, tout à l'heure peut-être, un cinglé peut nous l'enlever.

Alors, il ne faut plus la négliger, la perdre avec des conneries. Il va me falloir apprendre à regarder autrement les choses autour de moi. Apprendre à donner plus de temps au temps, plus d'attention à ceux que j'aime.

J'appelle Sandra. Elle aussi est marquée par les évènements. Choquée, bouleversée même. Son ex, celui qu'elle a viré de sa vie, est parti il y a trois jours dans le coin de Manhattan. Comment le sait-elle ? Je croyais que c'était terminé entre eux. Je ne pose pas la question. Sandra se rend compte de mon silence et estime nécessaire d'expliquer.

— Il m'a téléphoné samedi de Paris. Pour me faire savoir qu'il changeait de travail, envisageait de s'installer aux États-Unis avec sa famille. Là, il partait seul pour quelques semaines, le temps de trouver un logement… C'est affreux ! Je me sens responsable. Jamais il ne serait parti si…

— Arrête, Sandra, tu n'y es pour rien. Il a fait un choix. Et puis, il n'était peut-être pas dans le quartier.

— Il devait commencer à travailler dans une des tours hier… Il ne répond pas à mes appels. Si tu veux bien, on n'en parle plus pour le moment. Il faut que je digère ça aussi. Ne m'en veux pas si je garde le silence un certain temps. Ne me téléphone pas. C'est moi qui te rappellerai quand j'irai mieux, d'accord ?

— D'accord.

Ai-je le choix ? Pour dialoguer, pour partager, il faut être deux. Si l'autre n'y tient pas, sans doute est-il préférable de se mettre en retrait, de laisser passer l'orage. Ou d'aller voir ailleurs.

Mais là, c'est une autre histoire. Pour aller voir ailleurs, il faut avoir l'esprit libre. Or, je sens bien qu'il est occupé par Sandra. Et je ne suis pas un mec à courir après une autre fille juste pour tirer un coup. De plus, c'est probablement débile, mais je fais partie des gens fidèles aux choix qu'ils ont faits.

Ce n'est pas Sandra que je trahirais si je couchais avec une autre fille puisque je ne lui ai jamais rien promis ; et, d'ailleurs, elle ne m'a jamais rien demandé. C'est moi que je trahirais dans la mesure où je sais qu'elle représente beaucoup pour moi.

Je vais donc me jeter à fond dans le boulot. D'abord, pour ne pas phosphorer inutilement sur mes histoires d'amour bizarroïdes. Ensuite et surtout parce que j'ai l'impression d'être bien tombé cette fois avec Tournus et Denoix. Avec ce dernier, surtout.

Contrairement à ce qu'il a dit le premier jour, il ne se fout pas de ce qui m'est arrivé depuis mon entrée à la TG. Ni de mes échecs scolaires et professionnels antérieurs. Au contraire.

Il valorise ce qu'il appelle mes multiples expériences. Il affirme que c'est un atout d'avoir pu connaître divers milieux professionnels, toutes sortes de gens et de situations. Il dit que mes divers échecs scolaires et mes emmerdes professionnels prouvent avant tout les limites d'un système qui n'accepte pas le hors normes. Il prétend que l'absence de diplômes me donnera la rage de m'en sortir autrement. Il affirme aussi qu'on a toute sa vie pour se réaliser.

Et ce soir, peut-être parce que la télé ne me renvoie que des images de ruines, un sentiment d'urgence s'installe. Comme les Américains vont devoir rapidement se relever pour reconstruire leur ville, je vais enfin me lever pour me construire.

Ce soir, je viens de découvrir qu'il est urgent de grimper sur le tas de ruines créé par le *Father* et de penser à autre chose.

Les salopards de terroristes auront réussi à abattre des immeubles, des gens ; ils n'auront pas tué l'Amérique. Le *Father* aura gâché mon enfance, mon adolescence, le début de ma vie d'homme. Il n'aura pas bousillé ma vie tout court.

Denoix m'a fait prendre conscience que je n'avais pas que des points faibles. Et même que mes points faibles pouvaient devenir des atouts. Tout à coup, l'horizon s'est éclairci. Autour de moi, tout est pareil mais dans ma tête, c'est mieux.

Avec Denoix, Tournus et les autres collègues de la division, je n'ai plus l'impression d'être le vilain petit canard qui n'est pas à sa place. Au contraire, ils me donnent tous l'impression que, pour une fois, je suis intégré dans un système qui me prend comme je suis et qui est prêt à investir sur moi. D'ailleurs, d'ici la fin de l'année et en 2002, on va m'envoyer à Paris pour des formations assez poussées.

Le Trésor public ne m'est jamais apparu comme une famille. Il ne l'est pas davantage devenu ces derniers temps. Par contre, il faut reconnaître qu'il offre des possibilités intéressantes, insoupçonnables tant qu'on n'est pas en situation de les voir. Il faut être honnête !

11 septembre 2001. Une cassure.

# 58

Jeudi 13 septembre. Les milliers d'images qui défilent à la télé et sont à la une des journaux ne font que confirmer l'horreur. Impossible de ne pas croire à ce qui est arrivé. D'échapper à la certitude qu'on est plus que jamais à la merci de tout et n'importe quoi venant de n'importe qui.

Sans donner dans le catastrophisme, ce qui n'est pas mon style, depuis deux jours, il m'est impossible d'entendre passer un avion dans le ciel sans marquer un temps d'arrêt. Pour vérifier qu'il tient bien en l'air et n'est pas en train de se précipiter sur une cible.

Dans le tram aussi, je me sens moins à l'aise. Et je ne suis pas le seul. Des regards ont tendance à s'appesantir sur la gueule des bronzés, des enturbannés. Des Juifs aussi. Comme si on les pensait plus ou moins responsables de ce qui est arrivé. Comme si…

Attention à ne pas faire d'amalgame. Ne pas tirer de conclusions sans preuves. Ne pas se laisser prendre par une ambiance malsaine. Ne pas désigner de bouc émissaire. Garder l'œil ouvert sur les autres et surtout sur soi pour ne pas donner dans la bêtise. On tombe vite dans le n'importe quoi quand on a peur.

Toutes ces images… Il faut donc y croire. Cette fois, il n'y a pas de manipulation. Les tours sont bien par terre et sous ou au milieu des gravats et ferrailles tordues, des milliers de gens. Dans quel état ?

Je ne sais pourquoi, brutalement me vient à l'esprit le fait que je n'ai pas encore demandé le développement des photos de Bretagne. Demain, j'irai chez le photographe. Il y a urgence. Non pas d'avoir des bouts de papier en plus mais de donner aux cousins et à Katia des traces d'évènements joyeux importants pour eux. Compte tenu de l'actualité, je me rends compte qu'il peut être urgent de faire ou dire certaines choses pendant que c'est encore possible.

Jamais avant ces dernières heures, je n'avais pris conscience aussi douloureusement du temps qui file. Avec la mort de ma mère et de ma sœur, je m'étais rendu compte qu'il pouvait y avoir un avant et un après. À présent, je mesure mieux la différence entre l'encore possible et le plus jamais. Entre le moment où tu peux encore dire à quelqu'un que tu l'aimes et l'instant d'après où c'est foutu.

Depuis des années, j'ai pris l'habitude de ne pas parler de mes sentiments, surtout quand ils s'appellent affection, amitié, amour. Pour je ne sais trop quelle raison. Trop d'orgueil, sans doute. Ou la peur de ramasser des baffes.

Des vacheries, ça oui, je sais les dire. Déballer ce qui m'agace, me gêne, je peux. Mais dire je t'aime ou simplement courir chercher des fleurs, envoyer un petit mot gentil, c'est une autre histoire. Tout compte fait, j'imite assez bien le *Father*. En effet, en dehors des vacheries et des coups, que m'a-t-il distribué ? Qu'est-ce que j'ai reçu de lui en positif, mis à part des chèques ? Seulement, voilà ! Les chiffres, aussi gros soient-ils ne remplacent jamais un petit mot gentil, un compliment, un encouragement.

Le *Father*… Voilà douze jours qu'il est à l'hosto. Sorti du coma. Je l'ai appelé tout à l'heure, sans grand enthousiasme. Ça se fait. Et puis… Et puis, c'est comme ça. Mais j'aurais mieux fait de ne pas appeler. Je l'ai trouvé grognon grave. Rien n'allait.

Il s'en tire pourtant plutôt bien, son coma étant dû à du diabète et non à un accident cérébral. D'accord, il faudra qu'il se surveille et se fasse piquer régulièrement. Mais, c'est mieux que de vivre comme un légume. Toutefois, ça ne lui suffit pas.

Marguerite lui est totalement dévouée. Elle passe le plus clair de son temps avec lui. Elle court partout, le dorlote, lui achète des bouquins, des revues, tout ce qui peut l'intéresser. Néanmoins, rien ne va. Il n'a pas envie de lire mais de rentrer chez lui. Il en a marre d'être enfermé, de respirer les odeurs de l'hôpital.

Là-dessus, il se plaint de la nourriture (« dégueulasse et insuffisante »), du bruit (« permanent »), des horaires (« débiles »), des médecins (« tantôt absents, tantôt trop pressés »), des examens (« qui n'en finissent pas et de toute façon, inutiles »). Un chieur ! À te dégoûter d'avoir un contact avec lui.

Marguerite, dont la mère a aussi des problèmes de santé, voudrait passer plusieurs jours à Fréjus où vit sa génitrice. Elle attend que le *Father* quitte l'hôpital pour filer vers le Sud. Mais elle ne veut pas laisser son bonhomme seul derrière elle. Aussi, m'a-t-elle demandé de le prendre chez moi.

Comme un connard, j'ai accepté. Putain !

J'espère qu'il va se mettre dare-dare sur ses pattes ou que la mère de Marguerite va se rétablir à grande vitesse. Rien que de penser au *Father* chez moi…

Comme je n'ai qu'un lit – une des trois chambres est encore vide –, il va falloir que je lui laisse la mienne et prenne le canapé du salon. Je ne t'explique pas ce que seront mes prochaines nuits. Je commençais juste à m'adapter à mon nouveau plumard et ne supporte pas n'importe quel matelas…

Sans compter que je vais devoir aussi faire à manger au *Father*. Trouver des menus adaptés. Me taper la vaisselle, le ménage, même dans sa chambre. Car, le monstre ne fait rien. Rien de rien. C'était déjà ainsi du temps de ma mère. J'imagine que ça n'a pas dû s'arranger avec une épouse qui a les moyens de se payer une femme de ménage à longueur de journée.

J'en frémis. Pourquoi ai-je accepté ? Certes, il faut savoir s'entraider. Faite preuve de charité. Et de reconnaissance pour l'aide matérielle qu'il m'a déjà apportée. Et merde ! Je ne lui dois rien.

Il a payé et il paie pour tout ce qu'il n'a pas su donner en affection. Il paie aussi pour toutes les claques, tous les reproches, toutes les insultes qu'il a déversés pendant des années. Il paie pour faire oublier son handicap. Car, c'est un handicapé, ce mec-là. Un impuissant de l'amour paternel. Un malgré-lui de la paternité.

J'espère qu'il va se tenir pénard quand il sera là. Sinon… Rien que de penser au fait que Marguerite ne sera pas là, qu'il n'y aura personne pour se mettre entre nous, ça me fout les boules. Et si ça recommençait ? Et s'il redevant violent en paroles et en actes ?

Du calme ! Je n'ai plus dix ans ni même quinze. Je suis plus grand que lui. Plus fort aussi, vu qu'il aura passé quelques temps à l'hosto et aura perdu du muscle. Allez, on se calme ! Pourquoi se gâcher la vie avec quelque chose qui n'existe pas ? Pourquoi faire tout un cinéma quand le scénario n'est pas encore écrit ?

Il va falloir que je m'évertue à prendre la vie autrement. À lutter contre ces peurs qui me rendaient fou parfois. À éviter de penser au pire avant qu'il ne soit là. Ce soir, par exemple, tout est calme. L'appart est propre. Il n'y a pas de bruit. Pas de cris.

Quoique ! L'horreur est ailleurs. Rien n'est parfait, jamais. En tout cas, pas dans la durée. Ça aussi, j'ai fini par le comprendre. Il faut profiter des minutes, des secondes où tout baigne. Ça ne dure pas longtemps.

Il faut les déguster ces minutes, ces secondes. Sans penser à avant ou après. Vivre le présent. Se donner l'illusion d'un présent qui dure. Quelques instants, être suspendu hors du temps…

# 59

Samedi 15 septembre. Le *Father* est arrivé ce midi. Je m'attendais à voir débarquer un grabataire en ambulance vu l'insistance de Marguerite pour que je succède à l'hôpital dans la prise en charge du malade. Tu parles ! Quand j'ai ouvert, il y avait devant moi un homme sur ses deux pattes, râlant tout ce qu'il pouvait. Un peu amaigri mais toujours aussi chiant.

Marguerite partie vers le midi, il faut que j'aille faire des courses. J'en profiterai pour récupérer les photos des vacances qui doivent être développées. Je proposerais bien au *Father* de m'accompagner. Ça lui changerait un peu les idées. Mais, rien qu'à l'idée de l'avoir dans les pattes et d'entendre ses commentaires... Une chance, il dort. Probablement fatigué par la route et sa maladie. Je lui laisse un mot, un jeu de clés et je file. Une heure de liberté, ça se prend !

Au moment de prendre un caddy sur le parking de l'hypermarché, je me rends compte que j'ai oublié de demander à Marguerite ce que son mec avait le droit de becqueter. Qui dit diabète dit pas de sucre rapide, si je me souviens bien. Donc, pour ce week-end, poisson, grillade, légumes frais... Je verrai s'il y a aussi des produits spéciaux pour diabétiques.

Les courses dans le coffre de la 206, je file chercher mes photos. à la radio, il n'y en a que pour les évènements du 11, Bush qui est assommé, des gens qui espèrent voir leurs parents, leurs amis sortir des tas de gravats… Je veux bien être optimiste. Mais, vu les images des tours s'effondrant sur elles-mêmes, il ne doit pas y avoir beaucoup de survivants.

Mes photos sont assez réussies. Holà ! Je ne me souvenais pas avoir photographié l'emmerdeuse d'Estelle. À la poubelle ! … Merde ! Ça alors ! Et si… ? Il faut que je rentre pour appeler Sébastien.

Dare-dare, je fonce vers mon quartier. À toute vitesse, je ramasse les sacs éparpillés dans le coffre et m'enfourne dans l'ascenseur. Pas le temps d'expliquer au *Father*, réveillé et grognon, ce qui se passe. Vite ! Je dois appeler Séb sur son mobile !

— Allo, Sébastien. Tu vas ? … Katia, aussi ? … Écoute… oui, je suis stressé. Tu te rappelles l'histoire de la gosse violée et assassinée sur la plage de la Grenouillère ? On n'a jamais retrouvé son assassin, m'as-tu dit récemment Elle était comment ? Je ne me souviens plus de la photo que les flics ont montrée à la télé. … Le jour de l'assassinat, j'ai fait des photos d'une gosse et d'un mec au bord de l'eau. Leurs rapports me semblaient curieux. … Et si ce n'était pas ça ? … Tu as raison, il faut que le salaud paie ! Je vais réfléchir. Bises à vous deux. Au fait, c'est pour quand le mariage ? J'ai envie d'aller à la fête !

— C'est quoi, cette histoire de photo ?

Allons, bon ! Voilà le *Father* qui s'en mêle ! Je n'avais qu'à être plus discret. Va falloir expliquer, écouter ses leçons.

— Un jour, pendant les vacances bretonnes, je suis allé faire des photos au bord de la mer. J'ai pris une gosse et un mec en photo, de loin. Ils m'ont paru bizarres. Or, le même jour, une petite fille a été tuée et violée au même endroit.

— Il faut que tu appelles tout de suite la police !

— Du calme ! Et si ce n'était pas cet homme ?

— La police le découvrira très vite.

— Sans doute. Mais, en attendant, si le type est innocent, il risque de s'en prendre plein la gueule, d'être traîné dans la boue, de perdre son boulot, sa femme peut-être…

— Tu nous fais un roman, là ! Tu es bien comme ta mère. Toujours le cul entre deux chaises, à monter tout un scénario pour ne pas bouger, finalement !

Il me les gonfle, le *Father* ! Sortant à peine de l'hosto, ayant même failli y laisser sa peau, il continue à vomir ses vieilles rengaines, ses éternelles accusations injustes. Je vais finir par massacrer ce cracheur de venin. Allez, je préfère me casser. Je vais faire un tour, histoire de me calmer.

— On en parle plus tard. J'ai oublié d'acheter du pain !

La porte fermée, presque dans l'ascenseur, j'entends encore le *Father* crier. Il n'a pas apprécié que je me barre et le plante au milieu d'une discussion. Une discussion ? Une mise en accusation, plutôt. Une volonté de me blesser, comme toujours. Il est malade, ce mec. Comment vais-je faire pour le supporter pendant l'absence de Marguerite ?

Tout en marchant vers la boulangerie – j'ai effectivement oublié d'acheter du pain – je bougonne. Deux mamies du quartier me regardent avec étonnement. D'accord, les mamies, je suis jeune et déjà fêlé !

Non. Je ne suis pas fêlé. Un grand pain sous le bras, je repars chez moi. Pas question de passer des heures, des jours, à me bagarrer avec ce monstre au point de m'en rendre malade ! Je n'ai pas besoin de lui mais lui a besoin de moi. Du moins, tant que Marguerite sera absente. Attends un peu, mon bonhomme !

— Ah, te revoilà ! On ne peut rien te dire, comme ta mère ! Toujours à prendre la mouche, toujours aussi nul…

— Stop ! Stop ! Stop !

Je ne crie pas. Je pose calmement le pain sur la table de la cuisine. Puis mes mains, à plat. Jamais, je ne me suis senti aussi calme. Jamais, je n'ai eu cette impression de force intérieure comme en ce moment.

— Écoute-moi bien, Jean Soyotte. Depuis que je suis tout petit, tu ne cesses de me critiquer, m'engueuler, me traiter de nul, me taper… Tais-toi ! C'est terminé ! Ou nous avons des rapports normaux entre adultes ou tu prends la porte et rentres chez toi.

— Je t'interdis…

— Tu m'interdis quoi ? De te dire que tu n'as jamais été un père mais un juge et un bourreau en même temps ? De te faire remarquer combien tu nous as gâché notre jeunesse à Flo et à moi ?

— Mais…

— Mais quoi ? Est-ce que tu peux me citer une fois où tu nous as pris sur tes genoux et dit un mot d'encouragement ?

— J'ai tout fait pour vous. J'étais un bon père !

— Ah oui ? Eh bien, tu vois, on ne doit pas avoir les mêmes souvenirs. Mais on ne va pas passer le reste de la vie là-dessus. Ce qui est passé est passé. Je te dis simplement que si tu ne cesses pas de jouer au petit chef, si tu continues à vouloir me traiter de nul, je préfère que tu rentres chez toi tout de suite.

Les yeux bien plantés dans ceux du *Father*, pas un instant, je n'ai élevé la voix. Qu'y a-t-il dans mon regard ? Tout à coup, le monstre recule, baisse les yeux, ricane et part dans sa chambre – enfin, la mienne – sans un mot d'insulte, sans l'éternelle baffe de l'enfance.

Je sais qu'il n'y aura plus de guerre.

Dans la cuisine, les sacs de l'hyper attendent que quelqu'un s'occupe d'eux. Toujours aussi calme, je me mets à ranger la bouffe. Voilà ! C'était simple, au fond. Il suffisait d'oser. J'en aurais mis du temps à le comprendre.

À comprendre qu'il faut un jour montrer les crocs. Poser ses règles. Calmement, fermement. Pour changer la donne. Se faire respecter. Même par son père. C'est peut-être dommage d'en passer par là. Mais, c'est tout de même bon d'en avoir été capable.

# 60

Dimanche 23 septembre. Ce matin, le *Father* est reparti avec sa Marguerite dont la mère s'est plus ou moins rétablie. Entre le *Father* et moi, les choses se sont arrangées. Enfin, presque. Disons plutôt qu'on a trouvé une sorte de terrain d'entente.

J'ai assuré les repas, la vaisselle, le ménage, les courses. Il a fini par donner un coup de main pour éplucher les légumes, mettre la table, faire son lit. Il a appris à faire seul ses piqûres d'insuline. Il allait chercher le journal tout seul, ce qui lui permettait de prendre l'air et de se dégourdir les pattes.

Parfois, on arrivait à discuter. J'ai trouvé qu'il avait de temps en temps des idées intéressantes. Il a même fini par dire que les miennes n'étaient pas dépourvues de logique et de finesse. Un miracle !

Chacun a respecté du mieux qu'il a pu une espèce d'accord tacite pour que la vie quotidienne se passe correctement. Et ça s'est plutôt bien passé. Quant au reste… L'affection, l'amour paternel… Vaste programme. Mais, le *Father* n'a jamais été abonné à la chaîne qui le diffusait.

J'ai fini par comprendre qu'il ne voulait pas d'enfant, qu'il aurait préféré une vie à deux. Pas à trois et encore moins à quatre. Que les gosses qu'il a eus avec sa première épouse représentaient tout sauf le bonheur. Pourquoi ? Mystère. Ça lui appartient.

De toute façon, je ne lui demande plus de changer. En fait, c'est un peu comme si je m'en foutais, maintenant. Les évènements du 11 septembre ont provoqué une cassure que je voyais dans ce qui m'était extérieur. En réalité, c'est en moi qu'elle s'est produite.

Et puis, le fait qu'au boulot je ne sois plus l'idiot de service, le petit con à qui on ne donne que des tâches subalternes, a changé bien des choses. Les collègues, Tournus et, surtout, Denoix, me font prendre conscience chaque jour un peu plus que je ne suis pas un imbécile, surtout pas un nul. Loin de là.

Tout à coup, lire, apprendre, assimiler des tonnes d'informations, ce n'est plus une corvée, un travail inutile. J'avale. Je retiens, Je comprends. Comme s'il fallait rattraper le temps perdu. Tournus et les collègues sont sidérés par ma capacité d'ingurgitation et ma facilité de compréhension. Denoix affirme que c'est normal.

Il dit qu'il suffit de trouver la clé qui va dans la bonne serrure pour que la porte s'ouvre. Je ne lui ai pas demandé ce qu'il veut dire. Tout ce que je saisis, c'est que, loin d'une simple porte, ce sont de larges vannes qui se sont ouvertes chez moi.

J'ai accepté de m'inscrire pour une formation à la vente organisée par la Caisse nationale de prévoyance. Le contact avec les clients m'intéresse, comme la vente de produits. Ça m'intéresse d'autant plus que j'ai bien pigé le contexte dans lequel ça se fait dans le réseau du Trésor public.

La Direction générale impose une déontologie, un grand mot derrière lequel se cachent quelques règles qui me plaisent. Les commerciaux du réseau s'interdisent certains comportements de vendeurs pourris. Pas de harcèlement. Pas de vente forcée. Pas de coups bas. D'abord et avant tout, penser au client, à ses besoins qu'il faut identifier, mesurer à leurs justes proportions. Et si une affaire ne se fait pas, tant pis ! Je sens que je vais m'investir totalement là-dedans.

De plus, j'aime la conception de l'emploi du temps. Pour Denoix et Tournus, un commercial n'a pas des horaires de fonctionnaire. Logique. Il faut s'adapter au client. Bosser quand il est disponible, le soir, le week-end, si nécessaire. Quitte à rester chez soi en journée, dans la semaine. L'essentiel est d'atteindre les objectifs, dont la satisfaction du client.

Ça me va. Pour le moment, je continue à potasser la documentation que m'a filée Tournus. D'ici peu, je connaîtrai tous les produits, leurs avantages, leurs inconvénients, en fonction de la fiscalité, de la situation du client. Je me suis fait des fiches que je consulte de temps à autre.

Je bosse tellement que je n'ai pas trop le temps de m'appesantir sur le silence de Sandra que je respecte. Il paraît qu'elle aussi bosse dur pour préparer le concours d'inspecteur du Trésor public, m'a dit un des collègues de son service.

Je n'ai pas non plus trop le temps de sortir, vu que le soir je suis claqué. Et puis, avec le *Father* qui était là, j'ai préféré rester chez moi. Comme il ne sait même pas se faire cuire un œuf… Toujours mon côté infirmier ou bon samaritain.

Mais j'ai bien l'intention, la semaine qui vient, de m'aérer. Je vais prendre contact avec Sainte-Luce ou plutôt Friseur que je n'ai pas vu depuis un siècle. Il ne faudrait pas que je devienne un ermite !

La barbe, le téléphone ! Marguerite... avec une voix bizarre.

— Paul... Ton père...

— Quoi, mon père ?

— Il a eu un malaise. Le médecin n'a rien pu faire... C'est fini, Paul...

« C'est fini, Paul ». Je n'entends plus que ces mots. Fini, le *Father*. Finis les engueulades, les insultes, les coups. Finis les rapports pénibles, l'impossibilité d'un contact normal entre père et fils.

C'est quoi, un contact normal ? Je ne sais pas, je n'ai jamais su. Est-ce que ça existe, d'ailleurs ?

Fini, Paul. Plus rien ne sera possible. Ni le pire ni le meilleur. Plus jamais.

Allons, pas de lamentation ! Le meilleur ne serait jamais venu. Il était trop tard. Tout au plus aurions-nous eu, de temps à autre, un contact « correct ». Mais, entre nous, il y aurait toujours eu les années de non-dits, de rancunes, de déceptions.

Mon petit Paul, tu n'as jamais eu le père que tu aurais aimé avoir. Mais qui l'a, tout compte fait ? Le *Father* n'a pas davantage eu les enfants qu'il aurait souhaité avoir. Ou plutôt, il a eu les enfants qu'il ne voulait pas avoir. Et il n'a eu de cesse que de tenter de les formater pour les faire rentrer dans un moule dont, cependant, il ignorait les contours.

Ai-je mal ? Un peu. Douleur du jamais plus, du définitif, du désormais impossible. Douleur connue.

Après ma mère, Flo, le *Father*. Douleur qui passera.

C'est curieux, je me sens orphelin. À mon âge. Y-a-t-il un âge pour se sentir orphelin ? Impression d'être seul au monde. De ne plus pouvoir compter que sur soi. C'est fini, Paul. Tu ne pourras plus rien faire payer au *Father*. Tu devras te débrouiller tout seul.

Ce qui me fait chier c'est qu'il soit parti trop tôt. J'aurais aimé qu'il voie que je n'étais pas aussi nul qu'il l'a si souvent prétendu. Qu'il entende des gens comme Denoix lui dire… Non, *Father*, je ne suis pas nul. Tu ne l'as pas su et ne le sauras pas. Moi, je le sais. Pas depuis longtemps et j'ai fini par y croire. Désormais, il va falloir me contenter d'être le seul de nous deux à le savoir. Tant pis pour toi !

On se sera ratés, *Father*. Il faudra que j'apprenne à l'accepter. Sans souffrances. Sans colère. Sans haine. Il faudra aussi que j'oublie le père monstrueux que tu as été. Pour me souvenir juste de toi, mon père. Un drôle de type dont je n'ai pas compris grand-chose. Et dont j'aurais voulu être aimé, admiré.

# Épilogue

Après le décès de son père en 2001, Paul Soyotte va beaucoup évoluer. Il cesse tout d'abord d'enregistrer ce qui s'apparente à un journal et qui a donné ce roman.

Par respect pour les clients qu'il rencontre, il opte pour une tenue et un langage plus en rapport avec sa nouvelle activité professionnelle.

Après réflexion, il prend contact avec les enquêteurs bretons chargés d'élucider le meurtre de la fillette à la Grenouillère. Il leur transmet les photos prises au cours de l'été. Il apprend des semaines plus tard que le plongeur est le meurtrier recherché par les gendarmes. Ni le juge d'instruction ni le procureur de la République ne lui tiennent rigueur de sa réaction tardive.

Sur le plan professionnel, il est reconnu comme un commercial doué et respectueux du client. Au point que la Caisse nationale de prévoyance (CNP) le recrute lorsque le Trésor public cesse son activité commerciale.

En 2011, après dix belles années passées à la CNP, il tente une reconversion professionnelle. Il rencontre alors Françoise Poisson, ex-commissaire principale de police devenue détective privée. En dépit de la différence d'âge, une grande amitié et une réelle complicité naissent entre ces deux solitaires.

Doué en photographie, disposant d'un réel sens de l'observation, Paul Soyotte finit par s'intéresser au métier de détective privé[18] et suit avec succès une formation diplômante. Grâce à l'héritage paternel qu'il a placé, il peut s'associer en 2013 à Françoise Poisson et Pierre Singlard, un ancien juge d'instruction, pour créer le cabinet d'agents d'enquêtes privés PS2 de Strasbourg.

Peu à peu, les contacts avec ses anciens collègues de la trésorerie générale s'estompent. Du fait du déménagement de Claude Denoix et de l'activité démentielle de Paul Soyotte, les deux hommes ne se voient plus mais se téléphonent parfois. Ils se promettent de se retrouver un jour.

Enfin, Paul Soyotte et sa belle-mère se perdent peu à peu de vue, cette dernière s'installant dans le Midi et prenant en charge sa mère gravement malade.

Sur le plan privé, la vie de Paul Soyotte n'est pas « un long fleuve tranquille ». En dépit de son intuition, il ne se passe rien avec Sandra qui va quitter la région. Entré dans la cinquantaine, il se sent riche des rencontres féminines qu'il fait. Il ne désespère pas de trouver un jour la femme de sa vie.

Globalement, il est heureux. Le mot « nul » n'a plus chez lui de résonnance douloureuse.

21 juin 2023

---

18. Voir « La dixième plaie », polar, Editions du Bastberg, 2013 et polars suivants (liste en page 2)

**REMERCIEMENTS**

Un merci particulier à Michel Charasse, ministre du Budget, questeur du Sénat, aujourd'hui décédé, pour son humour et ses encouragements.

Merci à Jean-Paul Girard pour tout. Il comprendra.

Merci à Christophe et Patrick Hallez, mes fils, pour m'avoir inspiré l'écriture de ce roman.

Merci à Jacques C., ancien cadre supérieur du Trésor public, pour son œil averti et son soutien.

Merci à Sandra Noël Schrul (Hyphen correction), pour son travail professionnel.

Merci aux Éditions du Bastberg, Patricia, Joël, sans oublier Christiane, pour m'accepter encore et toujours dans leur écurie.

Un merci tout particulier à Philippe Krauth, appelé parfois « Philippe Bastberg », pour tout ce que je lui dois.

Imprimé par
Pulsio

2, impasse des Arquebusiers
67500 Haguenau

Dépôt légal : 3e trimestre 2023
ISBN : 9782358591966

Couverture : CookiesOchocola
Portrait de l'auteure : crédit photo Jean-Paul Girard
Mise en page : Éditions du Bastberg